ヘブライ文学散歩

母袋夏生

未知谷
Publisher Michitani

ヘブライ文学散歩　目次

ヘブライ文学散歩　7

ことばと文学　253

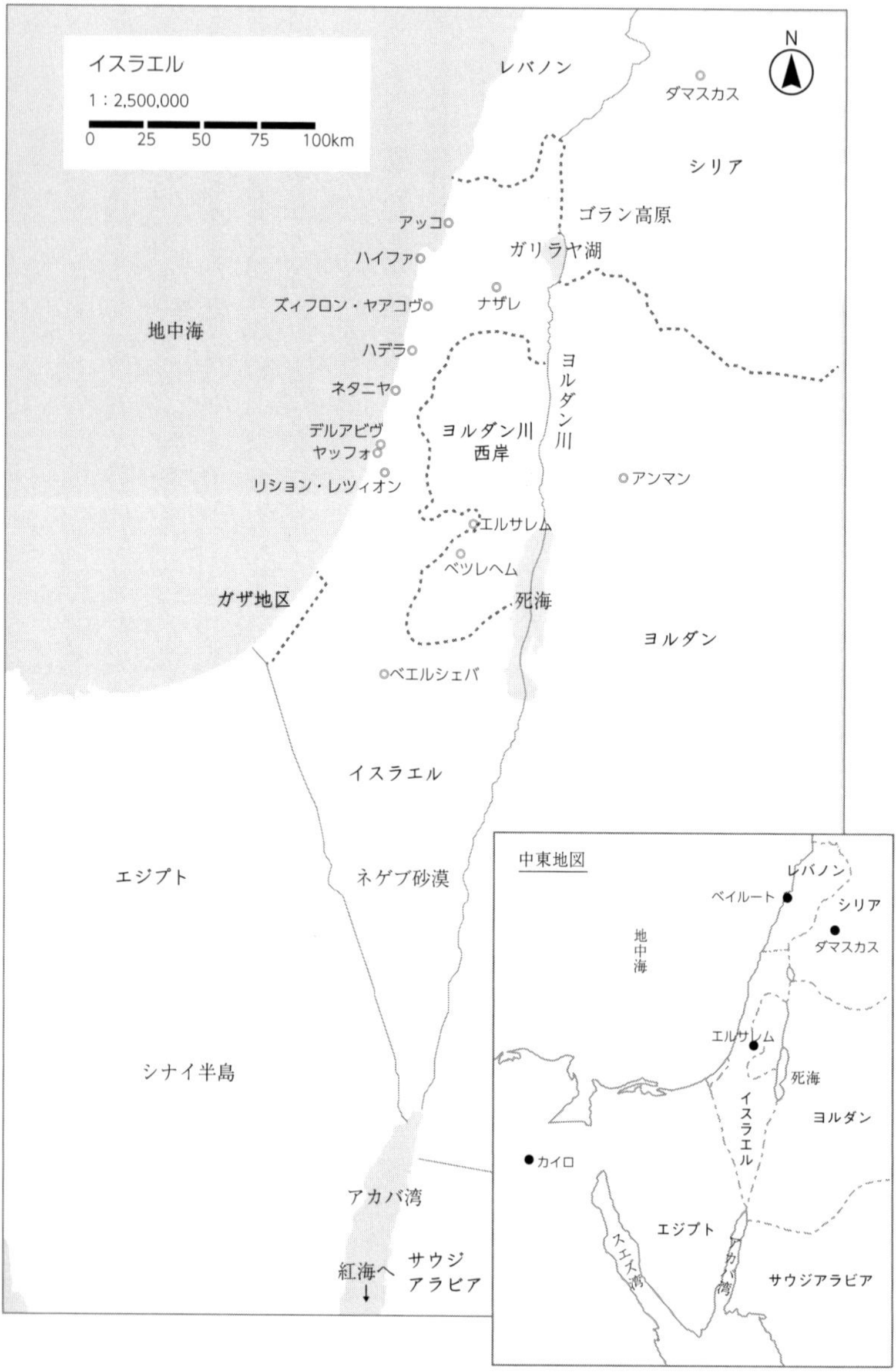
イスラエル
1：2,500,000
0 25 50 75 100km
レバノン
ダマスカス
N
シリア
ゴラン高原
アッコ
ハイファ
ガリラヤ湖
ズィフロン・ヤアコヴ
ナザレ
地中海
ハデラ
ネタニヤ
ヨルダン川
ヨルダン川
西岸
テルアビヴ
ヤッフォ
リション・レツィオン
アンマン
エルサレム
ベツレヘム
ガザ地区
死海
ヨルダン
ベエルシェバ
イスラエル
エジプト
ネゲブ砂漠
シナイ半島
アカバ湾
紅海へ
サウジ
アラビア
中東地図
レバノン
ベイルート
シリア
地中海
ダマスカス
エルサレム
死海
イスラエル
ヨルダン
カイロ
エジプト
スエズ湾
アカバ湾
サウジアラビア

ヘブライ文学散歩

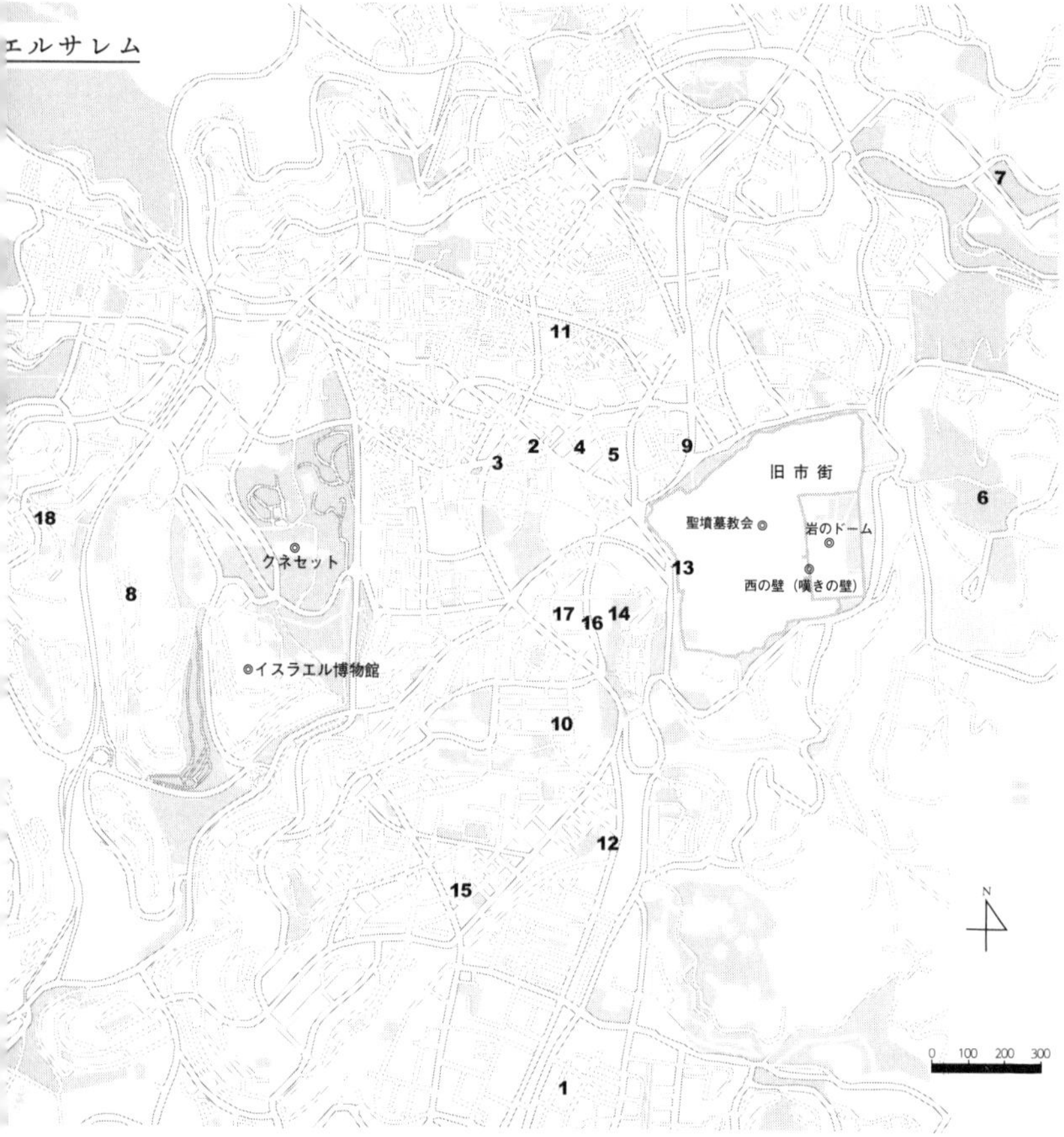

1 タルピヨット地区
2 キカル・ツィオン
3 ベン・イェフダ通り
4 ヘレニマルカ通り
5 ミグラシュ・ルスィ
6 オリーブ山
7 ハル・ツォフィーム（マウントスコーパスキャンパス）
8 ヘブライ大学・キブアットラムキャンパス
9 ムスララ（モラシャ地区）
10 タルビエ地区
11 メア・シャアリム地区
12 ジャーマン・コロニー
13 ヤッフォ門
14 モンテフィオーリの風車
15 エメク・ラファイム（通り＆地区）
16 キング・デイヴィッド通り、キング・デイヴィッドホテル
17 YMCA
18 ベイト・ハケレム地区

ヘブライ文学散歩

新しい「イスラエル」文学へのひとつの流れ

「ヘブライ文学についてですが……」と、声をかけられることがあります。こういう場合、声をかけてくる人はヘブライ語やユダヤ系文学についてかなり、あるいはいくばくかの知識を持っていると思っていいのですが、ときどき、「イスラエル」がどこにあるのか知らない人がいるのに気づかされます。ユダヤ教とキリスト教とイスラム教がごたまぜだったり、アラブとユダヤの区別のついていない人もいっぱいいるので、そんなにびっくりはしません。でも、ちょっと説明の方法を思案します。わたしだってそんなに知っているわけではないのです。

セム言語学が専門の池田潤さんの『ヘブライ語のすすめ』（ミルトス）はわかりやすいヘブライ語入門書です。同書の美点は語学書の枠にとどまらないで、ヘブライ語の歴史やその周辺をイスラエルの人々の生活言語習慣を織りまぜながら読みやすく説明している点でしょう。言語の習得が目的でない人にもお薦めしたい書です。その第4章「ヘブライ語・イスラエル・ユダヤ人」で、池田さんは、〈言語と国家と民族の名称がそれぞれに異なる「ヘブライ語」「イスラエル」「ユダヤ人」の場合、言語と国家と民族の関係を単純視する余地はない。イスラエルにユダヤ人以外の民族が住んでいることや、多くのユダヤ人がイスラエル以外の国に住んでいて、その中にはヘブライ語を話せない者も少なくないということを思い出すまでもなく、ヘブライという名前の国がないことやイスラエル語という言語が存在しないことは、イスラエルとユダヤ人の波瀾万丈の歴史をいやおうなく感じさせる〉といい、それぞれのことばの意味するところを説明しています。

説明は同書にゆずりますが、一般的に、現代ヘブライ文学はイスラエルという地でヘブライ語で書かれた文学と定義づけることができます。しかし、ここには多少の含みがともないます。

〈現代ヘブライ文学は現代ヘブライ語で記されたユダヤ民族の文学で、イスラエルが活動の場、アメリカを中心としたイディッシュ文学を包含するユダヤ系作家の文学とは一線を画する、と「ユダヤ」「イスラエル」「ヘブライ」をことさらに分けることがある。両者ともユダヤ人の文学なのに本質的に異なる部分があるからで、ユダヤ系文学は常にユダヤ性を中心に置き、置くことで存立している。かたや現代ヘブライ文学は、ときに「イスラエル・ヘブライ」といわれるように、イスラエルという固有の地で生まれ育った文学で、離散の地で綴られるユダヤ系文学に比して土着性が強く、開放的で、その中心核にシオニズムや新しい国家像があった。「あった」と過去形をとるのは、この地の激動の歴史のなかで核は必然的に分裂し変化しつづけているからだ……〉と、文芸誌『すばる』のコラムに書いたのは一九九五年でした。

その後、やはり歴史は変転し、昨一九九九年にあいついで、アンソロジー『イスラエル五十超短篇集』(ハキブツ・ハメウハッド社)、文学史資料『この地で記された文学　イスラエル文学概観』(イェデイオット・アハロノット社）が出版されました。

タイトルではっきりわかるように、この二点には「ヘブライ（語）」という文字が抜けています。もちろん、今までにもイスラエル文学という表現はありました。しかしそれは、聖書から近代までヘブライ語で書き継がれてきたユダヤの文学を「ヘブライ文学」と総称する場合の、「イスラエルの地における文学」という暗黙の前提があってのことでした。

『この地で記された文学　イスラエル文学概観』は一九九九年のエルサレム・ブックフェア（隔年開催）に向けて出版されたグラフィック要素満載の全ページカラー文学史ガイドブック。裏表紙には〈建国五〇年のイスラエル文学を概観し、ヘブライ語以外にもイスラエル言語（イスラエルで使われているアラビア語やイディッシュ語、英語や他の言語）作品も包含される〉とあります。編者はハナン・ヘベル。

それの実践編と解釈できる『イスラエル五十超短篇集』はイスラエルの地でヘブライ語、アラビア語、イディッシュ語ほか、使用言語を問わず、この五〇年間に著された五〇の短篇、それも一ページ足らずのものからせいぜい七ページまでの、いわゆるショートショート集です。あとがきで編者は、〈イスラエル人は一枚岩ではない〉、〈多くのイスラエル人には国家成立以前の過去があり、個人的であれ集団的であれ思い出や歴史や文化背景がある〉が、〈そうしたイデオロギーの記憶を拒否する若い層もいる〉し、〈女性作家たちは規範的イスラエルの押しつけに異議を唱える〉といい、〈本書は、そうしたイスラエルがかかえる宗教や言語や民族、社会階層による異質性やエスニック性、限界性をあらわそうという試みである〉とことわっています。編者はハナン・ヘベルとモッシェ・ロン。編者について翻訳インスティチュートに問い合わせると、編集顧問で資料室長のハヤ・ホフマンからすぐ返事がきました。ヘベルはテルアビブ大学文学部教授で、専門はイスラエル文化論。ハアレツ紙の寄稿家でもある。ロンはヘブライ大学の比較文学教授。英文学をヘブライ語に訳してもいる。

同書所収のハビービーやバイデスはアラビア語作家、スツケヴェルやカルピノヴィッチはイディッシュ語作家、ほかにポーランド語やハンガリー語、英語からもヘブライ語に翻訳されて入っています。つまり、ここにはイスラエル＝ユダヤ人国家の図式はありません。イスラエル在住であれば、アラブ人でもユダヤ人でも日本人でもいいわけです。

長篇作家であるアモス・オズやA・B・イェホシュア、サミ・ミハエルやグロスマンの作品は入っていませんが、アグノン、ハイム・ハザズ、Y・ビルシュタイン、ハノッフ・バルトヴ、アッペルフェルド、アメリア・カハナ＝カルモン、ルツ・アルモグ、シュラミット・ハルエベン、シュラミット・ラピッドなどの女性作家まで、大御所から若手までいちおう網羅されています。『キションのストーリー・ジョーク集1～3』（角川文庫）や『ウフフ　ワッハッハ』（講談社）で日本にも紹介されている風刺作家のエフライム・キションは、なんとハンガリー語からの翻訳です。作品末付記によると彼は二四年ブダペスト生まれで四九年に移民、収録された「トレンプ」（ヒッチハイクのこと）は五二年の作品なので、まだヘブライ語で執筆するまでにはいたっていなかったのでしょう。

自伝の『夜に歩いて昼に眠る』や『時のひとひら』などのホロコースト作品をポーランド語で発表しているイダ・フィンクの「ジャン・クリストフ」はやはりポーランド語からの翻訳です。道路工事現場で働く少女たちはユダヤ人狩りのあと、列車が（多分、収容所に向けて）通過するのを待っている。そのなかに「ジャン・クリストフ」を夢中で読んでいる少女がいる。あと一巻残っているけれど、読み終えられるか心配だと少女はつぶやく、というもの。これはホロコーストを生《なま》な視線で描いた美しい作品です。ワルシャワに生まれて四〇年にイスラエルに渡り、長年和平活動を続けたシュラミット・ハルエベンは「オーニスサイド（鳥追い）」で、同じテーマを象徴的手法で描いています。

下品に騒ぎたてる鳥がうるさい。土地には鳥追いがいて、子どものころは親に「鳥追いに連れていかれるよ」といわれたものだが、鳥追いたちはぼくたちを守ってくれる。でも、いつからか鳥がいなくなった。「もし、ぼくが学校から戻ってこなかったら、なにがここで起きているかわかってほしいが、警察には電話しないでください。四ヵ月前、弟が幼稚園から戻ってこなかった。弟は逃げようとしたが鳥追いに見つかった。運がなかったんだ。さあ、いかなくちゃ。走らずに、声に出してしゃべらずに、感情を見せずに、道順を考えなくちゃ。ぼくを見かけても、あいさつしないからって驚かないでください。目をギョロつかせたなんて密告されたくない」で終わる二ページ作品。引き締まった文章で緊迫感にあふれています。アグノンの「はじめての接吻」と並んで、このアンソロジーの白眉でしょう。

イスラエル・パレスチナ問題では、ダリヤ・ラビコヴィッチの「昨日は過ぎた」は自爆テロにいくアラブ青年の気持ちの昂《たかぶ》りを綴ったもの、イスラエル・アラブ人のアターウッラー・マンスールの「コーヒーをふたつ」は、シオニスト新聞の記者であるキリスト教徒アラブ人男性とイスラエルにはアラブ人は住んでいないと信じているユダヤ人女性の心理のズレを描いた作品です。エミール・ハビービーは九十歳の祖母の凛《りん》とした姿によせて、イスラエルからもアラブからも孤立したイスラエル・アラブ人の疎外感を綴って余韻を感じさせます。

ほかに、ポストモダンのエトガル・ケレットやカステル＝ブルーム、ジグムント・フランケル（英語からヘブライ語訳）や兵役に懐疑的なウズィ・ヴァイルも収録されています。

各作品末尾には出典や略歴、他作品名が数行ながら付記されていて、これがなかなかに重宝です。収録作家出身地を調べたところ、五〇人中イスラエル生まれは三〇人、移民ではロシア・東欧系が一七人、東方系が二人、不明が一人でした。移民のほとんどが古い年代に属しているのが意外です。生年で見ると、一八八七年生まれのアグノンが最も古参で、一九六八年生まれのリオール・アジズが最も若い世代というところ。

さて、超短篇という制約のなかで「雑多なイスラエルのアイデンティティ」を示そうと、編者はダン・パギスの散文詩、ハヤ・シェンハヴの児童もの古典「ミツ・ペテル」をいれていますが、でもこれは、ちょっと無理だったようです。韻文学がさかんな土地で、ナタン・ザフやアミハイやレア・ゴールドベルグの詩がなくて、ホロコースト詩人のパギスだけというのはいかにも片手落ち。児童ものの「ミツ・ペテル」は浮いています。ここは思い切って大人向けの散文に限ったほうが逆に広がりを感じさせたかもしれません。

文芸評論家でフロリダ大学で教鞭をとるアブラハム・バラバンは「ハアレツ」紙（一九九九年六月三十日付）で本書をとりあげ、〈「雑多なイスラエルのアイデンティティ」が作家をさすのか作品をさすのか不明〉だといい、〈イスラエルは似た者同士であろうとする傾向と、中心性をなくして分解・拡散したがる傾向の両極性をもっている。アンソロジーは分解・拡散を選んだようだ〉と指摘し、その選択によって〈父祖が人工的にせよ築きあげてきた「イスラエル性」、聖と俗、ユダヤとアラブ、サブラ（イスラエル生まれのユダヤ人）と移民をひとつのアイデンティティにまとめようとした努力が表現されていない〉ときつい評をくだしています。

たしかに彼が指摘するように本書を一読するかぎり、イスラエルでは生活文化形態がまったくちがったエスニックグループが隣り合わせにパッチワーク的に住み分け合っているという印象があります。溶け合ってみえないのは、作品を著者名アルファベット順に並べたせいかもしれませんし、超短篇という制約のせいかもしれません。ですが、逆にそのせいで、現在進行形の政治的社会的現象としての「イスラエル」がほのみえてくる、既存の文学とはちがった「現在のイスラエル」が乾いた雰囲気で伝わってくるように、わたしには思えます。ディアスポラのユダヤ系文学に対する土着イスラエル文学の大きな一歩。本書があらわしている、いささか舌足らずな政治社会状況の混沌は、いってみれば「今の時代」をあらわしているようです。新しい流れとして、既存の「文学」の枠をはずそうとする姿勢は、たとえそれが時期尚早であったとしても評価されていいのではないでしょうか。

現代ヘブライ語に足並みをそろえて現代ヘブライ文学が成熟し、「ヘブライ」とか「ユダヤ」ということばに固執しない「イスラエルの文学」が育ってきたというあらわれ、新しい時代のとば口に立った試みのひとつ、と本書をとらえるとおもしろさがいっそう増します。

（『みるとす』二〇〇〇年二月号）

付記：「ミツ・ペテル」は『もりのおうちのきいちごジュース』（徳間書店）として刊行されています。

パイオニアたちの夢と現実

ヘブライ文学の翻訳をやってますというと、「まあ、よくわからないことをやっているらしい」という反応が返ってきます。たまに、「古い文学だから大変でしょうね。辞書なんかどうするんですか」と言われることもあります。どうやら、ラテン文学やギリシア古典と同列に見られているようです。

「いえ、わたしは現代の、今のイスラエルの文学をやってまして」

「はあ、イスラエルにも文学ってあるんですか?」

「ええ、人間が住んでますから」

なんだか、話がトンチンカンになっていきます。

そうなのです。人が住んでいるところにはことばがあり、政治があり、経済の流れができます。音楽や絵画を楽しむゆとりが生まれれば、当然のことながら活字を読む喜びも生まれ、文学に慰めを見いだしたり、精神的なものを求めたりします。外から見れば、ある土地に生まれた文学は、その土地の暮らしを映しだしてくれ、その地が抱え込んだ問題を見せてくれます。なにより、文学は時代によって変わっていきます。文学の受けとり方も変わっていきます。

＊

エリエゼル・スモーリーの『開拓者たち』という本があります。一九三三年に初版が出てから、当時としては珍しく版を重ね、一九八〇年には一二版を数え、英語、ドイツ語、イタリア語、ロシア語、スペイン語、オランダ語にも訳されています。ヘブライ語初心者向けのリーダーに「スィフレィ・ゲシェル」という、いわゆるラダー・エディションがありますが、ガリヤ・ヤルデニがやさしいヘブライ語に書き直して、この「スィフレィ・ゲシェル」に収録していますので、読んだ方もいるかもしれません。

『開拓者たち』が読みつがれてきたのには、第一に実際にあった話、実話をもとにしている、第二に二十世紀初頭にパレスチナにやって来た移民（特にロシアから）たちが気難しい自然に立ち向かい、ひたいに汗して働きながら、絶望的な局面に何度も対峙しては、それを乗り越えていった、いわば自分との闘いの物語だからといえます（シオニズム云々はここではちょっとおいておきましょう）。土への想いがなければ、開拓者であるより市民生活を選んだでしょうし、アラブ人労働者を雇って果樹園を経営する方が楽でした。克己心がなければ、アメリカやオーストラリアへ渡って新たな道をさぐることだって可能だったのです。

物語は、シベリアに生まれ、一九〇四年にパレスチナに移住、「ハショメル――ユダヤ人居住地をの襲撃から守る警備の人」として二五年働いたのち、一九三八年にアラブ人に殺されたアレクサンダー・ザイドの生涯の後半部分を綴っています。

ヘルモニ（ザイド）は長年の放浪生活に区切りをつけて、ユダヤ国民基金が買い取ったガラリヤ地方の森を守りながら、妻と三人の子どもと、土地を耕して暮らそうと思い決めます。小屋を建て、葦の管で泉から水を引き、木の根を掘り起こし、石を取りのけて畑地をつくります。子どもたちはイチジクやザクロ、ブドウ、ラズベリー、イナゴマメ、キノコを集め、冬場に備えてイチジクを干して数珠つなぎにします。きびしい生活とはいえ、自然の恵みは豊かでした

シリアのキリスト教徒のアブ・ナオミは周辺に住むアラブ人の羊飼いや炭焼きに税をかけ、木を売っていました。ヘルモニは森を守るために炭焼きを追い払い、近隣のアラブ人と友好的につき合おうとします。そして、アブ・ナオミの「税のあがりを折半して、楽な暮しをしよう」という申し出をつっぱねたため、さまざまな嫌がらせを受けます。そのうえ、やっと芽が出た野菜をハリネズミにかじられ、ようやっと実った麦穂をネズミに食い荒らされてしまいます。今はキブツに暮らす、ハショメルの仲間たちの助けがなかったら、どうにもならないのでした。同じパイオニアでも、アメリカの『大きな森の小さな家』の暮らしとは危険度も生活度も違っていました。

そして二年後、頻発していた三〇年代のアラブ人暴動に巻き込まれ、一家は苦労の結晶の麦も家も焼きはらわれてしまいます。それでも、ヘルモニは長男と二人、焼け野原にまた鋤を入れていきます。「いつだって、ゼロからやるんだ」。それが、「あきらめるな」と言い続けてきた彼の、自分と息子への激励のことばでした。

努力物語ですが、オープンエンディングです。画一的な人物描写に流れがちな本書の中で、ふらりとやってきては、しばらくヘルモニの片腕になって働く男が、あの時代の理想と迷いを示して、魅力

的です。彼は洞穴に住み、パンも卵も乳製品も、菜食主義者が食べるものさえ拒否します。自然主義者だからと、口にするのは野菜や木の実だけ。マラリヤに罹《かか》ってもキニーネを拒んで死んでいきます。出身も素姓もわからない、そのくせ、存在感のある男です。

一九〇一年帝政ロシア（今のウクライナ）に生まれ、二〇年にパレスチナに移り住んだエリエゼル・スモーリーは、真正面からパイオニアたちの姿を描きました。一九四八年イスラエルに生まれたメイール・シャレヴは、『ロシア物語』や『エサウ』で、同じ時代を、風刺もまじえて少しはすかいに、けれどノスタルジーたっぷりに描いています。でもまた、それは、別のお話。

（『みるとす』一九九六年八月号）

生活に根ざしたことばと文学へ

　現代ヘブライ文学は十九世紀末から二十世紀にかけて、ローマ時代の名でいえばパレスチナ、独立後はイスラエルで、新しく芽をふき、枝を伸ばし、葉を広げました。いまも、枝を伸ばしつづけています。

　二十世紀以前にもロシアやヨーロッパの都市ではヘブライ語が使われ、文学も育ってはいましたが、こうした離散地、いわゆるディアスポラで創作された文学は、日常生活とはほど遠い、理想のための文学、民族主義を鼓吹し精神の高揚をねらった、意図的な文学でした。たしかに、そういうディアスポラで文学の花を咲かせたオデッサのアハド・ハアムや、ユダヤ国民詩人とうたわれ、一九〇三年、オデッサに近いキシニョーフで起きたポグロム（ユダヤ人襲撃や虐殺）について、このまま耐え忍んでいていいのか、と長大な、はげしい詩「虐殺の町で」を書いたハイム・ナフマン・ビアリクもいます。ジュダイカ（Encyclopedia Judaica）に、「現代最高の詩人、随筆家、小説家、翻訳家、そして編集者」と、五ページにわたってその業績がくわしく紹介されているビアリクは、パレスチナに渡ったのは一九二四年、五十一歳になってのことです。彼の活動の中心はオデッサやベルリンなどの離散の地にあり、ユダヤ民族の精神の鼓舞にありました。パレスチナに移ったのちも体調の不調から夏にはヨーロッパで過ごすことが多く、六十一歳のとき病状が悪化して、ウィーンに手術に行き、療養中に亡くなっています。

ともあれ、写真や肖像画で見るかぎり、でっぷりと太ったビアリクは、本業の詩作のほかにもユダヤ文化の伝播につとめました。出典や註を詳しくいれた『伝承説話集《セフェル・ハアガダ》』を共同編纂し、そのいっぽうで世界文学を紹介しようと、シラーの『ヴィルヘルム・テル』やセルバンテスの『ドン・キホーテ』、グリムやアンデルセンの童話などをヘブライ語に訳し、各種の世界会議に参加するかたわら、ヘブライ作家協会長をつとめるなど、精力的に活動しました。イスラエルに移り住んでの晩年は、ボス的・長老的存在であったという話もむべなるかなという八面六臂の活躍をしています。

＊

本論に戻りましょう。現代ヘブライ文学は、二十世紀にはいって、中東の国で、ようやっと生活に根づいたものになったといいたかったのでした。理想や主義のための文学ではなく、実生活に根ざした、まさに「イスラエル人の、イスラエル人による、イスラエル人のための文学」として育つには、生活言語としての幅と深みが、その言語で暮らす、受け皿としての土地と人間が必要だったのです。

そして、やはりここでエリエゼル・ベン・イェフダに触れないわけにはいきません。現代ヘブライ語の父です。

一八五八年帝政ロシア下のリトアニアの貧しい家庭に生まれたエリエゼルは資産家の伯父の養子になりますが、甥をラビにしたいと望む伯父の思惑に反して『ロビンソン・クルーソー』のような世俗的な物語に夢中になったため、業を煮やした伯父に叩き出されてしまいます。けれど世の中よくしたもので、凍えそうな身体をシナゴーグに横たえていた少年は、後の妻となるデボラとヘムダ姉妹の父親に救われます。

二年後、医学の勉強にパリに送られたエリエゼルは、当時の民族主義の動きを目の当たりにし、「ヘブライ語の現代社会への再生」に賭けようと決心します。たまたま結核にかかり、余命いくばくもないと宣告された彼には、心せくものがあったのでしょう。

民族の存立のためには言語が必要である、しかも、その言語は教養や主義のためのものではない、あくまでも日々の暮らしに根ざした生活言語でなければならない、という持論を、言語を実生活に定着させることで証明しようと思い決めたのでした。

帰郷し、思いを寄せあっていた養い親の長女デボラと結婚してイスラエルに渡ったとき、エリエゼルは二十三歳でした。

エリエゼル・ベン・イェフダについては『不屈のユダヤ魂』（ミルトス）、『ベン・イェフダ家に生まれて』（福武文庫）と、評伝が出ています。どちらも、歴史とともに生き、歴史を創りだした、熱く血をたぎらせて信念に生きた男の姿が克明にしるされた、すぐれた評伝です。

ずっと昔になりますが、ベン・イェフダについて夢中で語る留学生のわたしに、今春逝かれたヘブライ言語学の泰斗、ハイム・ラビン教授が、「じつに行き届いた評伝です。よかったらお訳しなさい」と、書棚から『Tongue of the Prophets』を引き抜いて渡してくれました。著者のロバート・セント・ジョンの献辞入りの『不屈のユダヤ魂』の原書でした。すぐれた作品は時がたっても褪《あ》せることなく、一九八八年に島野信宏氏によって邦訳されました。邦訳書を手に、ラビン教授から拝借したままの『Tongue of the Prophets』をひときわの感慨をおぼえつつ眺めたことが思い出されます。

デボラ・オメルはセミ・フィクションを得意とする作家ですが、『ベン・イェフダ家に生まれて』も遺族に取材し、文献を渉猟したのちに書かれています。オメルには、イスラエル独立の陰の功労者ヘルツルや、初代首相ベングリオン、ワルシャワ・ゲットー蜂起のツヴィヤ・ルベトキンなど歴史上の人物伝も多いのですが、評伝作家である彼女自身に鬱気質が強いせいか、いわゆる偉人伝ではありません。歴史に語りつがれた周知の部分、いってみれば陽の部分にはページをあまり割かず、彼らを偉人としてより「苦悩する、ただの人」として描こうとしています。しかし業績を残し得る人は「ただの人」に描かれても、やはり迫力があります。そして、ベン・イェフダは彼の家族にとっても、わが子を言語の実験台にするような、迫力に満ちた一種の専制君主だったようです。

説明にずいぶん行を割きましたが、それだけベン・イェフダは、魅力的な人物なのです。ここでいくつか評伝に補足しておきましょう。

ベン・イェフダは話しことばとしてのヘブライ語の確立をめざしましたが、書きことばでも、華麗で凝った古めかしい文体をやめて、わかりやすい会話文体をめざしました。ヘブライ語の世俗化に反対する宗教ユダヤ人を相手に論陣を張りつづけた自主発行の新聞「ハツヴィ」の文章は、わかりやすさが身上でしたし、次世代をになう子どもたちのために、ジュール・ヴェルヌの『八十日間世界一周』やブルワー・リットンの『ポンペイ最後の日』、ユゴーの『レ・ミゼラブル』などをやさしいヘブライ語に訳してもいます。もっとも今から見ると、かなり古めかしいのは否めません。

十五歳年下の二番目の妻ヘムダは、一九二二年にエリエゼルが六十四歳で逝ったのちも、夫の終生の大事業であった辞書編纂を、一九五一年に七十八歳で亡くなるまで引き継ぎました。彼女はそのほか子ども向けの物語をいくつも発表し、『ベン・イェフダ、その生涯と業績』、「最初のヘブライ語の子」として育てられた長男（彼女にとっては義理の息子になりますが）を主人公にした『旗をかかげる者』を著しています。

ちなみに、この「父の期待」という重荷を背負った長男ベン・ツィオンは、評伝にもあるとおりイタマル・ベン・アヴィと名を改め、パリとベルリンで学業を修めたのちは父の新聞を手伝い、「ドアル・ハヨム」という日刊紙を自ら発行してもいます。父親の死後は語学の才をいかして、「パレスチナ・ウィークリー」という英字紙を編集、ロンドン・タイムスやデイリー・メイル、フランスの新聞などの特派員をつとめました。ヘブライ語のラテン文字表記というような大胆な試みを提唱して、実際にその表記で父エリエゼルの伝記『わが父』を出しています。語学の才能とはげしい性格は父親ゆずりでした。一九四三年、アメリカで亡くなっています。

（『みるとす』一九九六年九月号）

七十八歳でノーベル賞を受賞したアグノン

一九七一年、主婦の友社から『ノーベル賞文学全集15　ジョン・スタインベック　シュムエル・ヨセフ・アグノン』が刊行されました。六六年にアグノンと同時受賞したユダヤ女流詩人ネリー・ザックスとではなく、六二年受賞のスタインベックと抱き合わせという妙な一巻ですが、二段組み約四〇〇頁、受賞あいさつから解説、主要作品目録のついた、ていねいな仕上がりの一巻です。

アグノンの訳者は、当時マンチェスター大学で教えていた村岡崇光博士。アグノンの、卑近でありながら、独創的で翻訳困難といわれる象徴性が、見事な日本語に移しかえられています。

絶版になって久しい、このアグノンの邦訳集がいつか再版されるのを願いつつ、村岡博士が労された訳と解説をすこし孫引きしながら、しばらくアグノンを追い、彼と同世代の作家たちにも寄り道してみましょう。

現代ヘブライ文学の巨匠といわれるシュムエル・ヨセフ・アグノンは一八八八年、オーストリア・ハンガリー帝国内の東ガリツィアにある小さな町ブチャチに生まれ、二十歳でパレスチナに渡り、一九七〇年、八十二歳で亡くなっています。

七〇年代はじめにエルサレムに留学したわたしは、なぜか彼とその作品は別格扱いされているという感を抱きました。それはひょっとしたらノーベル賞作家だからというカッコつきのものかもしれない、「ヘブライ文学ここにあり」と世界に知らしめた国民的英雄への憧憬と畏怖のなせるものかもしれないと思ったものです。同じノーベル賞作家の川端康成（六八年受賞）に、果たして日本人であるわたしは、かほどの畏怖と尊敬を抱いているかしらと懐疑的でさえありました。

けれど、アグノンの作品を数篇読むと（さいわいに四つの長篇を除くと、ほとんどそんなに長くありません）、そうした疑念はたちどころに氷解します。アグノンに寄せる人々の崇敬は基本的に作品によるものだとすぐにわかります。エルサレムのタルピヨットの森にある別荘のような居宅の近くには、ずっと以前から「安息日を守るユダヤ人の住まいゆえ、お静かに」という手書きの札がかかげられ、五十歳の誕生日からは一〇年ごとに公に誕生日が祝われました。

ノーベル賞受賞の知らせがスウェーデン放送の失態で二日前に漏れると、世界各国のユダヤ人は歓喜し、タルピヨットの教会堂では特別の礼拝が行われたそうです。授賞式後の晩餐会での長いスピーチを、アグノンは、ドイツ語を流暢に話し、英語もかなりの程度に話せたにもかかわらず、誰ひとり理解できないヘブライ語で行いました。頑ななまでの誇りは、アグノンの真骨頂でした。

ところで、少年期に読み、大人になってまた繰り返しひもといて、そのつど作品に新たな発見のできる作家や作品はそうざらにはありません。内容が時代にそぐわなくなったり、文体が古びて難解になったり、時代を超えて共感を得られるのは、ほんのひと握りの作家と作品だけです。日本でいえば、夏目漱石や芥川龍之介、ブームを超えて人気の宮沢賢治が、そういう稀なる才能と先見性を有した作家でしょうか。アグノンは漱石より二〇年後に生まれていますが、漱石に似て素養と創作の幅が広く、龍之介と同じくアフォリズムに満ちた短篇をものし、寓話を書き、人間への深い洞察と愛とあきらめを持った作品群は宮沢賢治にあい通じるものがあります。

ヘブライ文学という視点からアグノンを見ると、古典的な文体といい、文学的意想といい、じつに独自です。スウェーデン・アカデミーのエステルリングは、「アグノンはリアリストだが、そこにはつねに神秘的雰囲気が漂っていて、それがもっともありきたりの場面にすら、しばしば旧約聖書の世界にモチーフをとるシャガールを思わしめる不思議なおとぎ話的な光彩をそえている」といっています。

古代、中世の宗教文学に根ざした文体に、神秘主義的で幻想的なハシディズムの影響の濃い作品が多いのですが、それでいてアグノンは、はっきり現実を見据えています。ユダヤ世界にしっかり根をはりながらも、広く「人間」を洞察し、透徹した思索の末になされた創作は、民族の枠を越えた人間の苦悩を教えてくれます。I・B・シンガーと同じく、ユダヤ的であるがゆえに胸打たれるものがあります。そして、苦悩する民――いずこも同じだと思わせる普遍性があります。

『丸ごとのパン』や、その一連の作品ではカフカにも通じる悪夢のような不条理な世界を描き、『テヒッラ』や数々の寓話では無垢で敬虔な人々と時代への惜別をこめた弔鐘を鳴らし、『昔語り』のように初期シオニズムへの痛烈な批判を込めたリアリズムに徹した作品も書いています。

さてここで、ややこしいことは抜きにしてアグノンのアガダ的な短篇『ヤギの話』を紹介して、次回につなぎましょう。

——瀕死の老人が、医者にヤギの乳を飲めといわれました。買い求めたヤギはすぐ姿を消し、数日して戻ってくると、エデンの園のような乳を出しました。ヤギはときどき姿を消し、戻ってくると、その乳は蜂蜜より甘いのでした。老人は息子に、ヤギはどこに行くのか、病さえも癒す乳がなぜ出てくるのか知りたいといいました。息子はヤギの尻尾に「細いひも」を結わえ、ヤギのあとについていくと洞穴に着きました。そのまま一日、二日とヤギについて洞穴を抜けると、丘には果物が実りあふれ、泉は山からの清水をたたえ、風が薫る地に着いたのです。ヤギは木に登って、蜜いっぱいのイナゴマメを食べています。息子が通りがかりの人に、ここはどこですか、とたずねると、イスラエルの地、ツファットの近くです、と答えが返ってきました。

息子は、「ヤギのひもにひかれて無事にイスラエルの地に着き、その清浄さにひたっております。ヤギについて出立なされば、必ずイスラエルに着かれるでしょう」としたため、その紙をヤギの耳にはさみました。父はヤギを見れば頭を撫で、そうすればヤギは耳を動かすから紙が落ちる、父は手紙を読んで、ヤギのあとについてイスラエルに来てくれるだろう、と思ったのです。

老人のもとに帰ったヤギの耳は動かず、紙は落ちません。老人は息子を連れずに戻ったヤギを怒り、きっと息子は獣に食われて死んでしまったにちがいない、とヤギを見るたびに腹を立て、ついには屠殺人を呼びました。皮をはぐと、紙が落ちました。

老人は善行を施してくれた者にむごい仕打ちをし、運さえ失った自らを責め、ヤギを悼《いた》みました。ひとっ飛びでイスラエルに行けたのに、この異郷で報いを受けなければならないのです。あの隠れた洞穴を通る以外に近道はないのですから——。

息子がヤギにつないだのは「メシハー　細いひも」で、「マシアッフ　救世主」と語源が同じ、老人のいる地はポーランド、離散の地です。シャガールの絵、シンガーの童話に似たものを感じますが、おどろおどろしさはなく、といって、教訓的でもありません。

（『みるとす』一九九六年十月号）

アグノンと第二アリヤの文学者たち

現在はポーランドの南東部からウクライナにまたがるガリツィアは、シュムエル・ヨセフ・アグノン（頭文字をとってシャイ・アグノンと呼ばれる）が生まれた頃はオーストリア・ハンガリー帝国フランツ・ヨーゼフ皇帝の治下、ユダヤ人が数多く住む、ロシアと並ぶ啓蒙主義運動が活発な土地でした。母語はイディッシュ語でした。

ラビの家系ながら毛皮商人として生計を立てていた父シャロム・モルデハイ・チャーチキスはハシディズム（註：十八世紀に興きた神秘主義的な色あいをもったユダヤ民衆宗教運動）に傾倒し、アグノンにアガダの世界を教えました。家庭教師からはドイツ語とタルムードを、母エステルからはドイツ文学を、そして知らず知らずのうちに啓蒙主義文学を学び、長じてはイプセンやハムスンなどのスカンディナビア文学に親しんで育っています。

五歳で、旅に出ている父が恋しくてイディッシュ語の詩を書いたというのですから、そうとう早熟です。彼の父母への思いは深く、自伝的な『スカーフ』は、父が年一回の市に旅立つと哀しみに包まれてすわる母の姿と、少年の父恋しさを叙情的に描いた佳品です。少年はバル・ミツバ（註：男子十三歳で迎える成人式）の日、父の土産として母が大事にしているスカーフを首に巻いてもらいますが、その大事なスカーフを、町の人々に嫌われている腫物だらけの貧者にあげてしまいます。にもかかわらず、窓辺で一部始終を見ていた母は慈愛の笑みで少年を出迎えてくれます。宗教的に満ちたりた家庭、そして経済的に余裕のある、しあわせな少年期でした。

十五歳（一九〇三年）のとき、メシアの到来を妨害するサタンを退け、禁欲と断念によってその到来を早めようとした十六世紀のパレスチナのカバリストをテーマにした『ラビ・ヨセフ・デラ・レイナ』というイディッシュ語のバラードが、はじめて雑誌に載りました。その後は、詩や散文を定期的に発表する機会を与えられ、一九〇七年までに七〇篇にのぼる詩や物語、随筆などを本名の「チャーチキス」や他のペンネームをつかってヘブライ語やイディッシュ語で発表し、若い作家として有名になります。

一九〇七年にはリヴォフ（現在はウクライナのリヴィウ）に行って、イディッシュ語とヘブライ語の雑誌の編集を手伝いました。そこで多くの作家と知り合い、プロのジャーナリストとしても通用するようになりますが、数ヵ月後にはブチャチに戻り、政治運動に加わります。彼が応援したユダヤ人候補の選挙での敗退やベロストーク（現在はポーランドのビャウイストク）のポグロム、シオニズム運動の立役者ヘルツルの死や世界シオニスト会議などを見聞し経験した彼は、ユダヤ民族のために自らができることをしなければならない、パレスチナに行こうと決心していきます。『同胞の老人・青年たちの中で』（一九二〇年）はこの頃を描いた自伝的作品です。

一九〇八年春、パレスチナに着いた彼は、母語であるイディッシュ語を捨ててヘブライ語のみの創作に移りました。家庭教師や各種の機関や団体の書記をして口を糊しながら、シムハ・ベン・ツィオンの雑誌「ハオメル」の編集を手伝い、パレスチナでの第一作『アグーノト　忘れられた人妻』を同誌に発表。作品名にちなんだ「アグノン」をペンネームとして使いました。このペンネームは、その後、一九二四年にドイツから帰国すると彼の正式な苗字になります。「アグーノト（単数形はアグーナー）」は夫が妻を捨て姿を消しても、離縁状をもらわない限り、または夫の死が確認されない限り、再婚できない妻の立場をさします。男性形（アグン）はことばとして存在しますが、現実には例がありません。『アグーノト』は聖櫃《せいひつ》を彫る若い芸術家と他人に嫁ぐ運命にある資産家の娘との悲劇的愛を聖書やタルムードを引用して描いた作品ですが、娘の父親がパレスチナではなく異郷の地に婿を求めたことへの天罰のような、運命のいたずらが連なっていきます。

ところで、同作品が載った「ハオメル」をモシェ・スミランスキー、ダヴィッド・ヤリンとともに主宰したベン・ツィオン（本名シムハ・グットマン）はモルドバのベッサラビア出身の詩人で作家、教育者です。三十歳近くでオデッサに旅した折にハイム・ナフマン・ビアリクと親しくなり、いっしょに雑誌を編集する間柄でした。一九〇五年、第二アリヤ（註：一九〇四〜一四年に行われたパレスチナ移民。ほとんどが帝政ロシア出身者でイスラエル国家建設の担い手になった）でパレスチナに渡り、三二年に亡くなるまで数々の雑誌を主宰して多くの短篇を発表したり、ゲーテの『ヘルマンとドロテーア』やハイネの詩などドイツ文学をヘブライ語に訳して紹介しています。

意を決してパレスチナに渡ったアグノンは、『アグーノト』の他にもいくつか作品を発表しますが、どれもあまり人気を博しません。ヤッフォで知りあった第二アリヤの人々は古い生活を拒否し、新天地での暮らしにやみくもに期待をかけていましたが、アグノンはその性急さになじめなかったようです。彼らのほうもアグノンをブルジョワとみなし、「ガリツィア人」とばかにしました。

それでも「ハポエル・ハツァイール」誌に載った『険しきは平かとなり』は、当時の人気作家で編集者でもあったヨセフ・ハイム・ブレンネルに高く評価され、一九一二年にはブレンネルの手で出版されました。アグノンにとって、はじめての本で、「母であり師であった、亡きエステル嬢の御霊に」と献辞を入れています。タイトルはイザヤ書四〇章四節からとられたものです。ブレンネルとはパレスチナへの途次リヴォフで知り合い、深い友情が生まれていました。

ブレンネルは一八八一年ロシア帝国下のウクライナに生まれ、宗教的なヘデルやイェシバで育ちますが、十代でトルストイとドストエフスキーに心酔し、社会主義的人道主義に目覚めていきます。兵役中に日露戦争が勃発、ブレンネルは脱走をはかって捕まりましたが、「ブンド」（ユダヤ人労働者総同盟）の助けをかりて脱獄。ロンドンに逃げて、そこのユダヤ貧民街で出版活動に参加します。

ブレンネルがパレスチナに渡ったのはアグノンの翌年の一九〇九年。ハデラで農業をしたのち、第二アリヤの中心的雑誌「ハポエル・ハツァイール」の編集局に勤めます。そこで前出のアグノンの作品を同誌に載せ、かつ単行本化するのですが、その後もさまざまな出版活動に参画したり、ドストエフスキーやトルストイ、ハウプトマンの作品を翻訳したり、ヒスタドルート（労働総同盟）の創設に尽力したりしています。一九二一年、アラブの反ユダヤ暴動にまきこまれて亡くなるまで、じつに目まぐるしく活動的な人生を送っています。

にもかかわらず、『水のあいだに』や『ここそこから』など、ブレンネルの自伝風に記された作品に基調になっているのは、現実の社会と相いれることのできない自己の葛藤です。第二アリヤの人々も必ずしも順調に生活の基盤を築き夢を実現していたわけではありませんでした。二十世紀初頭のパレスチナは、ヨーロッパやロシアで暮らすユダヤ人思想家のレースに縁どられたようなサロンとはあまりにかけ離れた、暑熱と疫病と暴動の頻発する開発途上の地でした。ブレンネルと若年から親交を結んでいたグネシン（三十四歳で病没）にしても、現実と理想のギャップに苦しみ、概して現実に失望する自らを作品に投影しています。

アグノンはヤッフォのパイオニアたちのモダニズムに同調できないまま、創作意欲を駆りたててくれる、ユダヤ的な歴史環境をそなえたエルサレムにひかれていきますが、とりあえずは、当時の青年たちの間で流行していたドイツ行きを実行します。そして、一九一三年から一〇年あまりをドイツで過ごし、マルティン・ブーバーや、のちの彼のパトロンとなり、出版者となるザルマン・ショッケンの知遇を得ていきます。

（『みるとす』一九九六年十一月号）

アラブの人々をあたたかく描いたモシェ・スミランスキー

二十五歳のアグノンは、一九一三年にベルリンに向かいますが、彼の旅を追う前に、前節に名前の出たモシェ・スミランスキーについて少し触れておきましょう。『アグーノト』が載った「ハオメル」誌主宰者の一人、「ハッジ・ムーサ」（ヘブライ語ではなまってハヴァジャ・ムーサ）のペンネームでアラブ人の暮らしを描いた作家、農業開拓者として有名な人です。

一八七四年に現在のウクライナ、キエフ郊外の借地農家に生まれたスミランスキーは、おきまりのように啓蒙主義文学とロシア文学の洗礼を受けて育ちました。ウクライナでは、一八八一年のポグロムやユダヤ人の経済活動を制限する臨時法などで、いやがうえにも民族主義運動が高まっていました。一八九〇年、まず父親がパレスチナに下見に行き、翌年にはハデラに土地を購入して家族で移住。けれどハデラに黄熱病が蔓延《まんえん》したため、やむなく、リション・レツィオン、レホボットへ移ります。

一八九三年、レホボットに柑橘類の果樹園と葡萄園を求めて、二十歳のスミランスキーは本格的に農業をはじめ、暇を見つけては文学と政治にいそしみました。彼は、いわば第二アリヤの人々の先輩格で、一九〇一年にはオデッサとパリに農事派遣されました。パリではパレスチナのユダヤ人を支援していたロスチャイルド卿邸に滞在し、保養に訪れたスイスのバーゼルでは第七回シオニスト会議に出席。そこでアラブ人の暮らしに材をとった第一作『愛撫』を書きあげました。

帰国後にはＤ・ヤリンやＳ・ベン・ツィオンらと雑誌「ハオメル」を創刊、「ハヴァジャ・ムーサ」の名で同誌に作品を発表しました。農業を通した彼のアラブ人社会への理解と造詣は深く、入植地で政治的・経済的に優位に立とうとする第二アリヤの人々にアラブ人を擁護して論陣を張るほどでした。

彼はユダヤ人作家としてはじめて、ベドウィンやアラブの人々を人間味豊かに、叙情的に描きました。とかくアラブ人を敵対視しがちだった独立戦争前後のイスラエルの人々、とくに子どもたちに、彼のやさしく読みやすい作品が与えた影響は大でした。スミランスキーの死後、アラブの風習や族長たちの話、復讐譚などは作品集『アラブの人々』（六四年）にまとめられ、英語、ドイツ語、イディッシュ語でも翻訳出版されました。

第二アリヤの中心的文芸誌「ハポエル・ハツァイール」の創刊メンバーに、ゼブ・スミランスキーという人がいます。モシェ・スミランスキーと同じくレホボットに居を定めたので、わたしは長いことモシェの兄弟とばかり思っていましたが、今回調べてみると、モシェの甥だとわかりました。なお、ゼブ・スミランスキーの息子サメフ・イズハル（サメフはスミランスキーの頭文字。一九一六年生まれ）は、イスラエル文学界の長老として今なお健在、流麗で詩的な文章の達人として一定のファン層に支持されています。

ドイツ滞在中のアグノン

さて、ベルリンに向かったアグノンは、ともかく、その年ウィーンで開催された第一一回シオニスト会議に出席し、故郷ブチャチに父を見舞います。第一次世界大戦下のベルリン、ライプチヒ、ハンブルグなどを、彼はめぐり歩きました。滞在初期には家庭教師や「ユーディシャ・フェアラーク」の編集で暮らしをたてました。同社は彼の作品をドイツ語訳して特集しています。のちには、マルチン・ブーバー主宰の「デア・ユーデ」誌に寄稿するようにもなりました。そして、実業家ザルマン・ショッケンと出合い、運命が拓けていきます。

一八七七年生まれのショッケンは一九ものチェーン店を持つデパートのオーナーで、ジュダイズムに多大の関心を示し、稀覯本や写本、稿本の収集に資産を惜しみなく投じていました。ショッケンはナチスに市民権を剥奪され、チェーン展開していたデパートや出版社を強制収用されると、一九三四年にはパレスチナに移ってショッケンライブラリーを建て、翌年には日刊紙「ハアレツ」を買収しました。彼は十一歳年下の若いヘブライ語作家アグノンの才能を見抜き、パトロンとなり出版者となります。当然ながら、アグノン全集はショッケン出版社から出版されました。

アグノンは稀覯本を収集、またマルチン・ブーバー（一八七八〜一九六五）と知り合うと、彼の影響下にハシディズムの物語や伝承を収集しだします。ウィーン生まれの哲学者であり、ユダヤ教学者、シオニズム思想家だったブーバーはハシディズムの伝承の収集と研究をしていました。ハシディズムに傾倒していた父の影響も見逃せませんが、ブーバーとともに採集し研究したハシディズムのさまざまな物語は、後年、彼の創作の素材となり、核のひとつにもなっていきます。

一九二〇年にアグノンはエステル・マルクスと結婚。ドイツ滞在中に書いた『聖書筆写者の話』は妻エステルに捧げられています。あらすじは――聖書筆写を生業とするラファエルは一室だけの天井の低い家でひたすら聖なる仕事に精を出し、妻は家事にいそしむ。ある安息日、妻は倒れてそのまま亡くなり、ラファエルは妻のためにトーラーを筆写しようと決心する。そして、トーラーを書き終えた日、妻の花嫁衣装とトーラーを抱いて息絶える、というもの。

彼はまた、この滞在中にドイツ文学やフランス文学（ドイツ語訳されたもの）をせっせと読みました。作品もいくつか発表していますが、第一次世界大戦とその後の反ユダヤ的風潮のなかゆえ、ヘブライ語は控えられ、ドイツ語訳で出されています。滞在中の作品にはポーランドの敬虔なユダヤ人たちを描いた短篇が多く、一九二五年には『ポーランド――アガダ集』としてまとめられ、全集にも収録されました。

アグノンはいったん作品が出たあとも、何度か手を入れて改訂版を出しているので、出版年を決めるのが難しいようです。しかも目録に載っている作品が全集に入っていなかったり、かなり以前の作品が死後に出版されていたり、こうなると、いつ、どの時点の作品かわかりません。研究者泣かせな作家です。いささかの興味であちこち読みかじっているわたしにしても、頼りになるはずの全集に出版年の記載がなく、全集編纂意図が見えないので、いたずらに本を開いては閉じを繰り返さざるを得ません。

ところで、彼はドイツで長篇を書いていたのですが、一九二四年、火災にあって、すべてが灰燼に帰してしまいました。ノーベル賞受賞演説で、アグノンはこの火事に触れています。

〈私が病を得て病院の一室に臥せていたある夜、バート・ホンブルグの拙宅は火災にあって何もかも炎となって天にのぼってしまったのであります。その火災で失ったものの中には、およそ七〇〇頁からなる長篇小説がありましたが、その前編は近々出版を予告されていたものでした。『永遠《とわ》の生命《いのち》』と題するこの作品とともに、私がイスラエルの地を離れて異郷の地に身をおくようになって以来書きためていたものは一切失われました。そのほかにも、マルチン・ブーバーと共著の作品、先祖代々伝わってきた四千冊のヘブライ語の書籍ならびに私が生活費をきりつめて買い集めたものなどが消失しました〉

「手痛い」という表現さえ生半可な打撃でした。アグノンは生涯で三度も、火事にあったり暴徒に襲われて蔵書や草稿が台無しにされるという災難にあっています。一度目は第一次世界大戦で生家が戦火に見舞われ、若い頃の原稿などを焼失。二度目はこのドイツ滞在中の火災、『丸ごとのパン』にはこの火事が主人公のバックグラウンドとして語られています。そして三度目は一九二九年のアラブ人暴動でタルピヨットの家を破壊され、蔵書やパレスチナ入植についての貴重な資料や稿本を失いました。『イドとエナム』では、時代背景にこの暴動が描かれています。

火事のあと、失意のうちにアグノンはイスラエルに戻り、エルサレムに居を定めます。

（『みるとす』一九九六年十二月号）

付記：スミランスキーの『アラブの人々』は『死の接吻』（論創社）として刊行されています。

エルサレムを描きつづけたダヴィッド・シャハル

一九九六年の暮れから三ヵ月ばかりをエルサレムで過ごしました。その冬のエルサレムは予想に反してあたたかく、日中は二五度ぐらいになって、北欧や東欧からいらしい旅行者たちは胸をはだけて陽光を楽しんでいました。それでも日がかげると、さすがに標高八百メートルの町はずしんと冷え込みます。オスマン・トルコ時代に建てられたというアラブ風の家に仮住まいしたのですが、大理石の床や高い天井、厚さ四〇センチ以上の壁は日本家屋より冷気をためこみ、慣れるまでは達磨のように着ぶくれていました。

ヤッフォ通りを旧市に向かってキカル・ツィオン（シオン広場）近くで左に折れると、ヘレニ・マルカ通りになります。右側は警察署や裁判所のあるミグラシュ・ルスィ（元ロシア正教会敷地）の壁が続き、かつてロシア正教徒の巡礼宿だったというハガナット・テバア（自然保護協会）があり、その先にパブが何軒か並び、下り坂の途中にはイスラエル放送のラジオ局があります。

あたりには国やエルサレムのお役所がかたまっているのですが、どうしたわけか、そのなかに古い住宅が何軒かとり残されています。友だちの叔母さんの家だというそのうちの一軒を、わたしたちはただで使わせてもらいました。ヘレニ・マルカ通りに張りだしたバルコニーからエルサレム松越しにロシア正教会、旧市の壁やオリーブ山、ハル・ツォフィーム（マウント・スコープス）が見えました。

町の中央に位置したこの仮宿はなにかにつけて便利でした。荷をほどいて、歩いて四、五分のベン・イェフダ通りに散歩に出ました。夕闇が落ち、つれあいのために「おいしいオニオングラタンスープの店があるから」と探したのですが、見つかりません。キカル・ツィオンに向かって右側の中ほどのはず。坂を二度も上り下りしたのですが、ありません。

〈アタラ〉というそのカフェは有名でした。わたしたち学生にとっては寒い冬の日の熱々のオニオングラタンがうれしく、ひょっとしたら有名な作家たちに会えるかもしれないというかすかな期待もあり、なにより町のど真ん中という地の利のよさがありました。白いエプロンをかけたウェイトレスは中年太りのオバサンで、お義理にもサービスはよくありませんでした。二〇年前にはレジがなかったのでしょうか、オバサン・ウェイトレスは腰に黒革のウエストバッグ状の財布をつけていて、テーブルに注文の品を投げ出すように置きました。ガシャッと音はするし、コーヒーはこぼれるし、その乱暴さには何度通っても慣れることができなくて、むっとし、呆れ、ときには抗議したものです。

英国委任統治下の一九三〇年代に開店したという〈アタラ〉は、アモス・オズの『わたしのミハエル』（角川書店）には、

「ミハエルとわたしはその日の晩、ベン・ユフダ通りのカフェ・アタラで会うことにした。外では激しい嵐が吹き荒れ、エルサレムの城壁には雨風が狂ったように打ちつけていた。まだ、耐乏規制がしかれていた。代用コーヒーと小さな紙袋に入った砂糖が出てきた。ミハエルはそれについて冗談を言ったが、その冗談はおかしくなかった。彼は気のきいたことが言える人ではない……」

とあります。現在マウント・スコープスにあるヘブライ大学がギブアット・ラムに設置される前、まだ市中のテラ・サンタで授業をしていた時代のことです。『わたしのミハエル』は、夢と絶望がエルサレムの景色と渾然一体とする、オズの若い頃の作品です。

ほかにも、ピンハス・サデの『たとえのような人生』やハノッフ・バルトヴの『ニキビ』にも〈アタラ〉は登場しますし、アルモグ・エティンゲル作の『完全な恋人』にも〈アタラ〉が出てきました。盗品の肖像画の受け渡し場所に、〈アタラ〉が指定されるのです。二年前、九五年の作品だったので、まさか〈アタラ〉が幕を閉じるとは想像もしていませんでした。

〈アタラ〉は、わたしたちの滞在中にハンバーガー屋に様変わりしてしまいました。ひとつの時代の終わりでしょうか。

こうした失望は今回けっこうありました。アグノンの家まで車で運んでもらったときにはびっくりしました。林の中にあったはずの一軒家は、たしかに一軒家とはいうものの、緑の下生えがうっそうと茂る林はまったくなく、エルサレムの美観からずいぶんとズレた南欧風のヴィラの林立のなかに埋もれていました。時の流れ。そうかも知れません。けれど、「時勢」で片づけてしまうには惜しい景色が、なくしてはいけない景観が、エルサレムにはたくさんあります。

時が流れ、政治が変わり、道路が整備され、新しい住宅区が造られ、人が変わり、まるで浦島太郎のような気分でヘレニ・マルカ通りに戻ってバルコニーでお茶を飲むと、ほっとしたように時が逆戻りしていきました。二五年前よりはるか昔のエルサレムへ。

ヘレニ・マルカ通りの名の由来が、ダヴィッド・シャハルの短篇集『法王の口髭』所載の「あの日」に語られているのを、仮宿でぐうぜん見つけました。

――メリサンダ通りをしょっちゅう行き来している「ぼく」は北アフリカからの移民らしい男からヘレニ・マルカ通りのハノッフの床屋はどこかと聞かれ、昔読んだユダヤ史にそういうギリシア名を持ったユダヤの女王がいたような気がすると思いながら、ああ床屋なら、ほら向かいの店だ、だけどこの通りはヘレニ・マルカじゃない、メリサンダっていうんだと答え、同時に通りの名を記した標識に気づきます。

「この小さな道路標識にぼくはショックを受けた。もちろん意味はわかった。イギリス統治下のエルサレムでは、ユダヤ人居住区の街路名にはユダヤ名を、キリスト教徒居住区の街路にはキリスト教名、アラブ人居住区にはイスラム名がつけられた。キリスト教徒の住むムスララから枝わかれしてミグラシュ・ルスィ、その中心に白亜の壁と緑の屋根をいただく四角いロシア正教会に続くこの通りには、十字軍時代のエルサレムの歴史から名がつけられた。中世、十字軍のエルサレム王国時代にここを統治したキリスト教徒メリサンダ女王の名で呼ばれていたのだ。

われわれがこの町を統治するようになると、町はキリスト教史に関連する名を消し、かわりに、われわれの歴史から名をつけなければならないと判断した。たしかに、イスラエルへの愛に秀でていたとは言いがたい十字軍の名を町に記念すべき理由もない。そんなわけで、町は邪悪な十字軍のメリサンダ女王の名を消し、かわりにユダヤ教に改宗した、信心深いヘレニ女王の名を通りに与えた。だが、もしぼくが町の長老として尊敬を集め、街路名に権限を持っていたら、ぼくはこの通りの名を変える手間など省いただろう。いや、それ以上に十字軍の女王名を考えられるかぎりの理屈をつけて守ろうとし、他の通りの名についてもそうしただろう」

と記しています。

物語は、新兵時代に神経を病んで、当時「ぼく」が看護師をしていた病院に担ぎ込まれた男が床屋に職を求めている。会釈されて「ぼく」は男を思いだし、援助の手をのべようと床屋に推薦する。そして初仕事の実験台になり、カミソリの刃がのどにあてられるのを冷や汗をかきながら待つ、という心理小説風の短篇です。

ダヴィッド・シャハルはエルサレム生まれの四代目として一九二六年に生まれました。生粋の「エルサレムっ子」の彼は、好んでエルサレムを描いています。いました、と過去形にしなければならないのでしょう。この四月、シャハルは流感がもとでパリで客死しました。エルサレムからの電話で訃報を耳にしたときは呆然としました。今回の滞在で何度か会っていたからです。

今から二五年前、彼の作品に魅せられたわたしは「ブルーリア」という短篇を訳し、コール・イスラエルの番組でその話をしたことがあります。そして、エルサレムで親しくしてもらっていた婦人がシャハルの近所に住んでいたのが縁で、タルビエ地区のシャハル邸を訪ねました。高級住宅街の邸のフランス窓から濃い緑がのぞめました。残念ながら細かなことは憶えていません。ただ、シャハルの鋭い眼光と自信に圧倒されたことが、記憶にくっきり残っています。時が流れ、二〇年後の九三年、文芸誌の『すばる』（七月号）にダヴィッド・シャハルを特集してもらえました。エルサレムを背景にした短篇集のなかから、「ブルーリア」、「小さな神の死」、「真夜中の物語」を選び、マアリブ紙に載ったインタビューをつけ加えました。「ブルーリア」は青年期の惑いと憧れを、「小さな神の死」はシオニズムと神を、それぞれシンボリックに描いた作品です。

「山の上に楼閣のようにたつエルサレムは、丘と谷の多い起伏にとんだ独特の雰囲気の町で、夏はさわやかに涼しく、冬には二、三度だが雪が降る。乾季の夏には碧青の空が広がり、雨季の冬には台風のような雨風が木々を揺する。ユダヤ教徒、イスラム教徒、キリスト教徒がひっそりと住み、それぞれの教会堂やモスクや教会が、そしてまた、紀元前十世紀までに遡る遺跡が散らばる小さな田舎町である。流行とは無縁に、ゆっくりと時が流れて、町の人々もそうした田舎風の暮らしを、ゆったりと楽しんでいる。

ダヴィッド・シャハルは、このエルサレムの雰囲気を基調にしたシンボリックな作品を四〇年以上も書き続けている。（…）彼が描くエルサレムは聖都ではなく古都。生まれ育った馴染みぶかい石畳の古い町並みを慈しむように、素材として、背景として描くのだが、決して美化することはない。しかも、私が見るところ、作品のエルサレムは英国委任統治時代（一九二二〜一九四七）にタイムスリップしている」

これは、その折に記した解説の拙文です。留学していたころのエルサレムを思い浮かべて書いたのですが、それより数一〇年前のこの町はもっとこまやかで、親密な雰囲気を漂わせていたはずです。オズの作品でもシャハルの作品でも、エルサレムは喧騒と静謐がとなりあわせに、紙一重の均衡を持った存在として描かれています。

ところで、シャハルはマアリブ紙のインタビューで、「エルサレムに生まれ育った人しかぼくの作品をわかってくれないと思っていた。テルアビブの人にはもう理解できない世界だとさえ思っていた。だが、フランス人はこうした文学を芸術として扱ってくれる。彼らはシオニズムの問題解決も労働者の定住問題の解決方法も作品に求めない。彼らは芸術として文学に対する。どの作家にもそれぞれの立場や見解はあるが、フランス人はそれで作品の価値を決めたりしない」といっています。彼のいう通り、どちらかというと、本国でより海外での評判のほうが高かった作家といえます。フランスではプルーストと並び称され、ニューヨークタイムス紙では「文学に新しい道を切り拓いた」と絶讃されました。全作品がフランス語に訳されてガリマール社から出ています。フランス語版の訳者はマドレーヌ・ネージュ。修道院で教育を受けたキリスト教徒で、優れた訳業に対していくつか賞を受けていますし、八一年にはシャハル自身もフランスのメディシス賞外国小説賞を受けています。

賞にこだわるなら、イスラエル国内でも総理大臣賞、シャイ・アグノン賞、ビアリック賞、ノイマン賞と、文学関係の主だった賞は総なめにしています。なのに、なぜイスラエルではポピュラーでなかったのか。一般的には、彼がインタビューでいみじくも触れているように、政治的見解が右よりだからだといわれています。ところが作品には、そうした影はひとかけらもありません。ここ三〇年ずっと書き続けてきた八巻にのぼる長篇『壊れた器の城』シリーズは十六世紀のカバラ神秘思想家ラビ・イツハク・ルリアの思想を基底においた大河小説です。そのシリーズも、五〇年代から七〇年代にかけて書いた短篇群も、歴史的背景にオスマン・トルコ時代の影をひきずる英国委任統治時代から独立戦争前後を配した、田舎町エルサレムに住むユダヤ教徒やシオニスト、キリスト教徒やアラブ人たちの渾然とした暮らしです。

前述の「あの日」ではユダヤ人の身勝手な街路名を批判していますが、「夢」では弁護士として名声を馳せている主人公が、同僚のアラブ人弁護士の「あのユダヤ人が忘れた品だ、届けてこい」といっているのをドアの外で耳にして、「自分にはちゃんと名前があるんだ。名前をいえ」と喧嘩をふっかけ、ついには辞表まで提出してしまいます。ひょんなことから考古発掘調査団に加わった主人公の「時」との闘いを象徴的に描いた「時計」では、調査団長の温厚な英国人タイマー卿に「鋭い知性で詭弁を弄するユダヤ人たちは、発掘仕事の醍醐味を奪い、その楽しみを薄めてしまう」と語らせています。「老人と娘」では、ディアスポラに生きることを選んでアメリカを行商していて死んだ父親への恋慕のあまり、心やさしく信心深いシオニストの夫をいとわしく思う娘を描いています。

シャハルの作品では、アラブ人もユダヤ人も、キリスト教徒もユダヤ教徒も、等価値です。人そのものです。「政治的見解」云々は、文学者に政治をたずねて満足するイスラエル・ジャーナリスムの悪癖でしょう。ホロコーストを描きつづけるアハロン・アッペルフェルドは、インタビューで政治的意見を求められたとたん、「畑違い」だとにべもなくつっぱねています。

訃報に接し、久しぶりに作品を読み返しました。祖父母の代までは超正統派ユダヤ教徒で、親の代はコミュニスト、英国委任統治下の夜間外出禁止令のせいで父親が経営していた夜間学校が閉鎖になって破産したあとは、超正統派の住宅区メア・シャアリムの祖母宅で暮らしながら非宗教学校に通った経験が、彼の多様な作品群を形づくっています。

エルサレムに安住するとユダヤ人としての緊張を持ち続けられないと訴える男。ディアスポラへの憧れ。アメリカから来てキブツに行く理想主義者。シオニズムや宗教への懐疑。中近東に伝わる「邪視」を妬視と看破しながら、それから逃れられない人間の性《さが》。プラトニックな愛を信じながら肉欲に揺れる心。罪とそれがもたらす因縁を描いた不思議の世界。大人たちの生業や罪を垣間見る少年の視線や、純粋さを求める青年の不安。そこに、エルサレムの町並みや石畳の路地が水彩画のように重ります。ユダヤ的世界を描きながら、そこには普遍的な人間の惑いがあります。ユダヤ的な、それゆえにあまりに人間的な種々相、そして読後のさわやかさ。忘れていた若い日々を思いだすような作品群です。

冬の日、夕食を一緒にどうぞと、ヘレニ・マルカ通りまで杖をついて迎えに来てくれたシャハルは、往年の人を射すくめるような精悍なまなざしが和らいで、美しいバリトンでゆっくりとジョークを語る老紳士でした。

享年七十。つつしんで、冥福を祈ります。

(『みるとす』一九九七年六月号)

付記：ダヴィッド・シャハルの作品集『ブルーリア』(国書刊行会)が刊行されています。

イスラエルの書籍文化発信　ヘブライ文学翻訳インスティチュート

イスラエルは文化交流や文化の輸出にとても熱心で、力を入れています。ズービン・メータ指揮のイスラエル・フィルは毎年のように来日していますし、歌やフォークダンス、映画や彫刻、コンテンポラリー・ダンスなど、日本でもずいぶんと紹介されるようになりました。

では、文学はどうかというと、ヘブライ文学翻訳インスティチュート（The Institute for the Translation of Hebrew Literature）が見事な活動をしています。

このインスティチュートはイスラエルの教育文化省と外務省、ヘブライ文学者協会、ヒスタドルート（労働総同盟）によって六二年に設立され、六八年に政府外郭団体として独立しました。九七年度予算を見ると、四〇％を外務省に、三三％を教育文化省にあおぎ、残りの二七％が自己資金です。海外にむけての書籍文化の発信ですから、両省の協力は不可欠です。

設立趣旨は、ヘブライ文学作品の各国語翻訳および出版。ヘブライ文学を海外に広め、良質の文学紹介をとおしてイスラエルへの理解を深めてもらい、ひいては作家の経済状態を支援するというものです。

毎年、秋にはフランクフルト・ブックフェアにむけて文学作品総合カタログが、春にはボローニャ児童図書展にむけて絵本からヤング・アダルトむけの作品を網羅したカタログが編まれます。それぞれ、写真をたっぷり盛り込んだビジュアルな、百ページぐらいの英文冊子です。各作品の梗概と出版社名、出版年、ページ数、それにもちろん著者の略歴が写真入りで手際よく紹介され、作家ごとに著作リストが出版社名と出版年つきで載っています。このカタログで、イスラエル・ヘブライ文学の現状と傾向のおおよそがわかります。また海外版について一九九九年版のカタログには、ヨシュア・クナズの『猫たちへの道』を例にとると、

French: Paris, Gallimard, 1994.
German: Frankfurt, Suhrkamp, 1994.
Italian: Milan, Anabasi, 1994.
English: Vermont, Steerforth Press, 1994.
Chinese: To be published by Flower City, Guangzhou

という具合に列記されているので、誰のどの作品がいつどんな言語に翻訳出版されたかもわかります。

ちなみに『猫たちへの道』は、老人病棟と人生の終着駅にたどり着こうとする人々をネオ・リアリズムの手法で描いた一九九一年の作品で、新書サイズ二八〇ページ。「老い」という、回避できない過酷な現実を真正面に見据えた、イスラエルでも評判の高い作品です。わたしは、熱に浮かされたように夢中で読みました。

インスティチュートの主な仕事のひとつに、ヘブライ文学の海外への紹介・翻訳権の交渉、つまり、海外向けエージェント業務があります。当然のことながら、フランクフルトのブックフェアやボローニャの児童図書展、二年ごとに開かれるエルサレム・ブックフェアでは、積極的に版権の売り込みをしています。

その版権のせいでカタログには難点もあります。邦訳作品のあるアモス・オズやダヴィッド・グロスマン、アハロン・アッペルフェルドなどが入っていません。彼らにはそれぞれ別のエージェントがいるからです。といって、インスティチュートにオズやアッペルフェルド、その他カタログに収録されていない作家についての問い合わせはできないかというと、大丈夫。そのへんのエージェントとは違い、懐が深くて、融通がききます。各作家や作品についてしっかりした資料をもっていますし、博識のスタッフがいます。わたしは、レナ・キフレル＝ジルベルマンの『お願い、わたしに話させて』（朝日新聞社）を訳したとき、著者に関する情報収集を頼みました。文芸関係の新聞の切り抜きを送ってもらうこともありますし、著者の住所の照会や連絡の労をとってもらうこともあります。この原稿のためには、最新のデータをファックスしてもらいました。市場にもう出まわっていないモシェ・スミランスキー作品について問い合わせたら、コピーをどさっと送ってくれたこともあります。

カタログのほかに年二回、英文雑誌"MODERN HEBREW LITERATURE"を発行しています。ヘブライ大文学部のゲルション・シャケッドの編集で、論文やインタビュー、書評など、遠い地にいる者にとってはありがたい情報源でもあります。

インスティチュートの顧問には、国内外の作家やヘブライ文学研究家、たとえばハイファ大のアディール・コーヘン、バークレー大のロバート・アルター、オックスフォード大のデイヴィッド・ピーターソンなど一九名が名を連ねていますが、実際のスタッフは事務局長のニリ・コーヘンをはじめとして全員女性。見ていて気持ちよいほど、じつによく働きます。

今から二年半前の九四年一月、はじめての試みとしてインスティチュート主催で「ヘブライ文学世界翻訳者会議」が開催されました。外務省と科学芸術院が後援、招待参加者は七五名というかなり大がかりなものでした。イスラエル在住の翻訳者が数的には圧倒的に多かったのですが、英、独、仏、米、伊、エジプトはもとより、ブラジル、チェコ、スウェーデン、インド、ポルトガル、中国、日本と一八か国の翻訳者たちに声をかけ、言語面では、前述言語に加えてポーランド語、ハンガリー語、エストニア語、スペイン語、セルビア語、カタラン語、オランダ語、ウクライナ語、ロシア語など一九言語にのぼりました。事務局長の話では、九七年現在、六一言語に翻訳されているそうです。

だいたい「ヘブライ文学世界翻訳者会議」という試み自体、珍しいものです。世界のヘブライ学者や有識者を集めての国威発揚的な催しではないのです。「翻訳」という狭い世界の集いなのに、ひょいと浮かんだ発想を現実のものにしてしまうところに、イスラエル人、ユダヤ人のインターナショナルな性格があるのかもしれないし、行なえてしまう組織力があるのかもしれません。開催半年前には、渡航費・宿泊費全額をあちら持ちで、という招待状がファックスで届きました。

日本からは、アモス・オズやダヴィッド・グロスマンの政治的エッセイを訳している千本健一郎さんとオズの文学作品を訳している村田靖子さんとわたしが招待されました。

会議は、ウーリー・オルレヴの英訳やエルサレム・ポスト紙の文学評論で知られるヒレル・ハルキン、『アンネの日記完全版』を編纂したドイツ・アリババ社の編集委員であり翻訳者であり、かつ彼女自身の創作作品が日本でも数多く紹介されているミリアム・プレスラー、ヘブライ文学のアラビア語訳をすすめているマフムード・カヤール、アバ・コブネルを訳し、自らも作家であるヨスィル・ビルシュタインらの基調報告、ヘブライ文学の大御所であるアモス・オズ、A・B・イェホシュアやホロコースト作家アハロン・アッペルフェルド、バグダッド出身で初期にはアラビア語で執筆していたサミ・ミハエルなど、ゲストスピーカーもきらびやかでした。南京大のシュウ・シン教授につづいて、わたしも日本でのヘブライ文学の受容状況を報告しました。

今冬、事務局長に会ったら、中国ではヘブライ文学の翻訳が盛んで、すでに五〇点出ていると言っていました。「中国は、これこれの作品を出版したいが金銭的に余裕がない」と具体的に問題をいってくれる。問題をいってもらえれば、具体的な対処方法を考えることができる。日本の出版社はブックフェアで会うと愛想がいいし関心も示してくれるが、本や梗概を送っても返事がない。何を考えているのかわからない、むずかしい市場だといわれました。頭の痛い話です。

イスラエル最大手ケテル社の、いかにも切れ者という風采の編集長ヨン・フェデルは、「出版社の人間がいうのもなんだが、出版点数が多すぎる。イスラエル全国で出版社数は約二〇〇社、そのうち大手は一〇社。読書への関心が他のメディアや他の文化へ移行している現在、出版は厳選主義でいかないといけない」といっていました。読書率は全国平均で月三冊が一五％、月に一冊が四〇％のよし。なかなかです。

朝九時から夜十時半までの会議や報告。なかにテルアビブとエルサレムの文学散歩を一日ずつはさんでリフレッシュしても、疲れます。なのに、午後一時半から四時までは、昼食&シエスタと地中海的に鷹揚です。フルコースの昼食を各自自由に丸テーブルを囲んでとるのですが、同席する人で、会話の中味や盛りあがりも異なっておもしろく、お国事情を訊いて、また盛りあがったりしました。一週間続いた会議の最終日にはケテル社の肝いりで、作家と翻訳者の夕べが催されました。ポスト・モダンの旗手オルリ・カステル＝ブルームの短篇朗読や、ナタン・シャハムの第二次世界大戦に翻弄された難民音楽家四人の物語『ローゼンドルフ四重奏団』にちなんで弦楽四重奏で始まったパーティは、詩的な作品を数多く発表しているヌリット・ザルヒやホロコーストを描くタマル・ベルグマン、グロスマンやオルレブ、オズやメイール・シャレヴなどの作家が翻訳者と久々の再会を楽しんだり本を交換したり、それはにぎやかでした。疲れた脳髄に涼風が吹き抜けるような夕べが、いまでも懐かしく思い出されます。「翻訳者会議をまた開いてほしい」という要請があるけれど予算がない、と事務局長がいっていました。いずこも同じ、イスラエルの現状を考えると納得です。

川端康成の『みずうみ』と吉本ばななの『キッチン』をヘブライ語に翻訳したシュニット・シャハルさんに、この冬、会いました。日本文学のヘブライ語での翻訳紹介はどうかたずねたら、出版社も熱心だし読者の関心も高い、だが版権取得や著者との連絡などが非常にややこしくて、思うにまかせないことが多い、と言っていました。日本は、それ自体が大きな市場なので、少部数しか出ないイスラエルは切って捨てられがちのようです。残念です。

文化の交流は、地道で息の長い努力で築かれていくものでしょう。日本でも国際交流基金や公的な機関がもっと日本文化の輸出に積極的に資金援助をし、人材を育ててほしいと思います。ヘブライ文学が日本にもっと紹介されてほしい、そして日本文学がイスラエルにもっと積極的に紹介されるよう願っています。

（『みるとす』一九九七年七月号にJBBYの一九九四年二月号の一部を転記しました）

付記：現在はネットでヘブライ文学翻訳インスティチュートのカタログを閲覧できます。オズもグロスマンほかの作家・作品についても詳細がわかります。また、二〇二〇年現在で八二言語に翻訳出版されているそうです。

『四人の母』にみる新しい女たち

ユダヤ人（イスラエル人）は年代記やクロニクル的なものが好きだ、と妙に納得したことがあります。数年前、集中的に短篇や中篇を読んでいたときでした。たいがいの作家が、短くても年代記風の作品を書いているのです。

そもそも旧約聖書自体が連綿たるユダヤ民族の歴代誌です。言わずもがなかもしれませんが、世界の創造から人間《アダム》の誕生、イスラエル民族の起源、アブラハム、イサク、ヤコブ、ヨセフと続く偉大なる先祖、モーセのあとを継いだヨシュアや十二部族、ダビデ、ソロモンの栄華やバビロン捕囚、そしてエルサレムへの帰還と神殿の再建――と旧約聖書は壮大な叙事詩であり、歴代の記録です。

そうした歴史認識が意識下にあるからなのか、それとも離散地《ディアスポラ》暮らしから生まれた、家系を正しく伝えようとする知恵からなのか、多くの作家がクロニクル的なものを記そうとしている、そのヘブライ文学の特徴のひとつをわたしはまだ掘り下げきれないまま感想の段階にとどめていますが、だいたい、イスラエルの人々は文学に限らず、一般的にいっても家系図をひもとくのが好きですし、また、その歴代話は「事実は小説より奇なり」で、波乱にとんだ濃密なものばかりです。

数年前読んだ短篇・中篇の歴代記風作品は離散地《ディアスポラ》、とくにロシアやポーランド、あるいはギリシアに生まれた、あるいは暮らしていた、というあたりから物語がはじまっていました。そうした作品群には、かたちや内容こそそれぞれの作家の力量にゆだねられているものの、一種の定石があって、迫害、ポグロム、飢え、戦争、逃亡など、運命に翻弄されつつ親から子へ生きる術が、あるいはただ単に生きたという歴史が、継がれていきます。

今回紹介する作品の舞台はエルサレム。当然ながら、ここには離散地でかならずといっていいほど語られる迫害やポグロム、逃亡はありません。エルサレムを舞台にした五代にわたる歴代記、しかも女を中心に描いた歴史ものははじめてではないでしょうか。タイトルも、ずばり『四人の母』。

著者のシフラ・ホルンは一九八五年から九〇年にかけて外交官夫人として東京に滞在したことがあり、その間、日刊紙マアリブの通信員をし、教文館でヘブライ語を教えていたそうです。その五年間の経験をもとに、マアリブ社から『日本での体験』を上梓したところ好評で版を重ね、九六年には英語版がニューヨークのケンジントン社から出ました。英語版タイトル "Shalom Japan--Sabra Experience" が示すとおり、一般アメリカ人読者というより、ユダヤ系、あるいは在米イスラエル人を意識した翻訳出版でしょう。温泉や花見、豆腐やごみの捨て方やセックス観など、イスラエル人が見た「日本」を主観的に描いたと著者がいっていました。わたしは未読ですので論じることはできませんが、自己体験の域をでない、もの珍しさを強調した滞在記という印象を受けました。

さて本論、『四人の母』は、五代目の娘アマルが語り手となって、百年に遡る家系をひもといていきます。

この長篇の核になっているのは美貌の曾祖母サラの生き方と五代目の娘アマルの父親捜しです。アマルは私生児として生まれ、曾祖母のサラ、祖母のプニーナ・マザル、母のゲウラという女系家族のなかで育ちます。大伯父のイツハクは知恵遅れで、家族をたばねたり、家計を支えられる存在ではありません。中途まで、軽くあらすじをたどってみましょう。

エルサレムに暮らす曾祖母サラの祖父母は、無一文で病死。母のマザルは市場で小間物屋を営む男を仲介されて結婚し、サラを出産するが、ひどく年若での出産だったためか産道が破れて病がちになる。そのせいもあってサラの父は母に離縁状《ゲット》を渡し、ナポレオン金貨を半分に切り、その半片を置いて旅に出てしまう。

ある日、サラの黒髪は突然輝くような金髪に、目も黒から金蜜色になる。娘を慈しみ育てた母マザルは、サラが十四歳の冬に病死する。美貌のサラに男や仲介人が群がるが、彼女は男たちを拒み、ひとり小間物屋を切りまわす。そして運命の男があらわれ、二人は追い立てられるようにして結婚。だが、生まれてきた長男イツハクには知恵遅れの兆候が見え、二人は夫の故郷サロニキで治療しようとギリシャのサロニキに旅立つ。サロニキで、ナポレオン金貨の半片を持つ夫の父に会う。つまり、夫とサラは異母姉弟だったのだ。サラはふたたび身ごもって未熟児を出産。「知恵遅れの次に未熟児か、疫病神に魅入られた」と家族に疎んじられた未熟児は、しかし言語に並はずれた才能を持っていて、知恵遅れの兄や痴呆の祖父と健常者との仲立ちをする。この未熟児だった天才少女プニーナ・マザルが三歳のとき、サラは夫一家と別れてエルサレムに戻り、第三児を出産する。

これが全体の三分の一までのあらすじですが、シドニー・シェルダン顔負けのストーリーのおもしろさがあります。そのうえ、リアルで写実的な描写の中に、運命のいたずらのように「神秘」が、ひょいと顔をのぞかせます。

婚礼前の沐浴場《ミクヴェ》に象徴される宗教的な暮らしやアメリカから来たキリスト教徒一家とのふれあい、料理や裁縫を強制する良妻賢母教育の学校をやめてしまう娘プニーナ・マザルの学問への渇望の背景には、この世の終わりと騒がれたハレー彗星が流れ、それから四年後には第一次世界大戦、つづいて英国委任統治時代がはじまる、という具合に歴史が絡まっていきます。けれど、ユン・チアンの『ワイルド・スワン』のような壮大な歴史ドラマではありません。歴史はあくまでも背景に過ぎず、歴史に翻弄されながらも主人公の「女たち」はしたたかに生きていきます。それに、もうひとつ、この作品にはキブツ生活者は出てきてもシオニズムへの言及はありません。逆に反ユダヤ地下組織のコミュニストが第四代目として描かれています。

言語の天才であるプニーナ・マザルが英軍通訳の仕事に追われたせいで、娘のゲウラはアラブ人女性ファトマに乳をもらって育ち、そのせいかヘブライ語をおぼえようとしません。プニーナ・マザルはロシア移民青年をヘブライ語の家庭教師に頼みますが、娘はコミュニストの家庭教師の影響をもろに受けて地下組織の闘士になり、母親の勤務先である英軍に追われます。懸賞金付きのお尋ね者になったゲウラは超正統派教徒が住むメア・シャアリムに隠れひそみます。そして数ヵ月後、祖母サラのもとにあらわれた男装のゲウラは子どもを宿していました。父親は誰か？　ロシア移民のコミュニスト青年か？　彼女とつかず離れず育ったファトマの息子か？　新聞にメア・シャアリムのイェシバの学生たちがプリム祭の晩、ある女性を集団でなぶりものにした、と学生の一人が罪を告白してアメリカに渡ったという記事が載ります。

アマルは父親捜しの果てに、ブハラ・ユダヤ人の老人ホームを訪ねます。「反英闘争の急先鋒だったゲウラを党員たちは畏れ憧れていたが、女性としてひかれることはなかった。噂はあった。強姦したイェシバの学生が自分たちの行為を新聞に投書して大騒ぎになったことがある」と、母を知っているその老コミュニストに教えられます。このアマルに著者シフラ・ホルンを投影させてもおかしくありません。はじめての小説であれば、どこかしら著者が顔を出すものです。著者自身、エルサレムの第六世代として生まれています。ただ、父親は家族をショアでなくし、避難民《DP》としてロシアからイスラエルに渡って来た人だそうで、両親ともコミュニストだったといっていました。

ところで、本書がベストセラーになった（ハアレツ紙、別綴じ書評紙「スファリーム」のベストセラー一〇位以内にランク入りして、七月九日付けで三九週目を記録している）のは、まず第一に読みやすさ、第二にファンタジーとリアリズムを適度にまぜた重くならない年代記、第三に女性たちが主人公という点があげられます。しかも、どの女たちも男に隷属することなく、自分で生きる道を切り拓いているのです。母親の反対を押し切って留学したり、アラブ人の人権を守る弁護士になったり、不倫や離婚さえも自らの意志で選択しています。たしかに曾々祖母のマザルは離縁状《ゲット》を渡されますが、それとて産道が破れたために夫を拒んだせい。この作品にはユダヤ人女性が母型とするイディッシュ・ママはいません。イディッシュ・ママの原型（サラがそれにあたる）はいますが、彼女とて従来のユダヤ女性のイメージから見るとずっと自由で、家族に縛られていません。系図を見てもわかるように、すべてがファーストネームで、本書では、「姓」すなわち「家」は意味を持っていません。

もうひとつ、英国委任統治時代の古いエルサレムの面影が色濃く漂っている点も見逃せないでしょう。この冬には「『四人の母』の背景を訪ねて」というツアーがマアリブ紙主催で催され、四〇人以上の中高年男女が参加しました。わたしも参加しました。本書の中心的人物である美貌のサラはかなり高齢になってから、アラブ女性のファトマに習ってバラ水をつくって市場で売り、バラ水は「顔を洗えば白くなり、目を洗えばすっきりする」と評判になり、財産をなします。そのうち、バラ水を買わなくてもサラの祝福を受ければ元気になり子宝に恵まれると噂が広まりだし、いつしかサラは「ツァディカ」(義なる人)として、亡くなる日まで門前市をなす状態が続くようになります。読者のなかには彼女を歴史上の人物と信じる人も多く、「サラの墓はどこか」と問い合わせが絶えないと聞きました。ナイーブといえばナイーブ、けれど彼女が多くの女性の憧れを具現しているのも事実です。しかも、このサラ、暮らしにも子育てにも恋にも人一倍の苦労を重ね、苦しみ、しあわせと平穏を勝ち取っているのです。

外部から見ると、イスラエルの女性たちは自己主張がはっきりしていて、強い印象を受けますが、彼女たち自身は根強いイディッシュ・ママ意識から脱皮できないでいます。そのせいもあってか、イスラエルの女性作家の多くが、夫と理解しあえないさびしさや、家族や夫婦のあいだに漂う疎外感や孤独や不安を描いています。本書は、ひとつの女性解放の書かもしれません。

(『みるとす』一九九七年八月号)

子どもが持つ力を描く作家ウーリー・オルレブ

一九九六年度の国際アンデルセン賞をウーリー・オルレブが受賞しました。アンデルセン賞は、『長くつ下のピッピ』のリンドグレーンや『飛ぶ教室』のケストナー、『ムーミントロール』のトーベ・ヤンソン、現代アメリカ児童文学を質的に向上させたバージニア・ハミルトンなど名立たる作家たちの連なる、言うなればノーベル文学賞の児童文学版で、二年に一度ＩＢＢＹ（国際児童図書評議会）によって選ばれます。オルレブより二年前には、初めて日本から、童謡『ぞうさん』の詩で知られるまどみちおさんが受賞しました。まどさんののどかな童謡や詩が国際的に認められたように、オルレブのホロコーストを中心とした作品が広く認知されたといっていいでしょう。また、イスラエルの児童文学が世界に通用する豊かさと広がりを持っていると認められたといえるかもしれません。

ウーリー・オルレブは一九三一年ワルシャワに生まれ、戦争で反ユダヤ主義に出会うまで自分がユダヤ人だと知らずに育ちました。第二次世界大戦で医者の父親はロシア戦線に送られ、家族はゲットーに強制隔離されました。四二年、「再定住」の名目でゲットー住民の九〇％がトレブリンカ強制収容所に移送され、病院にいた母親が銃殺されると、オルレブと弟は叔母の手引きでポーランド人区に逃れ、隠れ家を転々とします。『壁の向こうから来た男』（岩波書店）のワルシャワ・ゲットー蜂起と壊滅を兄弟は隠れ家から見ていました。その後ベルゲン・ベルゼン収容所に送られて二ヵ月後、移動行軍中に救出されます。「今日ルーズベルト大統領が死んだと聞いた、四月十二日だった」と自伝にあります。その秋十四歳と十二歳の兄弟はパレスチナに渡り、避難民《DP》を受け入れていたキブツで働きながら、戦争で抜け落ちた教育を受けました。

「ヘブライ文学世界翻訳者会議」（一九九四年）に招かれた折に初めてオルレブに会いました。エルサレムの待ち合わせ場所に洗いざらしのシャツとジーンズ姿で現れたオルレブは、通りかかった中学生の質問に答え、アラブ人のベーグルパン売りと声をかわし、わたしには近くの史跡について説明してくれました。何年か前、谷川俊太郎さんがそこの音楽センターで詩の朗読をしたそうです。

オルレブ家の重い扉を開けるとすぐ二〇畳ほどのサロンになっていました。華美とか贅沢には縁遠い、こじんまりとしたしつらえです。この家が建てられた百年前はサロンと幅広のバルコニーだけで、そこで煮炊きをし、風呂を使い、馬を繋いで暮らしていたとか。ふと足元を見ると、街路の石畳と同じ滑らかに丸い石の床です。「貧しい人たちが住んでいたんだね」とオルレブが言いました。裕福だったら石畳を剥いで加工床を敷きつめたはずだから、と。

いくつかの作品の疑問点を尋ね、滅多にない機会だからとあれやこれや聞くわたしに、アルバムを出してきてくれました。晴れがましい一族の記念写真。兄弟の命を救った叔母。若い両親。親族の集合写真。収容所で没収されなかったのかと聞くと、「もちろん取り上げられたよ。ここにある写真は、戦前、ポーランドの外にいた親戚に送った記念写真で、彼らの孫たちには意味も価値もない写真になったから、譲ってもらってアルバムにした」のだそうです。やわらかな眼差しとおだやかな声。無理せず自分の身丈で暮らしている人の持つ静けさがオルレブにはありました。

オルレブは、中産階級の同化ユダヤ人家庭育ちのアハロン・アッペルフェルドと同じバックグラウンドを持ち、二人とも「ホロコースト作家」と呼ばれるのをよしとしません。アッペルフェルドは人間性の回復を目指して書き、オルレブは子どもは切羽つまった状況でも生き延びる知恵と本能を持った、未来を求める勇気ある存在だ、と綴ります。邦訳されている一三点中、ホロコーストものは六点ですが、そこに共通するのは、生き残ろうとする意志と、信ずるものを守ろうとする姿勢、危険と孤独の中に見出す人のやさしさでしょう。例えば、『走れ、走って逃げろ』（岩波少年文庫）は、カトリックのお祈りを覚えて生き抜いた実在の八歳の少年の、マイナスの条件をプラスに変えて人生をあらたに築きあげていく再生の話です。しかも、農家では求められる以上に働いて寝場所と食べものを得、森では苔の生え方で帰り道を見つけ、パチンコで鳥を射落とし、ガラスの欠片をナイフにするなどのサバイバルの知恵が盛り込まれているからおもしろいし、作者自身にサバイバル精神があることもうかがい知ることができます。ホロコースト作品は歴史や地理の記述が確かでないといけません。少年はあちこちの農家で働きますが、その記述から、ポーランドの農村の労働力不足（男たちが戦争に駆り出されて人手がない）ことや、爆撃で肉親を亡くした子どもたちへの同情が高まっていたことがわかります。しかも、そうした生活の基盤に信仰があったという事実も伝わってきます。もう一つ、ドイツ兵も警官も農夫も、一人のときにはユダヤの少年に手を差しのべるのです。善意だけではない純粋な人間性が読み手に伝わってきます。

やはり聞き書きの『太陽の草原を駆けぬけて』（岩波書店）は、故郷のポーランドを追われた少年一家がカザフスタンの小さな村で終戦まで工夫して暮らし、戦後いったんは故郷に戻るものの、すでに居場所はなくて、施設を転々とした末にイスラエルに落ち着くまでを描いた作品です。物語の大半が耐乏生活なのに、『走れ…』同様、魚釣りや燃料にする牛糞の干し方や人さらいに拉致されたことなど、胸が高鳴る冒険話が満載で、思わずページを繰ってしまいます。共産主義のソ連を理想とする父親とシオニズムに傾倒する母親の思想的な行き違いも丁寧に描かれています。

いつも、わたしは訳しながら人名や地名を一覧表にします。これは、ヘブライ文字表記と翻字を並記して、あとで現地語話者に確認してもらうために欠かせない作業です。『太陽の…』では歴史年表に結構な数の登場人物たちの年齢、事件や移動場所が加わりました。評伝劇を書くときの井上ひさしさんを真似たくての一覧表ですが、資料に当たると間違いなしでした。

そして、どの作品にも、軽やかなユーモアが漂っています。その点でも他のホロコースト作家と一線を画しています。

そのウーリー・オルレブが一九九七年秋に来日しました。招待講演の話は前年のアンデルセン賞受賞時にイスラエル大使館とＪＢＢＹ（日本児童図書評議会）の間で交わされていて、その冬エルサレムに滞在していたわたしが打診をおおせつかりました。当初は、日本は遠いし夫妻宛の招待でない、といって渋りましたが、結局、夫人の分は自己負担で初めてのアジアを訪問。一一日間に東京、浦安、広島、高知、大阪、京都で、六講演と四つの子どもや学生たちと会うというきつい日程をこなせたのは受け入れ側の万全な配慮があり、夫の操縦を心得た夫人のヤアラがいたからこそで、オルレブは寛ぎ、同行していたわたしは助かりました。

日本滞在中、オルレブは作家として依って立つヘブライ語で講演しましたが、「原稿をもっての講演はしない、物語を物語る」立場を貫きました。各会場で少年時代の思い出を「物語」って口火を切り、質問に答えるかたちで、また「物語」り、聴衆は生き生きとした「語り」の世界に引き込まれたのでした。

本好きだった少年は、ベルゲン・ベルゼン強制収容所では木箱にのぼって自作の詩を朗読したそうです。けれど、十四歳でパレスチナに渡ってヘブライ語を習得すると、母語のポーランド語を喪失し「詩」の才能も失いました。「ヘブライ語とポーランド語は違うから創作を始めたときに違和感はなかったか?」という質問には、「違和感がなかったといったら嘘になるだろう。ポーランド語の手書きは我ながら見事なのに、ヘブライ語は自分でも判読できないほどだ。だから物書きになってすぐタイプライターの打ち方を習った。だが、十八歳までキブツの学校で学び、その後も兵役や牛舎でつねにヘブライ語を使っていたから創作には支障なかった。わたしはコルチャックやスタニスワフ・レムや絵本などをポーランド語からヘブライ語に訳しているが、ヘブライ語からポーランド語へはもう無理だ」とのこと。ヘブライ語の個人教師が玉ねぎ畑からシャワーも浴びずに来たので、臭くて勉強がつらかった、とジョークも忘れません。

ホロコーストの記憶を語り継ぐことは、あの時代を生き延びた作家の宿命かもしれません。けれど彼は、それを意識的には行いません。ロビンソン・クルーソーのような冒険ものを書きたいと思ったとき、人口のほとんどが移送されて廃墟になったゲットーが浮かんだ。そこに自分のゲットーにいたころの体験を重ねて書いたのが『壁の向こうの街』（偕成社）だといいます。図書館で「ハッピーエンド」で「挿絵」がついた本を借りては読んでいた少年は、戦争の六年間を「ハッピーエンドが来る冒険」になぞらえて乗り越えたのでした。

「児童文学は頻発する自殺や犯罪から少年を救済できるか」という質問には、「文学が救済を目的として書かれたら、たぶん、教科書みたいに無味乾燥なものになるだろう。わたしは自分のアイデアを楽しんで書く。作品にはおのずとわたし自身の思想が表現されるが、それは無意識のうちに行われる」と言います。『編みものばあさん』（径書房）の解釈も、編んだ子どもはみんなと違うから学校に拒まれる、そういう「差別」と戦う絵本だ、という人もいれば、編んだ子どもはじつはわたしたち兄弟で、戦争によって家庭やしあわせを「解《ほど》かれた」が、いつか偏見のない国で新たに編み出される予感をはらんだ結末になっている、という人もいる。作品の解釈は自由だ。真相は、といえば、妻が編み物をしている友だちに、「何を編んでるの？」と聞き、「カーテン」と友だちがこたえたのを耳にして、お菓子から子どもまで編み出していくおばあさんのアイデアがひらめいた、それを育てたら絵本になった、のだそうです。

強制収容所については、二二ヵ月いたベルゲン・ベルゼンのドイツ国外報道向けの模範収容所の様子を、大阪講演後の若者たちとの集会で語って、感情的な固定観念で類型化されてしまったホロコースト観に疑問を投げかけました。ハアレツ紙のガレリア（九六年）にも、「ホロコーストはわたしの子ども時代だった。そして、ゲットーや強制収容所にも暮らしがあった。いつも恐怖に塗りつぶされていたわけではない、人々はふつうに暮らそうとし、ふつうに暮らすことで精神のバランスを保ち、未来に希望をつないでいた」と語っています。もちろん、ベルゲン・ベルゼンの模範収容所に入れられた三〇〇〇人のうち、模範棟の廃止後、解放されるまで生き延びたのは三五〇人。ほとんどが餓死か病死、あるいは絶滅収容所送りになったのですが、オルレブ兄弟にとっては、物音をたててはいけない、息をひそめての隠れ家住まいより、陽光の降りそそぐ森の収容所の方がよかったのでした。

こうした例でもわかるように、オルレブは作家個人を語りました。アッペルフェルドが個を消してユダヤ人とホロコーストを語ったのに対し、オルレブは、個人の経験の枠にとどまって噛み砕いたことばでゲットーや隠れ家暮らし、恐怖や餓え、少数者としてのヨーロッパのユダヤ人、パレスチナ人との共存を、質問を受けては静かな口調で語りました。

世の中はパラドックスに満ちている、ほかの面を見ようとしないで判断したり、一つの定規で測るのはつまらないし愚かだ、とオルレブはいいます。想像力と機知とユーモアで危機を乗り越えてきた作家は、すべてに肯定的です。にもかかわらず、「子ども」に戻らないとあの時代を思い返せない、「子どもの目」にならないと作品は書けない、大人の目で振り返ったら二度と元には戻れないだろう、と薄氷を踏むような記憶の紡ぎだしを『砂のゲーム』（岩崎書店）で告白もするのです。

こぼれ話を一つ、二つ。

冒険好きな元少年は食べものに関してはいささか保守的でした。それを救っておぎなったのがヤアラ夫人で、「日本でしか口にできないものを食べたい」と、蕎麦、お汁粉、塩辛と好奇心いっぱいに挑戦すると、つられてオルレブもお箸をのばすのでした。海老やホタテ、ワカメに目を細め、カツオのたたきを薄切りニンニクと頬張って、「こんなにうまいものだとは知らなかった」と舌鼓を打ちました。いつでも、どこでも、何時間でも眠りたい作家は、新幹線でもバスでもたちまち熟睡しました。それでも、夫人とわたしのおしゃべりに口を挟んだりおせんべをつまんだり。車窓からの景色、とりわけ、瀬戸大橋からの眺めや紅葉には夢中でした。

パレスチナとの和平交渉の進展を願うオルレブ夫妻は、旧来の「離散ユダヤ人」というより、平和を希求する「イスラエル人」でした。そして、おだやかに、けれどきっぱりと、現政権の愚行を憂えていたとつけ加えておきます。のびやかで自由な、子どものまなざしを失わない語り部、それがオルレブです。

（『みるとす』一九九六年七月号と一九九八年一月号、ＪＢＢＹ会報一九九四年二月号、同一九九六年十一月号を合わせて改稿しました）

「藪の中」。広辞苑には、〈(芥川龍之介の同名の小説から) 関係者の言うことが食い違って真相がわからないこと〉と記されています。まだ死語ではない言いまわしです。映画「羅生門」は芥川の『羅生門』と『藪の中』を土台に作られたのは、ご存じのとおり。ずいぶん前に、わたしはイスラエル博物館で観ました。『藪の中』は一九二二年、芥川三十歳のときの作品です。藪の中で一人の侍が殺される。加害者と目される盗人と侍の妻と巫女の口を借りた侍の死霊の、当事者三人がそれぞれ殺害は我が手にありと主張します。中村真一郎氏は「人生の事柄はすべて、このように謎なのだ」と言い、臼井吉見氏は「三人が三人とも自分を犯人と認めているところにこそ真実がある」と主張し、中村光夫氏は「妻、夫の陳述はそれぞれ前の陳述を否定する性格のものであり、結局、夫の死は他殺か自殺かという疑問に解決が与えられないし、他殺なら犯人は誰かもわからずじまいだ」などなど、ともかくかまびすしい。

すぐれた作品ゆえに錚々たる文学者や評論家の議論の的になるのですが、大里恭三郎氏は「『藪の中』は明らかに推理小説である。いや推理小説の形をとった文学である」、「芥川は藪の中の事件を想定したあと、その事件にベールをかぶせ、当事者三人の心理の劇を仕組んだのであろう」とミステリー説を述べています。

前ふりが長くなりましたが、ベニヤミン・タムーズの傑作『ミノタウル』を読んで『藪の中』が思い浮かびました。主要登場人物である男が二人殺され、犯人が特定できない上に、各章でその死の謎が重奏低音のように繰り返されているせいでしょうか。

タムーズが芥川龍之介の作品を知っていたかどうか。イスラエル人は概して日本映画に興味をもつので、「羅生門」は観たでしょう。ヒントを得たかもしれません。『藪の中』を心理・推理小説とすると、こちらは推理小説的であり、スパイ小説的であり、恋愛小説です。そこにレバント（地中海東部）文化の自負が込められた、文学的にも質の高いもので、いつか訳してみたい作品です。

ここでさきに、作者のプロフィールを記しておきましょう。

ベニヤミン・タムーズ（一九一九〜八九）はロシアに生まれ、一九二四年にイスラエルに移民。ソルボンヌ大学で美術史を学ぶ。イスラエル自衛組織ハガナの戦闘部隊パルマッフにいたことがあり、一年間ベドウィンのなかで暮らしたこともある。叙情詩のような『黄金の砂』で作家としてデビュー。作品は『エリヤクム』、『スペインの城』、『幻』（以上は三部作）、『ヤアコブ』、『果樹園』、『ナアマンへの鎮魂歌』など。六五年からハアレツ紙の文芸欄を担当し、七一年からイスラエル大使館文化担当としてロンドンに駐在、その後オクスフォード大に客員として六年いた。七八年には総理大臣賞を受賞。英国での評価が高く、『ミノタウル』（八〇）は八一年にはオブザーバー紙、八三年にはフィナンシャル・タイムズで「ベスト・ブック・オブ・ザ・イヤー」に選ばれています。

『ミノタウル』は四章からなり、第一章の物語を、二、三章が補完し、第四章は別の物語にそれまでの章が微妙に絡まる、という凝った作りになっています。

秘密諜報部員が、夢に描いていた少女を見かけ、手慣れた調査でその身辺を調べ、名前を伏せたタイプ打ちの手紙やレコードをせっせと送る。彼は四十一歳、少女ティアは十七歳。少女は不安を抱きながらも、一方的に寄せられる手紙に心ひかれていく。そして四年後、彼女は資産家の息子GRと婚約するが、結婚式の直前GRは事故死し、ティアはその死に彼がからんでいるのではないかと疑う。

大学教師になった彼女に「狙撃されて整形手術した」と諜報部員から旧い写真が届く。その写真に目を除いてはそっくりのギリシア人講師が大学に客員として訪れ、彼女は講師に「彼」をダブらせてすべてを話す。ティアは実家に彼をともなってお茶を飲む。銃声が二発聞こえる。死んだ男は家の前の喫茶店の窓辺に三日続けていたと店主がいう。「眠りたい」といってティアは薬を求める。

第二章はティアの恋人だったGRの生い立ちと、卒業祝いに買ってもらったランボルギーニに見知らぬ紳士を試乗させた直後、路肩に横倒しになって事故死するまで。

第三章はアレキサンドリア生まれのギリシア人大学講師のニコスの数奇な生涯と諜報部員らしき男との接点が描かれる。古代レバント文化の余韻の中で育ったニコスは、東ベルリンで博士号を取得し、放浪した末にティアとめぐりあう。彼女から千通にのぼる手紙を見せられ、手紙の主はイスラエル諜報部員だと知る。彼女の家族とお茶を飲んでいると銃声が鳴り、翌日の新聞に載った被害者の顔に彼は見覚えがあった。ティアから薬を奪い、任地のマドリードについて電話するが、電話は鳴り続ける。

こうして二、三章は新しい事実と新しい人物像を示しながら一章を補完していきます。舞台はロンドン、秘密諜報部員はイスラエル人で、GRともニコスとも接点があったことがしだいに明らかになっていきます。『藪の中』と似ているではありませんか。

この時点では、GRの死は仕組まれたものか、最後の狙撃は誰のものか、ニコスが狙撃に加担していたかははぐらかされたまま。ニコスは被害者の写真を見て、かつて訪ねたイスラエルで不審尋問を受けた時の調査員だったと気がつきますが、読む側にはティアから聞いたスパイの話を彼が誰かに洩らしたかもしれないという思いが残ります。なかなかすぐれた展開です。

それが第四章になると、サーガともいえそうな、父と息子、たぶん孫までにおよぶ男たちの内なる自分との闘いの話が展開され、悲劇が一気に醸成されていきます。もちろん、主人公は秘密諜報部員。ここで初めてアレクサンドルと名前が出て、その父の代からの物語が始まります。そして、それはイスラエルの歴史と重なります。

一九二一年、ロシア人アブラモブがパレスチナの平野に広大な畑地を購入し、その中央に上下水道を完備した豪奢な邸宅を建て、ドイツ人の妻と住みはじめる。畑地は柑橘系果樹園《パルデス》になり、周囲の貧しい村々から完全に孤絶した暮らしである。

アレクサンドルは、五十九歳の父と二十一歳の母の間にチェリストの指を持って誕生するが、父の悋気《りんき》がたたって母は精神を病む。五歳でアレクサンドルはロシア語、ドイツ語、ヘブライ語、アラビア語をおぼえ、乗馬と水泳を習い、チェロを弾きはじめる。週に何回か音楽家が訪れては演奏会が開かれ、少年は自室に追いやられて演奏を聴く。壁にエッチングがかかっている。〈頭が牛で胴が人間の瀕死の怪物がひざまづき、そばのバルコニーから女が怪物の頭に触ろうと手をのばしている。手と巨大な頭はほんのわずかしかへだたっていない。もし手が届けば、瀕死の怪物は助かる、とアレクサンドルは気づいた。〉

そう、ピカソの「ミノタウロスの死」です。競技場で身もだえする瀕死の怪物。大辞林には、ミノタウロスとは〈ギリシア神話中の人身牛頭の怪物。ミノスの妃パシパエと牡牛の間の子。ミノスにより迷宮に幽閉され、アテナからの貢ぎ物である少年少女を食べていたが、英雄テセウスに殺された〉とあります。半人半獣のミノタウロスは地中海文化の神話的で悲劇的な側面をになう、ピカソのテーマの一つでもありますが、潜在的な意識の力や虐殺者と犠牲者、愛と死などの二面性を持つものとして知られています。作者タムーズはこのミノタウロスのエッチングに、三章のニコスがさすらい求めたレバント文化への憧れと、妻の寂しさを思い遣らない父の酷薄さと孤独、そして、主人公のアレクサンドルがたどるであろう「ミノタウロスの運命」を暗示します。それは彫刻家でもあったタムーズ自身の姿でもあったのかもしれません。

頻発するアラブ人暴動、第二次世界大戦、独立戦争、シナイ戦役、六日間戦争を背景に、アレクサンドルの人生は勇壮な兵士から着実な実業家、華麗なスパイへと変転し、彼は父の生き方に反発しつつも父の軌跡をたどっていきます。独り居がほしくて選び取ったスパイ暮らしで、たまさか帰宅すると、不在がちな自分のせいで息子が神経過敏になり、寄宿学校入りを薦められていたというくだりがあります。〈同じことを父は老齢で、瀕死の母を六年も看病した末に決断した。私は、妻が怒りのあまりに叫び出すまいと歯を食いしばっているのを知りながら息子を犠牲にする。私は狂人だ。「父は死にたがり、生きる術を知らなかった」と息子が知って喜ぶだろうか。聡く健全だったら、「では、なぜ僕を生む前に死ななかったのか」と言うだろう〉と、主人公は慟哭します。

愛を求めることも育てることもなく、愛とは何かさえも知らずに生きた男。それはロシアを出る前の主人公の父の、そして睡眠薬自殺した母を実は愛していた父の姿で、主人公自身が妻に、ティアに繰り返していく姿です。実りのない愛、実りを知らなかった人生、それゆえに引き裂かれていく愛。狙撃される直前に、彼はティアにあてて〈私は妻の心を殺し、近いうちに私の死を祝うだろう息子と娘を生んだ。父も母も犬のように、星のように、孤独に死んだ〉と手紙を書きます。父と同じ悲劇を歩みながら、それでも彼は救いを、愛を求めます。

自室に追いやられて演奏会から流れてくる調べを聴いたときのひらめきがかたちを変えて、最後の手紙に記されます。〈子どものころ迷子になって描いた輪の中で私たちは出会った。その三つ目の輪、音楽の中心で、唯一の真なる神の子の前で、二人だけで光に焼かれたのだ〉と。

読み終えるとフォークナーの『響きと怒り』、『アブロサム、アブロサム!』が浮かんできました。ある状況の真実を求めていくつかの叙述を重ねる、あるいは一つの像を作りあげるためにいくつかの側面を与えるという手法はフォークナー的です。各章がジグソーパズルの断片で、最終的に読み手がパズルをはめこんでいく。いくつかの虚像、特にティアに見せた虚像〈狙撃された後、スパイを解任されたが整形手術はしていなかった）は、アレクサンドルの苦悩にいたると正像として迫ってきます。しかし、それも正像ではないかもしれない。そこに、本書のおもしろさがあります。

もう一つのおもしろさは、『ミノタウル』は「ユダヤ」を脱っしているという点。屈折した言い方ですが、二〇年代のアラブ暴動前からはじまるアブラモブ家の歴史はイスラエルの歴史です。主人公の父はシオニストではなく、主人公はハガナで反英抗争をし、モサドのスパイになりますが、その視点はイスラエル対イギリス、イスラエル人対アラブ人、いわば同時代のイスラエル人のものです。ユダヤという修飾句を棄てた、レバントのイスラエルが浮かび上がってきます。

『ミノタウル』はタムーズの代表作だろう、というヘブライ文学評論家のレオン・ユトキンは「主人公はミノタウロスとしての本性を乗り超えることはできず、二分された状態を続けざるを得ない」と言っています。そこにはタムーズ自身のイスラエル人としてのアイデンティティの二分性も込められているのでしょう。

ともかく多様な読みが可能な、華麗でいながら端正な作品です。英米、伊、独、仏、中国、スペイン、ギリシア語版が出ています。映画化されたと最近のニュースレターに載っていました。

（『みるとす』一九九八年五月号）

イスラエルの絵本

一九九七年四月から約一年間、全国各地でイスラエル絵本展が、イスラエル大使館文化部とJBBY（日本国際児童図書評議会）の共催で開かれました。ご覧になった方も多いと思います。たまたま、わたしはイスラエルに滞在していたので、その下準備の本の選定を翻訳インスティチュートの人たちを手伝って、テルアビブの図書館ですすめました。各会場の規模と搬送で展示点数は四〇冊ぐらいにとどめてほしいといわれていたので、絵の傾向が偏らないように、作家やイラストレーターにも変化があるように気をくばりながらの選定でしたが、最近刊行された絵本を見ていて、旧ソ連系移民作家の台頭を感じました。

絵本展がはじまって、参観者の反応のひとつに、絵が斬新だというのがありました。これは、ちょっと驚きでした。日本の絵本は世界的にも水準が高く、いわさきちひろや安野光雅、赤羽末吉、五味太郎、杉田豊ほか、海外での評判も高いので、イスラエルのイラストは古くさいといわれるのではないかと心配だったのです。

展示の中で好感度ナンバーワンは、オーラ・エイタンの絵本でした。彼女の絵だと思わず手に取ってしまうほど、わたしも好きな画家です。二十数年前、ハイファの工場労働者一家の暮らしを綴ったヤングアダルト向け三部作の挿絵を彼女が描いていました。確かなデッサンに裏打ちされた、丸みを帯びた顔の表情や線がすっきりときれいで、あか抜けたという表現はおかしいのですが、それまでの挿絵とはひと味もふた味も違っていました。イスラエル・レルマンのその三部作（『これぞ、わが一族』『イグアルの拍車』『村を撃っている』）は、それまでの愛国主義的な児童文学の殻を破った、貧しくものどかな労働者村を活写した印象的な作品で、コミカルな挿絵につられて、わたしはページを繰るのが楽しみだったものです。ベストセラーにもなりました。

ついでながら、作者のレルマンは自伝要素の強い、この作品を工場勤務の後にノートに書きため、出版社のアム・オベッドに送ったそうです。とても出版社を訪ねる勇気はなかったし、きたない手書き原稿を読んでもらえるなんて思わなかった、そしたら児童書になったので驚いた、自分では大人向けのつもりだった、と子どもたちが集まっての「作者を囲む会《ミフガシュ》」で話していました。

オーラ・エイタンに戻りましょう。エイタンは一九四〇年テルアビブに生まれ、エルサレムのベツアレル美術学校卒業後、子ども新聞「ハアレッツ・シェラヌ」ほかでコラムを担当、現在は母校ベツアレルで絵を教え、絵本や挿絵で幅広く活動している画家です。日本でもすでに、『でてこい、ミルク！』、『おひさまがしずむ、よるがくる』、『ハンナのあたらしいふく』（以上、福音館書店）、『編みものばあさん』（径書房）、『ぐんぐんぐん』（岩波書店）と、絵本が五冊出ています。

『でてこい、ミルク！』は画面いっぱいに絵と色がはちきれんばかりに飛びはねて、都会の子が雌牛の頭をなでたり、干し草をあげたり、いろいろ試して、やっとミルクが出てくるまでを、軽快な絵と文章で綴っています。それが、『おひさまがしずむ　よるがくる』では、一変して、夜が来て幼い子が眠りにつくまでが、やわらかな色調と静かな語りで繰り広げられています。いまにも眠りに落ちそうな無心な幼子と母親。ほんわりとくるみこむような情感にあふれています。訳は両点とも、『てぶくろ』や『おおきなかぶ』の内田莉莎子さん。名訳です。

『ハンナのあたらしいふく』はこれもアメリカの出版社から出たものですが、安息日に入る前に真っ白な新しい服を着せてもらったハンナはうれしくて、外に見せにいき、疲れたおじいさんの荷物運びを手伝ったら、せっかくの服が汚れてしまったというお話。ヘブライ語学校《ウルパン》で勉強したことのある人なら、たぶん記憶のどこかにある善行《ミツヴァ》物語です。ここでも、エイタンは新調の服に心を躍らせるハンナを明るいトルコ色を背景に、暗闇と悲しみを群青色を背景に、と大胆でいながら繊細なタッチで描いています。文章のイツァク・シュヴァイゲル・ダミエル（一八九二〜一九七二）はロシア生まれ。オデッサやモスクワ大で学び、第一次世界大戦後ポーランドのユダヤ人学校で教えながら創作をはじめ、一九二〇年にパレスチナに移民してからは労働者教育に専心しました。六七年に発表した『ハンナのあたらしい服』（原題は「ハナレの安息日のドレス」）は彼の代表作で、戯曲化されてもいます。訳は小風さちさん。『編みものばあさん』はウーリー・オルレブの文章と彼女の絵になるもの。編み棒から家やベッドやポット、男の子や女の子まで編み出していくおばあさんのリズムに合わせて、エイタンは草や子どもを編み目模様で描きます。おばあさんは編んだ子どもを受け入れようとしない社会と戦いますが、ファンタジー性を失わない文章に、エイタンはセピア色の編み目模様で繊細に華を添えています。『ぐんぐんぐん』は、アメリカのシンガーソングライターの作った子どものための歌に彼女が絵を添えたガーデニング絵本です。

さて、現代イスラエル文壇の売れっ子作家といえば、メイール・シャレヴ。そのシャレヴのユーモアたっぷりの文章に、アメリカンコミック風のヨスィ・アブルアフィヤのイラストがついたのが『こまるなあ　おとうさん』（アスラン書房）。おかあさんはテレビのレポーターで活躍しているのに、作家のおとうさんは何もしない。すれば、困ることばかり。そんなおとうさんが、学校のケーキ・コンクール（そんなの、はたしてあるんでしょうかね？）で腕をふるってくれます。原文を訳者のいぬいゆみこさんが上手に刈り込んで、読みやすくしています。

ヘブライ語の絵本では、まず、韻を踏んだ文章があって、それに絵をつける、というのが一般的なようです。リズミカルで耳にこころよい、日本語でいえばいわゆる七五調で、文章量が多く、絵本まるごとを日本に紹介するとなると、ちょっと大変です。それと、どうしても詩的な文章が先にあるせいか、絵が重要視されていない、絵の比率が少ない、という気もします。

絵本や挿絵といえば、ナフム・グットマン（一八九八〜一九八〇）に触れないわけにはいきません。彼は、「子どもの頃、外国の本は絵があふれていて、私は嫉妬でいっぱいだった。ヘブライ語の本がからっぽに思えて、私は挿し絵を描きはじめた（オフェク児童文学事典）」といっています。彼の父は作家で詩人のシムハ・ベン・ツィオン、第二アリヤの主要メンバーとして活躍し、ハイム・ナフマン・ビアリクと雑誌をつくった仲でした。ダビデ、ソロモン王の伝承説話をまとめたビアリクのアガダ集『そして、その日となった』のグットマンの挿し絵は有名ですが、彼自身もケストナータッチの物語を書き、絵本や挿し絵をたくさん残しています。いま手にとっても、古びた感じのしない、大胆で楽しい絵です。

最後に紹介するのは、ユダヤ・イスラエル人の作品ではないのですが、ユダヤ人女性と結婚し（人種法によって離婚させられた）、反ファシズム活動をしていたためにゲシュタポに捕まって、ウクライナに送られたドイツ人画家のレオ・メーターの『バーバラへの手紙』（岩波書店）。「三十五歳で戦死した父が幼い一人娘に送り続けた、愛情あふれるイラスト入り手紙」と帯にあります。見開きの片ページは兵舎や村の様子やバーバラのためにつくったお話を綴った「本物の」絵入り手紙、もう片ページに上田真而子さんの訳文がついています。本職のイラストレーターの絵ですから上手なのは当然ですが、ほとんど会うこともかなわなかった娘へのあふれんばかりの愛情が、のんきなほどに屈託のない、卓抜な絵とともに伝わってきます。

抵抗運動に加わった父親が、自身のパスポートでユダヤ人を国外に逃していた、と娘のバーバラが知ったのは戦後のこと。兵隊だから発砲しなければならないときもあったが、そんなときは空にむけて撃った、と父親の友人が語ってくれます。「父を取り戻すことができるのなら、私はどんなことでもしたでしょう。私は父を誇りに思います。父がだれであったかを、どんな人であったかを、父のありようをあらわしているその手紙と絵を、私は誇りに思います。それから、空にむけて撃ったことも」と、娘のバーバラはあとがきに記しています。手紙って、なんて人をあったかくしてくれるんだろう、としみじみ感じさせてくれる、すてきな本です。

（『みるとす』一九九八年三月号）

本を贈った、すべてを語った

このところずっと雑事に追われて、定期購読している雑誌や海外から届く新聞類を開封できず、そのくせ都心に出ると、つい大型書店をのぞいて気になっていた本を買ってしまうという悪循環がつづいています。書店に並ぶ膨大な本の山を見ては、「膨大な紙の無駄だ」と眩暈《めまい》をおぼえるようになってずいぶんたつのに、わずか五分ぐらいの電車の時間もなにか読むものがないと不安でたまらない活字中毒です。といって、やはりヘブライ語や英語となると、ちょっと気合いも必要であとまわしになり、積みあげた山はますます高くなるばかりです。

先日、ようやっと久しぶりにハアレツ紙の別綴《と》じ書評紙「スファリーム」をめくりました。「久しぶり」には、何気なく見過ごしていたものを、異邦人のように「?」で見たり、「!」と納得したり、客観的判断をくだせる効用があるものだ、と気がつきました。

九月から十二月までのベストセラー欄をのぞくと、翻訳ものが上位を占めていた夏頃にくらべて、創作がかなり健闘しています。純文学通好みのサヴィヨン・リーブレヒトの『男と女と男』、ミハル・シャレヴの『ラヘルの誓い』、シフラ・ホルンの『最高の美女』、ハイム・ベエルの『絆』、メイール・シャレヴの『砂漠の彼の家で』。なんと、『ラヘルの誓い』は十一月十八日付けまでで、ベストテン入り五八週を果たしています。短い紹介には、開拓時代の歴史を背景にした恋愛ものとあります。そういえば、東京に留学中のイスラエルの若い友人が「おすすめ！」といっていました。

ラヘル（一八九〇〜一九三一）は第二アリヤ期にロシアから移民した女流抒情詩人。正しくはラヘル・ブロブシュテインという名前ですが、詩集はすべて「ラヘル」とファーストネームのみで刊行されています。ラヘルはガリラヤ湖畔の女子向け農業学校で過ごしたのちに、フランスで栽培学とデッサンを学びました。第一次世界大戦でロシアに帰って難民の子どもの世話をしたのですが、結核を病み、一九一九年にキブツ・デガニアに加わったときには、もう働くこともかなわなくなっていました。晩年の五年をテルアビブのひと部屋のアパートで、ガリラヤ湖畔へのつのる想いや孤独や死をことばに託した不遇のひとです。

「ひょっとしたら《ウーラィ》」というイスラエルのポピュラーソングは彼女の歌。詩集のほとんどは最後の六年間に出版されたものです。『ラヘルの誓い』は、その詩人ラヘルと同名の、あの時代を生きた祖母と、ラヘルたちが生きた動乱の時と人間関係をからめ、いまに悩む孫娘と祖母のやりとりが生きいきと描かれた作品だと若い友人はいっていました。開拓時代といえば、やはり、あの時代の人々を描いた『エサウ』や『ロシア物語』のメイール・シャレヴがいます。おや、ミハル・シャレヴと苗字も同じだ、彼の娘かしら、と思いましたが、どうも関係ないらしいとのこと。もっとも、これは未確認情報です。

翻訳ものでは、ナタリア・ギンズブルグの『都市と家』が長期にわたってベストテン入りしているのが目につきました。邦訳は須賀敦子さんの名訳で、『モンテ・フェルモの丘の家』のタイトル。須賀さんが逝去されたあと、ちくま文庫入りしましたが、ユダヤ系イタリア女流作家のギンズブルグが八四年に発表した、家族が崩壊していくさまを描いた書簡体作品です。須賀さんファンのわたしとしては、チェックしながら思わずにっこりでしたが、イスラエルでの翻訳出版がこんなに遅いのはめずらしいことで、気になりました。

十二月に入ると、そのベストセラー欄にアモス・オズの『あの同じ海』が、発売と同時に第一位に登場。最近、文壇の世代交代がささやかれていますが、オズは健在のようです。昨年の七月から九月にかけて、彼と大江健三郎氏の往復書簡が朝日新聞に掲載されました。「未来に向けて」と題して、ここ数年、大江氏が世界の文学者と交信している文芸欄コラムです。小説では『わたしのミハエル』(角川書店)、『ブラックボックス』(筑摩書房)、『スムヒの大冒険』、『地下室のパンサー』(二点とも未知谷)、政治的エッセイでは『イスラエルに生きる人々』、『贅沢な戦争』(二点とも晶文社)と、邦訳された作品も多い、日本でもっとも認知されているイスラエルの作家といっていいでしょう。ほかには、エトガル・ケレットの中・短篇集『クネレルのサマーキャンプ』、キブツ女性の恋を描いたヨヒ・ブランデスの『ハガル』、オルリ・カステル＝ブルームの『オルリ・カステル＝ブルームの新しい本』という、人をくったタイトルも入っています。トレンドからトレンドへはしごするテルアビブのギャルが主人公の、いかにもポストモダンのカステル＝ブルームらしい話のようです。

「スファァリーム」の巻頭ページは、いわゆる編集長のページ。本にまつわることどもを本職は演劇評論だという、編集長のミハエル・ヘンデルザルツが軽妙に綴っています。「本の雑誌」の椎名誠さん風に販売体制に苦言を呈したり、書評界はエンターテイメント本を軽んじていると嘆いたり、本屋の棚の並べ方に難癖をつけたり。彼自身の活字中毒ぶりが見える好もしい欄です。

八月、九月の紙面は、ユダヤ教の新年《ロシュ・ハシャナ》や仮庵の祭《スコット》などの秋の祝祭日をあてこんだ出版社の広告がいつも以上に目につきます。ケテル、イエディオット・アハロノット、スィフリヤット・ポアリーム、ズモラ・ビタン、ショッケン、モサッド・ビアリクなどの大手出版社や児童書出版社が、いまが稼ぎ時とばかりに色刷りの一面広告をうっています。九月十六日付けの編集長のページはそれを多少揶揄した文章です。イスラエルの人たちの本との距離がわかるので要約しながら、ちょっとなぞってみましょう。


――出版協会は書籍のプロモーション、わけても購買欲促進に熱心である。祝祭シーズンに備えてポスターを作成。葉を広げて伸びる茎、その先には花のかわりに開いた本を配し、「本を贈った、《ナタタ・セフェル・》すべてを語った《アマルタ・ハコール》」のコピーをつけた。このコピーは、贈り手の思いを本が代弁してくれる、プレゼントには本が最適だと保証してもらえる、みたいに受け取られて浸透した。

本の値段はというと、いまどき五〇シェケル以下はほとんどない。しかも、プレゼント向きの本となると――版元のスラングでいうコーヒーテーブル向きの本とはいえ、決してコーヒーテーブルに置かれることはないし、だいたいがコーヒーカップもコーヒーテーブルに置かれることはないので、まあ、大差はないのだが――値段は百シェケル（註：百シェケルはおよそ三千円）以上にははねあがる。だから、本を贈る人間はケチとは思われない。これは、「得」な一面である。

だが、プレゼントに本を選ぶ、ということは何を意味するか？　それは、ひとえに本次第ということになる。たとえば、新年の晩餐に招かれて、ラム・オレンの『アシュラム』をプレゼントに持っていくとする。（訳者註：編集長のページ執筆時のベストセラー欄で第一位の作品。ラム・オレンは、日本でいえば渡辺淳一や東野圭吾クラスのベストセラー作家）。私自身はラム・オレンを読むのはちっとも恥ではないと思うが、ベストセラー、特にラム・オレンを毛嫌いするうるさ型もいる。招待主がこうしたうるさ型だと、自分たちの趣味にケチをつけられたと思われかねない。ならば、と恋多きエルサレムの美女を描いた、シフラ・ホルンの新刊『最高の美女』を選んだとする。招待主の夫側に、『恋の再燃』（ヨシュア・クナズの作品名）を求めているのじゃないかと疑念を持たれるかもしれない。妻側がなんと思うかについては、それはまた、別の問題ではある。

それでは、プレゼントには古典を選んだ方がいいかというと、これまた「本を贈った、すべてを語った」の定義にかなっているか、はなはだあやしい。英語の新装版『ユリシーズ』、あるいはジョイスの定訳者ヤエル・ラナンのヘブライ語版をプレゼントに選んだとする。まるで、招待主の家には『ユリシーズ』がない、それどころか、まだ『ユリシーズ』を読んだこともないだろう、といっているようにとられかねない。同じことがプルーストの『失われた時を求めて』にもいえる。プレゼントに選ぶだけ、持って行くだけ、時間の無駄というものだ。本を贈って「すべてを語った」つもりでも、これからさき、贈られた側が口をきいてくれなくなるかもしれない。

「本を贈ってすべてを語る者は、じつは何も語ってはいない」と、まとめてしまおう。ここで、私は、本をプレゼントに選ぼうというコピーに惑わされるなといいたい。出版社はつまるところ、本を、エレガントで格好な贈答品にどうぞ、と宣伝しているだけなのだ。本を「本」として、本のタイトルや内容云々を抜きにしたプレゼント品にどうぞ、といっているだけなのだ。彼らにとっては、それが収入の道なのだから。

つまり、コピーはかくあってほしかった。「本を贈った、すべてを語った、本を買った、版元を喜ばせた」。ポスターの下欄にもある、「プレゼントに本を……、よい年を……」——

わたしはといえば、本をプレゼントされるのは大好きです。贈り主のメッセージを、本のタイトルや本の内容に探すなどというシチメンドクサイことはしません。とくに、イスラエルの友人が選んで贈ってくれる本は土産や誕生祝いにかぎらず、いつだって大歓迎です。自分ではなかなか買えない詩集なんぞをもらうと、うれしい。それが厚手で、高価だったりすると、いっそううれしい。問題は、すでに注文して手元にある本とダブってしまうことが、ままあることでしょうか。願わくは、ファックスかEメイルで事前に聞いてもらえたらいいのですが。まあ、そう望むのは図々《フッパ》しいというものでしょうね。

（『みるとす』一九九九年三月号）

ユダヤ人が少ない国でヘブライ文学はよく読まれる

「あなたが翻訳した本の写真が載っていたので」とメモを添えて、エルサレムの友人から新聞が届きました。九九年一月一日付け、イェディオット・アハロノット紙週末版。前号でとりあげたハアレツ紙が品よく洗練され、ときにはパターン化されたスノビズムをちらつかせるのに対して、いわゆる大衆紙といわれるイェディオット・アハロノット紙はあけっぴろげで、視覚的にもカラフルな、挿画や写真を多用した紙面づくりをしています。見出しの活字が大きすぎてぎょっとすることもありますが、むずかしい表現を避けた易しい記事で、辞書を引く必要もほとんどない、ありがたい新聞です。

さて、送られてきた週末版にはヘブライ文学の海外雄飛をたたえる、三面にわたる特集が載っていました。おもしろい内容ですので、適当にはしょったり、補足しながら紹介しましょう。案内役はイェフダ・コレン&母袋夏生。

九八年三月、オランダのアムステルダムで催されたイスラエル建国五〇年祭に、アモス・オズ、A・B・イェホシュア、ダヴィッド・グロスマン、メイール・シャレヴ、バチヤ・グールなど、イスラエル文壇の硬軟とりまぜた第一線作家が招待された。催事会場にはサインを求める人があふれ、長蛇の列は会場ビルをぐるっとまわって、つぎの通りまでのび、四時間で五〇〇〇冊を売り上げた。これを一例として、九八年はヘブライ文学の海外紹介が、大幅に飛躍した年だった。一月から十月までに一二五点の作品および作品集（うち、児童書は三〇点）が翻訳出版され、そのほか、版権売買成約が一〇〇件を超えた。

グロスマン、シャレヴ、グールたちのエージェントとしてオランダでの催しに参加したハリス／エロンのデボラ・ハリスは、一九七九年に出版社設立を夢見てアメリカから移民。出版社ドミノを興したが、十二年後の九一年にドミノ社を売却して、エージェントに転向。やっと昨九八年、収益が黒字になったという。

しかし、エージェントが黒字収益になったからといって、作家本人が海外版出版で収入面の恩恵を受けることは、一部の作家をのぞいて、あまりない。ほとんどのヘブライ文学の海外翻訳出版は、だいたい初版のみ、よくて再版まで。部数も三〇〇〇部から五〇〇〇部どまりである。しかも、エージェントに二〇パーセントの手数料を支払わなければならない。いわば、作家にとって海外版出版は古風ないい方ながら名誉であり、「箔《はく》」なのである。児童書作家としては異例に翻訳点数の多いウーリー・オルレブは、海外出版総数が三四万部で、国内出版総数を約四万部も上まわっている。だが、彼とても、「各国語に翻訳されはしたが裕福にはならなかった。が、物書きとしての存在を認められた」というのである。

ベニヤミン・タムーズはイタリアで好評で、『ミノタウル』（六九頁以下参照）は七版、三万部を数えている。古代レバント文化への熱い思いをこめた作品だから、同じ地中海文化圏として共感を得たともいえよう。このイタリア市場は、グロスマンの『註を参照　愛』が翻訳出版されるまでヘブライ文学に関心がなかった。ホロコーストを戦後世代の視点から描いたこの作品は、たまたまモンダドーリという大手出版社のメガネにかなったことと、ムッソリーニのこともあって第二次世界大戦をタブー視してきたイタリアの社会変化の波に乗ってヒットした。グロスマン効果で、老大A・B・イェホシュアもいまやイタリアでは人気作家で、『マニ氏』や『遅れた離婚』などがよく読まれている。グロスマンより一〇年前に彼を売り込んではみたが、見向きもされなかったのに、である。

メイール・シャレヴの『砂漠の彼の家で』はドイツ語、オランダ語とも上製版でそれぞれ二万部。『精神分析ゲーム』や『教授たちの殺人ゲーム』で日本にも馴染みのバチヤ・グールのミステリーはドイツで一〇万部を超えている。

第一次大戦前のバグダッドのユダヤ人社会を描いたサミ・ミハエルの『ヴィクトリア』、迷信深いイランの片田舎に住む二人の娘に焦点をあてたドリット・ラビニャンの『ペルシャの花嫁たち』はオランダでベストセラー上位に食い込んでいる。

また、世界のメディアがイスラエルの現状、とくに宗教人と一般世俗人、いうなれば聖と俗の問題を取りあげだしてからは、それまで海外で無視されていた正統派ユダヤ教徒のハイム・ベエルの『羽毛』や『絆』に関心が集まり、ドイツ語、オランダ語とあいついで翻訳出版され、ほかの言語にも広がりだしている。ハイム・ベエルは一九四五年、エルサレムの戒律遵守家庭に生まれ、アム・オベッド社の校正係からコラムニストになり、現在は編集も務める兼業作家。同社から出た『羽毛』は、兵役でヨム・キプール戦争に行った、エルサレムの宗教社会で育った男の聖と俗の揺らぎや、兵役時の生と死をめぐってのおののきを綴った、独特な雰囲気がただよう作品である。

こうしたヘブライ文学に対するヨーロッパ読者層の関心の高さを、ハリス／エロンのデボラ・ハリス女史は、「オランダでの成功は、彼らが趣味のいい本好きで、真なる読書家だからだといえる。オランダ人は質の高い作品を求め、この国ではダニエル・スティールやジョン・グリシャム、スティーブン・キングは認められない」、「ドイツではイスラエル作家の知名度が高いが、はじめの頃は、ある種の贖罪感でイスラエルを理解しようとしていたともいえる。だが、そうした歴史的な要因ばかりではない。全体的にドイツ人は翻訳ものに対して開放的で、昨十二月のドイツのベストセラー一〇位中八点までが翻訳ものだった」と分析する。

一九六二年に外務省と教育文化省から資金援助を受けて設立されたヘブライ文学翻訳インスティチュート（四八頁以下参照）は、良質のヘブライ文学紹介をとおしてイスラエルへの理解を深めてもらおうという趣旨のもとに、いくつかの事業を展開しているが、エージェントとしてはイスラエル最大手である。現在、一八〇名の作家を支援して、六二言語に版権を売っているが、九六年から九八年にかけて海外での版権収入が倍増したという。インスティチュートの事務局長ニリ・コーヘンは、「一〇年前にはイスラエルの本は見向きもされなかった。それにもめげず、ブックフェアに出展し、世界中の出版社を訪ね、追いかけてきた。その長い歳月がようやく実を結びつつある」と、感慨深い。

インスティチュートの世界市場向けの戦略は、まずアンソロジーの編纂を各国に呼びかける。そのための作家リストと英語版資料を作成し、印税交渉その他いっさいを廉価で請け負う。つぎに、各国の文芸誌にヘブライ文学掲載をすすめる。こうして土壌ができあがると、特定の作家、あるいは特定の作品がわりあいすんなりとその国の読者に受け入れられ、ほかの作家があとにつづきやすいという。イタリア市場のグロスマン成功後のA・B・イェホシュアやオズ作品がいい例である。

いっぽう、海外に紹介する作品選定にはかなりきびしい基準をもうける。インスティチュートの編集顧問ハヤ・ホフマンは、各版元から届く本を専属の読み手二人に読んでもらい、二人の意見が分かれると三人目に読んでもらう。こうしてできた作品別報告書をインスティチュートの最高顧問会議に上申する。ヘブライ文学批評家のゲルション・シャケッド、作家のヨスィル・ビルシュタイン、ミフマン博士らがメンバーで、ここで「よし」とされた作品を、専属翻訳家のダリア・ビルーが一章か二章、部分英訳する。作品によっては全体の三分の一まで訳出することもある。それを、ブックフェアで配布したり各国の出版社に送付する。

ただし、この戦略はイギリスとアメリカでは効を奏さなかった。日本でも効果がなかった。現在までのところ主たる版権売買先はドイツ、イタリアで、そのあとにインド、中国、スペイン、フランス、ギリシア、オランダがつづくという。

アモス・オズのエージェントであるイギリスのデボラ・オーウェンはその理由として二点、「イギリスには自前のすぐれた文学があり、市場としてはすでに飽和状態である。そのうえ、ここの人々は異なる文化を排除したがる島国根性からいまだに抜けだそうとしていない」と、いっている。アメリカ市場についてインスティチュートのニリ・コーヘンは、「アメリカの出版社は商業的採算しか念頭になく、ベストセラーが見込めない作品の翻訳出版には関心がない。ヨーロッパの出版社が良書を出すことを誇りとし、社会の木鐸《ぼくたく》たらんとして、たとえ採算に合わなくても積極的に翻訳出版をすすめ、その社のカタログにすぐれた作家・作品名を載せることを名誉と思っているのと対照的である」と説明する。

アメリカのユダヤ人社会は大きいし、イギリスやフランスのそれもひけをとらない。ユダヤ人が経営する出版社も多い。だが、彼らはイスラエルからの文学発信に応えようとしない。「シャレヴやヨシュアという典型的ユダヤ名の編集者や社主がブックフェアにやってくるが、彼らは自分と同じ名前の作家の作品を買おうとはしない」と、ニリ・コーヘンはいう。「ヘブライ文学がよく読まれ、イスラエルの作家の知名度が高いのは、ユダヤ人が少ない国、ほとんどいない国だといっても過言ではない」と彼女はいう。

蛇足ながら、デボラ・オーウェンは元イギリス外務大臣夫人。オフィスを開設した七一年からオズのエージェントをつとめている。「同じジャンルの作家を二人はかかえない」というエージェント・ポリシーを持っている彼女は、オズのイスラエル国内の活動まで仕切る熱心さで、「オズは私にとってもっとも価値のある作家だ。彼の周辺には世界の出版人が群れつどっている。フランクフルト・ブックフェアの私の小さなブースで、ブラジルの彼の版元とチェコの彼の版元が抱き合っている姿を眺めるほどの喜びはない」と手放しである。翻訳点数上位ランク二位のオズだからこその述懐だろうか。

彼女は、「海外作家の模倣はだめ。作品に求められるのは、なによりストーリーを語る力で、文体やスタイルではない。ローカルで閉鎖的で、独創的で深遠な作品が求められている」といっている。これは、作家に対するものいいというより、エージェントとしての目利き論だろう。

オズのように海外にエージェントを持つ作家はほかにもいて、A・B・イェホシュアはドイツ、『心の小島』という国内外出版総部数百万部に近い絵本作家のミハル・スヌニットやホロコースト作家のアッペルフェルドはロンドンにエージェントを持っている。

日本でのヘブライ文学紹介は低調ではありますが、翻訳点数上位ランクの作家作品は、ヨラム・カニユクをのぞいて、何らかの形でいちおう邦訳紹介されています。九三年に来日した詩人イェフダ・アミハイの詩集は、英米市場不振という前述記事をくつがえして、ハーパー・アンド・ロー（ハーパー・コリンズ）、オクスフォード・ユニバーシティ・プレス、バイキングと、英米の手堅い大手版元から刊行され、ほかにも、ドイツ、フランス、イタリア、オランダ、スペイン、ポーランド、スウェーデン、チェコ、中国、アルバニア、カタラン語に訳されています。香りたかい彼の詩集がいつか日本語でもひもとけるでしょう。

デボラ・オーウェンやニリ・コーヘンの論も注目されます。日本も、基本的にユダヤ人がほとんどいない、それでいて「ユダヤ」に対して根強い関心をいだいている国です。近未来に、すぐれたヘブライ文学がどんどん翻訳出版されるよう期待しましょう。

（『みるとす』一九九九年四月号）

様変わりするイスラエルを旅して

三月末の真夜中のベングリオン空港には、もわっ、となまあたたかい空気が流れていました。冷気が肌につき刺さるような早朝の新宿駅、暖房がきいていてもマフラーがはなせなかったアムステルダムのスキポール空港を経た長旅の終わりの、この「もわっ」にはほっとします。

エルサレムに約三ヵ月滞在したのは二年前。現代政治や経済を専門にしているのならいざ知らず、のんびり楽しんで仕事をするというのが生活信条ですから、とりあえず、本や資料はわたしの頼みに応じてエルサレムの友人が購《か》って送ってくれるもので間に合っています。なのに、あらためて「イスラエルに行く」となると、日頃の怠慢を責められるようでちょっとあわてます。

今回は、会いたい人にだけ連絡をとって、過越《ペサハ》の祭にかかった二週間足らずの旅をなりゆきまかせに楽しむことにしました。ジョナサン・ケラーマンの『殺人劇場』を旅のともに持ちました。彼は、アメリカのユダヤ社会を題材にした『水の戒律』や『豊饒の地』などの著者フェイ・ケラーマンの夫で、精神科医。事件にからめて精神障害や医療過誤、母原病問題をえぐって卓抜な推理作家でもありますが、イスラエルを舞台にした作品は今のところ、この一冊だけです。

夜中の二時半ヤッフォに近いテルアビブのダン・パノラマ・ホテル到着。イスラエルのホテルの朝食は出色です。眠気をおさえて八時半には朝食におりました。新鮮な野菜や果物に各種のチーズやヨーグルト、酢漬けや燻製の魚、サラダのプレートが並び、「マッシュルームとネギとチーズを入れて」といって目の前でつくってもらう熱々のオムレツや、オレンジやグレープフルーツの絞りたてジュース。ハムやソーセージこそありませんが、ヨーロッパの五つ星ホテルにひけをとりません。過越の祭はこの日の日没からなのに、もうパンは姿を消していて、クラッカーのような種なしパン《マッオット》だけでした。香ばしいイスラエルのパンがおあずけになったのは残念でした。

その夜は、友人宅でのセデル（過越の祭初日の晩餐）。留学の時以来ですから、それこそ二十数年ぶりです。道路が空いていたので、ヤッフォからエルサレムのジャーマン・コロニーまで一時間、うす黄色の大きな満月が道連れでした。

過越の祭はモーセによる出エジプトを記念する春の祭りで、いくつかきまりごとがありますが、セデルは民族儀式であると同時に家族的な食事の集いで、ユダヤ的な家族の絆に関心のあるつれあいには、うれしい機会でした。友人夫妻の両親や子ども、姪の家族や私たちをいれて、総勢一九人が集まりました。

このセデルには、出エジプトの伝承と祈りを綴った式次第であるハガダーがつきものです。ホスト役の友人の両親が持っているのはロシア語とヘブライ語（アラム語）対訳のハガダー、十三歳までエジプトのカイロで育った妻が手にしているのはフランス語の説明がついたハガダー、イスラエル北部のナハリア育ちのホストは少年時代から大事にしているナフム・グットマンの挿し絵がふんだんにはいったハガダー。兵役中の息子が開いているのは、最近出版された斬新でコミカルなデザインのハガダー。ホスト役の勤務先であるラジオ局コール・イスラエルが出版したハガダーも、まずまずのデザインです。みんな、とりどりのハガダーを手にし、席順にしたがってよどみなく朗誦していきます。音楽的な響きです。参会者に宗教人はひとりもいません。

　そのうち、ラジオ局版は誤植だらけだとハダサ病院の博士夫妻がブーイングを連発し、香港ではそうは誦《よ》まないとダイヤモンド商人が茶々をいれ、いつの間にか「エハッド、ミヨデア」（註：誰が一を知っている。私が一を知っている。一は天と地にいます我らが神。誰が二を知っている……と続いていく過越の祭の数え歌）にとんで、食事に移りました。

　ホスト役の友人夫妻は前日もラジオ局、エネルギー省で残業しているので、料理のいくつかは参会者の持ち寄り。そのあたりは時の流れを感じます。大きなテーブルを囲んでなごやかに会話がとびかった晩餐がお開きになって、ホテルに戻ると夜中の一時をまわっていました。送ってくれた軍属の青年は、これから地中海岸を少し北上したヘルツェリアに住むガールフレンドに会いにいくそうです。一週間の休暇、春の気配が濃厚な祭りです。

　テルアビブからエルサレムに移る日、迎えに来てくれた作家のウーリー・オルレブ夫妻が、地中海沿岸のカエサリアからズィフロン・ヤアコブをまわるコースを考えていてくれました。海岸沿いの道の両側に、黄色い花を重たげに垂らしたシタの茂みがあちこちに見えます。シタはミモザの一種ですが、ふつうのミモザよりはるかに大きい花房をつけます。ハルツィヨットの大きな花が黄色い絨毯を敷きつめたように広がっています。和名はシュンギクですが、とてもおひたしにはできそうにない、野生の逞しさを感じる花と草です。

ズィフロン・ヤアコブはカルメル山麓にある、一八八二年にルーマニア出身のシオニストたちがつくった村で、ロスチャイルド卿の経済的バックアップで葡萄園ができ、ついで葡萄酒が製造されるようになりました。カルメル・ワインです。ちなみに、ズィフロン・ヤアコブはロスチャイルド卿の父を記念してつけられた村名で、三〇年代からはリゾート地として発展し、現在は芸術や知的労働をしている人々の住宅地になっているようです。軽井沢に似た冷涼な気候、山腹に意匠をこらしたヴィラが立ち並んだ別天地です。別天地といえば、ここのレストランには発酵食品を口にしてはいけない過越の祭の最中なのに、禁忌である発酵させたローズマリー入りの丸パンがあり、ビールも飲めました。オルレブ夫妻が注文したブイヤベース風の大きなディッシュにはタコ、海老、ムール貝、イカが入っていました。タコもイカもエビもユダヤ教の戒律にきびしいエルサレムの町にはありません。その翌日、買い物に出たエルサレムの、スーパーマーケットでも酒屋でも、ビールやクッキー類の棚が包装紙でおおわれていたのと大違いです。そういえば、ビールはテルアビブでも買えました。

ワインを飲んでいると、ズィフロン・ヤアコブ在住のヒレル・ハルキンがやってきました。彼とは五年前、ヘブライ文学翻訳者会議で会っています。ヘブライ文学やイディッシュ文学の英訳者であり、イスラエルやユダヤの文化や政治についての著書も多く、『エンサイクロペディア・ジュダイカ』の編集にも携わっている人です。A・B・イェホシュアやオルレブの英訳、ごく最近はナヴァ・セメルの詩情あふれた『飛ぶ練習』を巧みに英語におきかえているのに舌を巻いたばかりでした。

食後のコーヒーはハルキンの家で、ということになって山道を歩きました。ハルツィヨットや菜の花をかき分けていくと、田舎道の向こう、山腹に建物が見えてきました。アメリカから三〇年前に移民してきたときはエルサレムに住みたかったが、エルサレムは家も土地も高すぎて手が出なかった。それに、樹木を楽しむ庭がほしかったのでカルメル山を選んだ、とか。去年の夏、山火事にあってせっかく育てた樹木は全滅、家だけが奇跡的に残ったのだそうです。雑草が茂った庭に黒こげの木が一本ぽつんと残っています。木の股からヒョイヒョイと新芽がふいていていました。

「長女の誕生を祝って植えたアーモンドの木でね。毎年、花をつけるたびに、ニューヨークにいる娘も元気だ、と木に話しかけていた。火事で焼け焦げて、娘の安否をたずねることもできなくなったと思っていたら、ほら、二月頃から緑が見えだしたんだよ」

その長女は二十七歳。今年、コロンビア大学で博士号を取得するそうです。血統を感じます。

ヒレル・ハルキンの父、アブラハム・ソロモン・ハルキンはロシアに生まれ、ニューヨークで育ち、七〇年にエルサレムに移住するまでニューヨーク市立大学でセム言語を教授しました。イブン・エズラやマイモニデスの紹介で知られ、『エンサイクロペディア・ジュダイカ』のジュデオ・アラビア文学、中世文学の編集をしています。その兄シモン・ハルキン、つまりヒレルの伯父はヘブライ語の詩人で作家。アメリカでしばらく教鞭をとり、四九年にヘブライ大学の現代ヘブライ文学の教授になりました。ホイットマンの『草の葉』やシェークスピア、ジャック・ロンドンのヘブライ語訳者としても有名です。また、この兄弟のいとこはイディッシュ語の詩人シュムエル・ハルキンです。彼はいとこたちとは違ってロシアから離れなかったのですが、第二次世界大戦後、「ユダヤ・反ファシスト委員会」がスターリンによって解散されると、その主要メンバーとしてシベリア流刑になり、健康をそこれね六〇年に亡くなりました。

こうした言語・文学的血筋を継承したヒレル・ハルキンは、鋭い嗅覚で作品を選んで英訳していいます。代表的なものにアグノンの『単純な物語』、シャレヴの『ロシア物語』、ピンハス・サデの『ユダヤ人の空想話』、シュラミット・ハルエベンの『日々の街』、ギラ・アルマゴールの『アヴィヤの夏』、A・B・イェホシュアの『遅れた離婚』、ハイム・サバトの『照準』、メンデレ・モイヘル・スフォリムの『ベンヤミン三世の冒険』（イディッシュ語から）など。

純文学から児童書、戯曲と幅が広いのです。いま、わたしはA・B・イェホシュアの『マニ氏』を読んでいるのですが、ところどころでハルキンの英訳を参考にしています。人名、地名、事件名が頻出する作品は正直いって疲れます。英訳があると大助かりですし、ハルキンの名訳には触発されます。

そのハルキンに、「このあいだ、おもしろい記事を読んだ。日本じゃ、コンピュータ関連語はほとんど英語のままで、そのせいで年配者はその英語が理解しづらくて、コンピュータ習得の妨げになっているってあった。どうなの？」と聞かれました。そのとおり、下手に訳すとかえって意味不明になるのでコンピュータ用語として英語名が通用している。ただし、カタカナ表記になっているから、英語というより用語として定着していると思う、と説明したのでした。

「そのてん、ヘブライ語より判読しやすいと思う。ヘブライ語は英語でもドイツ語でも、単語をそのままヘブライ文字表記というか翻字するでしょ。本来的にはヘブライ文字表記のはずのイディッシュ語だって、イディッシュ語の法則に沿わずに耳にしたとおりに書き記すから、ときとして解読不能におちいるじゃないですか」というと、「そのとおりだ」と真顔になりました。やはり、彼ほどの達人でもヘブライ文字表記された他言語の単語は解読困難だそうです。

　とっぷりと日が落ちてから、エルサレムに入りました。これから五日間、オルレブ夫妻に紹介してもらった、イェミン・モシェのツィメルに泊まります。ツィメルはドイツ語（と、イディッシュ語）で「部屋」の意味。家具から食器、タオルや石鹸、コーヒーや紅茶までついた旅行者向け短期下宿屋みたいなもので、ヨーロッパやイスラエルでは一般的だとか。イギリスのベッド・アンド・ブレックファーストとは違って、食事は全部自分でまかなわなければなりませんが、大家さんの干渉はありません。自由です。

　分厚い上下巻の新潮文庫『殺人劇場』は、地中海の波音を聴きながらテルアビブのホテルで読み終えました。イエーメン系正統派ユダヤ教徒警官を中心にしたサスペンスものですが、ケラーマンはイスラエル国家の成り立ちからユダヤ人の置かれた微妙な立場まで詳しく調べて書いています。数十年前のエルサレムの様子を知るのにも格好の書、おすすめです。絶版なので、わたしは図書館から借りました。


（『みるとす』一九九九年六月号）

イェミン・モシェのツィメルで

「イェミン・モシェはエルサレムでいちばん美しい住宅区だ」とエルサレムの住人がいいます。旧市街の城壁と谷をへだてた坂に段状に広がる、歴史を刻む石造りの住宅区。石畳の歩道のあちこちに設けられている花壇には、金蓮花やパンジー、ペチュニアやガーベラ、名もわからない花々が咲き乱れ、趣向を凝らした鉄柱やアーチにからまった蔦があざやかな陽光に映えています。テルアビブの隣町ヤッフォにちょっと似た、地中海的な小世界です。五〇年代の終わり頃には古びた家並みの再開発を目指して芸術家たちを率先してうけいれた、つまり、まだ貧しく名もない芸術家たちが買うことができた区画だったとか。住人たちが慈しんで暮らしている証のように、ここにはゴミ箱がありません。もちろんゴミ箱はあるのですが、美観を損なわないよう、外壁と同じ石材でできた壁はめ込み式になっています。町なかにありながら喧噪からはなれた、このイェミン・モシェにわたしたちの泊まるツィメルがありました。ツィメルはもとはイディッシュ語の、ということは、そのもとを辿ればドイツ語の、旅行者向け短期下宿屋を指すことばです。ここのツィメルはその美しさと地の利の良さで、海外からの旅行者だけでなく国内でも大人気の宿で、なかなか予約が取れないそうです。同地区に住むウーリー・オルレブ夫妻が予約してくれました。

わたしたちのツィメルは坂の中腹にある三階建ての二階。三階は、元気のいい家主のエステルの住まいで、娘が独立して出ていったので、内部を改装してツィメルにしたようです。四畳半ほどのエントランス、オープンキッチンがついた一二畳ほどのサロンに、約八畳の寝室。バス・トイレがついて一泊六五ドル。信じられません！　電話は通話メーターがついていて、チェックアウト時払い。イスラエルは電話代が安いので助かります。

朝はどこからか聞こえる教会の鐘の音で目がさめます。石の段々をおりて谷間の松林の公園をぬけると、旧市街のヤッフォ門に通じる大通りに五、六分で出ます。公園でピクニックを楽しむ人々を眺めながらのそぞろ歩きでも、せいぜい一五分です。段々をあがるとモンテフィオーリの風車があり、右手に折れてちょっといけば変形五つ辻でホテルにぶつかり、辻を左にいけばエメク・ラファイム、右に折れてキング・ディヴィッド通りをとれば、英国委任統治政庁が置かれていた、歴史的なキング・ディヴィッド・ホテル、向かいにＹＭＣＡがあります。

そのツィメルに詩人ダン・パギスの夫人アダに来てもらいました。彼女自身も作家です。

「憶えてらっしゃるかどうか……文学部がギブアット・ラムにあった頃、日本からの留学生で親しくしていただいた……」

「ええ、憶えてますとも。子どもたちに絵本を持ってきてくれたでしょ。あなたはいつも太陽みたいだった」電話の向こうの声はやわらかに弾んでいました。

「その太陽はもう沈みそうなんですが、ダンのことでお目にかかりたいのです」

最新作だという短篇集『小さな要塞のいい伝え』をもって訪ねてくれた夫人のアダは、菫《すみれ》色の目に頬もふっくらしていますが、問わず語りのうちに六十五歳過ぎなのがわかりました。強い紫外線と乾燥した土地のせいか、脂肪分の多い食事のせいか、イスラエルの女性は老け込むのが早いのに、アダの肌はいまだに瑞々しさを失っていません。

ダン・パギスはヘブライ詩歌を現代にうけついだ詩人のひとりで、言語学者であり、童話作家である詩人のレア・ゴールドベルグの知遇を得、詩作でも影響を受けました。彼は大学での研究の合間にアウシュヴィッツで消息を絶ったダヴィッド・フォーゲルの詩や散文を再発見して紹介してもいます。ダヴィッド・フォーゲルは一八九一年ロシアに生まれ、ヴィルナ、ウィーン、パリへ放浪し、一度はパレスチナを訪れたものの、翌年にはベルリンに戻り、リヨン滞在中の四四年、アウシュヴィッツ送りになりました。執筆言語はイディッシュ語。二十世紀前半のヨーロッパ社会に同化したユダヤ人たちを描いた作品で、近年ヨーロッパで再評価されている詩人・作家です。詩集『暗い門』、小説『結婚生活』、『海に向かって』、『サナトリウムにて』などがあります。

わたしは留学中、ヘブライ大学内にある国立図書館でダン・パギスをよく見かけました。面識ができてからは安息日の食事にベイト・ハケレムのお宅に招かれたり、図書館のロビーでおしゃべりしたものです。わたしとしては彼のホロコースト体験を遠まわしにでも聞きたかったのですが、口を割ってくれませんでした。かたくな、というのではありません。笑みを絶やさず、深い灰青色の目を心持ちふせ、話題をすっと変えてしまうのです。

数年前、ヘブライ言語アカデミーに勤める友人がダン・パギスの散文詩《父》のコピーを送ってくれ、それで、パギスが八六年に亡くなったことを知りました。散文詩《父》は、逆転したような父子の関係をエピソードでつなぎ、父を恕し、心をひらいていく過程を綴った、父への鎮魂歌です。同時に、ホロコーストの癒やされない傷も綴られています。「ぼくは少なくとも一〇年、一二年、怖れを自分自身からさえ隠し通した。アイヒマンの後、やっと吹き出した」というくだりがあります。アイヒマン裁判は六一年でした。

先日、再放送のNHK特集「ナチハンター」を見ました。ユダヤ人問題の最終的解決を実行したアイヒマンは、一九六〇年アルゼンチンで逮捕されました。番組は当時の逮捕実行部隊長、モサドのピーター・マルキンの目を通して歴史検証を試みています。マルキンはアイヒマンの日常生活を監視し、周到に拉致監禁計画を練って実行。アイヒマンを捕らえながらも、マルキンは精神的緊張に耐えられず、手元から離さなかった南米ガイドブックに絵を描くこともあったようです。自らの意志でエルサレムに赴いて裁判を受ける、という書類にサインさせ、移送機に乗せて彼の任務は終了しました。一九六一年四月全世界が注目するなかで裁判がはじまり、「仕事だった、私は命令に従っただけだ」とアイヒマンは無罪を主張しましたが、十二月死刑判決、翌年五月末日執行、遺体は焼かれて地中海にまかれました。建国の精神に反するとして死刑制度が廃止されているイスラエルで唯一の例外です。

家族が消えたアウシュヴィッツの線路にかがみ込むマルキンをカメラが追い、マルキンの手記「アイヒマンを我が手に」の一節がナレーションで流れました。〈ホロコーストが世界から忘れ去られようとしているいま、アイヒマンを残酷な殺人鬼として捉えるだけでは不十分である。アイヒマンが恐ろしいのは自分がした行為をどこが悪いのか理解していないことである。そのことがもっとも恐怖である。もし彼が別の時代に生きていたら、勤勉でよき父親として尊敬に価する人物であったかもしれない。しかし、そんな普通の人間が権力を握ったとき悪魔になるということも忘れてはならない……誰でもアイヒマンになる可能性を秘めている〉。

宮澤正典さんとデイヴィッド・グッドマンさんの『ユダヤ人陰謀説』（講談社）が、この裁判に関する日本の論調を丁寧に検証しています。

パギスが《父》に記したように、イスラエルではアイヒマン裁判までホロコースト生還者の大半は貝のように口を閉ざしていました。産声をあげたばかりのイスラエルの人々は生きるのに夢中で、戦争の被害者には冷淡でした。第二次世界大戦時には、ヒトラーと戦うべく英軍に志願すべきか、反英活動を続行すべきかで世論は割れ、アラブの暴動も頻発しました。英国委任統治下のパレスチナの地に、抜け殻のようになって辿り着いたホロコースト生還者たちでさえ「強くあれ」と求められたのです。ときには、仲間を見殺しにしておめおめと戻ってきた意気地なしとみなされ、「屠殺場に引かれていった羊」と憐れまれることさえありました。もちろん、終戦直後からホロコーストの記録は発表され、生還者たちへの同情も惜しみなかったのですが、実態証言への取り組みはヨーロッパが先行したといわれます。エリ・ヴィーゼルの自伝『そしてすべての川は海へ』下巻（朝日新聞社）には生還者たちについてのメモと省察が記されています。〈パレスチナでもやはり、収容所の生存者は病人か余計者のように扱われていた。（…）パレスチナの若いユダヤ人が拒否したあり方、犠牲者というあり方を体現していた。彼らはユダヤ史の最悪の面、つまり弱く、身をかがめ、保護を受けずにいられないユダヤ人の代表だった。（…）それゆえ人々はホロコーストにこだわるまいとした。何年ものあいだ、教科書はホロコーストにほとんど触れなかった。大学では教えられなかった。いまもそうだ。ダヴィッド・ベン・グリオンたちが、五〇年代初頭にいたって、クネセットにようやく〈ヤド・ヴァシェム〉（虐殺記念館）についての法案を採択させることに踏み切ったとき、力点は戦闘員や抵抗派の〈ゲヴラー〉（勇気）とか英雄的な功績とかに置かれた。そのために、生き残りはこんなふうに感じるのだった。――自分は邪魔者だ、好ましからざる存在だ〉。

アイヒマン裁判で虐殺の実態が証言として語られると、人々は民族絶滅の意味を改めて問い直しはじめました。しかし、感傷的で常套的なショア理解にとどまることもしばしばで、パギスはこうした安易な同情と共感を嫌い、黙し、表現方法を模索しました。パギスの没後、アダ・パギスは『心、不意に』という、彼の詩をタイトルにした伝記を発表、沁み入るような率直な文章で、ケモノのように扱われた孤独、理解してもらえない寂寥、その表象不能の世界を表現しようともがいた詩人の日々を描いています。

「ショアは文学表現できないといつも思っていた。人間の枠を超えた世界、ことばを超えた世界だったから」と、パギスは詩集上梓後のイェディオット・アハロノット紙のインタビューに寡黙に応じています。

《父》について、『心、不意に』について、わたしの不躾《ぶしつけ》なほどの質問にアダは、真摯にていねいに応えてくれました。

今年は四月十三日がホロコースト記念日でした。ユースムーブメントのリーダーをつとめる友人の娘（十五歳）は記念日式典の準備のために毎晩でかけ、作家のウーリー・オルレブは式典で松明六本を灯す一人に選ばれ、作品が朗読されるといっていました。松明一本が百万人の犠牲者を象徴するのだそうです。折にふれて「歴史」を振り返る必要を感じます。

（『みるとす』一九九九年七月号を一部改稿）

あるジャパノロジストの苦言　イスラエルの書評から

偶然手にとった週刊文春（一九九九年八月十二・十九日号）で、〈『ある芸者の回想』がアメリカで二百万部も売れた理由〉という見出しが目に飛び込んできました。長いあいだ気になっていた謎が解けたような気分で、いそいでその四ページ記事を読みました。

〈いま米国で「芸者」を描いた小説が、爆発的に売れている。九六年十月に出版されるや、英語版だけでも二〇〇万部を超え、二三か国に訳された、世界的規模の大ベストセラーなのだ。その本は、米国人作家アーサー・ゴールデンの処女作『ある芸者の回想』（Memories of a Geisha）〉とあります。

著者紹介は〈一九五七年テネシー州チャタヌガ生まれ。ハーバード大学で日本美術史を専攻、七七年初来日。コロンビア大学ドナルド・キーンの許で学び、日本史の修士号を取得。八〇年、日本企業に就職し一四ヵ月を過ごす。帰国し、ボストン大学で小説作法の修士号を取得〉

申し分のない経歴です。サルツバーガー家というユダヤ名門の出で、ニューヨーク・タイムズ社のオーナー一族だとも書かれています。しかも、第一稿を読んだ初代国連大使加瀬俊一氏の長女名倉礼子さんが、内容・記述ともメチャメチャだと仰天して祇園の元芸妓を紹介し、何度も稿をあらため、一〇年がかりで書きあげたとか。

じつは、同書ヘブライ語版が昨年秋ごろからハアレツ紙別綴じ書評紙「スファリーム」のベストセラー欄に登場しだし、九月八日付けで四九週目をむかえているのです。英語からヘブライ語への翻訳本、どうせ生半可な日本通を気取ったキワモノ小説だろうと思っても、あまりのベストセラーぶりがちょっと気になっていました。

そこでヘブライ語版の評判はどうか、ハアレツ紙「スファリーム」を繰ってみました。ありました。ランク入りして九週目、ベストワンを三週続けた九八年十二月二日付けに書評が載っていました。評者はドロン・B・コーヘン氏、ヘブライ大学で日本の詩歌を講じていると註書きにあります。

読みはじめてびっくり。〈結論から言おう。一読を薦めたいすぐれた作品だが、ヘブライ語版は悪訳で本の作りは批評の対象になりえない、とうていお薦めできない〉と、のっけにあって、同書ヘブライ語版の質の低さを列挙しているのです。かいつまんで紹介しましょう。

まず、誤植だらけのうえに、余分な空白があったり行がとんだり、最低限の校正で防げた間違いが散見される。第二に、英語表現に引きずられた直訳的文章、あるいは、構文的、文法的にヘブライ語としての適正さを欠く表現が気になる。言語の純粋性を云々するつもりはないが、巷間に横行するこうした嘆かわしい言語表現の模倣を、せめて文学では避けてほしい。第三に、慣用句的言いまわしが変。「後生だから、持ってっておくれ」の「後生だから」の訳に「レマアン・ハシェム」を当てられると、読者は京都からいきなりエルサレムの路地に迷い込んだ気分になる。「レアマン・ハシェム」は文化背景に依存する言いまわしなのだから、日本人が口にしそうな言いまわし、ごくふつうの訳語をおくべきで、ユダヤ教的宗教臭のある表現を当てるべきではなかった、もし訳者が適当な訳語を見つけられなかったら、編集者が助言して直すべきだった。（筆者註：「レアマン・ハシェム」の直訳は「神の名にかけて」。英語・ヘブライ語辞典から察するに、for godness' sake の訳語に「レアマン・ハシェム」を当てたようです）。第四に名詞、日本固有の表現。私を含めて研究者たちがこれまでも繰り返し言及してきたことだが、異文化、異なった言語世界をあつかった書を刊行するときは、それが日本語であってもヒンディー語、トルコ語、ビルマ語であっても——その言語に精通した人に校閲してもらって不備のないよう心がけるべきである。読者の大半は間違いがあっても気づかないだろうが、無用な間違いはおかさないに越したことはない。まして、その分野の専門家を失望させることはないのではないか。目立った例をいくつかあげれば、正しくは「サケ」と表記すべき日本酒が英語的に「サキ」、「スモウ」が「ソムー」。発音記号《ニクード》がついているが、このニクードが間違いだらけで、「ミウラ」が「ミューラ」、「イチロウ」が「インチロ」などなど。

日本についての知識不足による間違いもある。「平安時代」（トゥクファット・ヘイアン）が「ヘイアン的時代」（ハトゥクファ・ハヘイヤニット）、「四条通り」（シデラット・シジョウ）がシデロットと複数形で四条通りがいくつもあることになり……枚挙にいとまがない。

日本でも専門家の校閲を通さなかったために酷評された例を知っています。翻訳者はコーヘン氏やわたしも含めて、自分にとって未知の分野や不確かなことがらには敏感で神経質で、専門書にあたり、専門知識を持った人に確認するものです。そのくらい、訳者といういきものは臆病な存在なのです。よき編集者は訳者といっしょに黒衣《くろこ》に徹して最良の作品を生み出そうとします。

コーヘン氏は、〈版元はたいしたことではないと判断したのだろうが、それは誤りである。まともな出版社なら、読者の知性を軽視することなく、自己にきびしくあらねばならない〉といっています。

広告宣伝文にもコーヘン氏は言及します。

〈広告にも本の裏表紙にも「日本史上に名を残した〈メフルサモット〉芸者たちの一人の告白」とある。だが著者はあとがきで、「主人公さゆりもその語りもフィクションである」とことわっている。史実にもとづいた小説だったとしてもノンフィクションだという印象を与えるのはいかがなものか〉

「メフルサモット」はこういう場合、「売れっ子」と解釈した方がいいような気がしますが、キャッチコピーでは「日本史上」と限定しているので、「有名な」とか「名を残した」と解釈せざるを得ないようです。これは日本の書店に出まわっている英語版でも生じている混乱で、表の帯には日本語で〈ノンフィクション〉とあるのに、裏の帯には〈……異色のフィクション〉とある、と文春記事にあります。なお、「スファリーム」ベストセラー欄の短い紹介文は「日本の、ある売れっ子芸者の回想」になっています。

コーヘン氏は〈イェディオット・アハロノット社は欠陥品を高い値段で売るので知られている〉といいます。加えてわたしは、イスラエルではソフトカバーが主流なのに、それにしては本の値段が高すぎる、といつも思っています。

評者に許されたスペースのじつに五分の三ほどが翻訳、校閲、校正、編集、つまり本のつくりに関する苦言に費やされていました。換言すればこれは、出版文化論でしょう。本を粗末に作りだす側へのきびしいことば、いい切ってはばからない潔さには、本を愛する者の苛立ちと、日本学研究者として日本に寄せる並々ならぬ情熱が感じられます。

彼の、この情熱。いっても詮無いことだからと、ふつうならあきらめて本を投げだし、書評をことわってしまうところを、彼をして駆り立てたものは何か？

自らが深くかかわってきた日本にまつわる本がベストセラーになった、たいへんな人気だという、だが手にとってみたらひどい出来の本だ、訳者は日本についての知識など微塵もなく、ただ機械的に英語からヘブライ語にことばを移しかえているだけだ、こんな訳者を起用した出版社も出版社だが、編集者もいい加減だ、こんな出来の版で日本がわかったみたいな読者が増えちゃ困る……サンクチュアリに土足でずかずか踏み込まれた気がしたのではないでしょうか？

コーヘン氏は、苦言の最後をこう締めくくっています。

〈版元は各新聞に一面広告をうったり、ラジオで宣伝を流したりとＰＲに巨費を投じたようだが、その巨費のほんの一部でも本の質を高めるための編集や校正、校閲に投じるべきだった。出まわっている現版を回収処分にして改訂版をだすべきだろう。読者が欠陥本を返品し、金を返せと言って、反省をうながすしかない。チーズの味がおかしいといって返品できるなら、本だって返品できない道理はない。本は長期保存されるものなのだから〉

本好きのプライド、研究者としての矜持、正確な日本のイメージが未だ育っていないイスラエルで、巷間にある浅薄な日本理解のずれや誤解をただし、日本文化や日本文学を人々に正しく理解してほしいと思っているのに、とザラッと心臓をなでられたような憤りを感じての酷評になったのでしょう。

それが、わたしにはさわやかなものに映りました。シニカルに斜めにかまえない、ジャパノロジストの正攻法的真剣さに拍手したくなりました。

とはいえ、ヘブライ語版『ある芸者の回想』は売れています。

そうそう本の中味ですが、京都の祇園で超売れっ子になったのちアメリカに移住した、元芸妓「にったさゆり」の前半生を一八ヵ月にわたって、オランダ人の歴史家が口述筆記したというもの。一九二〇年代、貧しい漁師の娘に生まれたさゆりは九歳で花街に売られ、美貌と才覚で芸妓としてたくましく成長していく……。十一月末には日本語版が『さゆり』のタイトルで出るとか。本のつくりも校閲も心配ないでしょう。芸者のことばは戦前の祇園芸妓の京都弁で、と凝っているようです。

最後にもうひとつ、芸者になったさゆりの目標は花街に売られてつらかったときにやさしい声をかけてくれた男に出会うこと。コーヘン氏は、せっかくの小説のこれは弱点のような気がする。『足ながおじさん』を想起させるし、メロドラマがどうのこうのではないが、甘さを残していささか失望だといっています。

（『みるとす』一九九九年十月号）

日本のポケットベル、日本の謎、ヘブライ語に訳された日本文学

前回、イスラエル人ジャパノロジスト、ドロン・B・コーヘン氏の書評を取りあげたのをきっかけに、イスラエルにおける日本認識度をしきりに考えていました。わたしたち日本人は、ちんぷんかんぷんなことばを「まるでロシア語みたい」だとか、「ギリシア語みたい」でわからないといいますが、ヘブライ語では「まるで中国語みたい」だといいます。もっともちんぷんかんぷんなら何語でもいいわけです。八六年に短篇集『砂漠の林檎』でデビューして以来、ユダヤ女性の心の襞《ひだ》や葛藤を巧みに描きつづけているサヴィヨン・リーブレヒトには『わたし、あなたに中国語で話している』というタイトルの短篇集があります。英訳タイトルは『ぼくにはまるでギリシア語だ、と彼は彼女に言った』。主語が女性代名詞から男性代名詞に転じていますが、意味するところは同じ、「わたしたち、どうしてもわかりあえない」というところでしょう。原書タイトルに「中国語」のかわりに「日本語」がきてもおかしくありません。

寡聞にして、わたしが読んだ限りではヘブライ文学に「日本」は登場していません。

シュラミット・ラピッドの推理小説『地方紙記者』、これは拙訳の『「地の塩」殺人事件』（マガジンハウス）に先立つ地方紙記者リジー・シリーズの第一作なのですが、同書には、リジーが上司に持た

されるポケットベルについて、こんなくだりがあります。

〈上司のアリエリはご満悦だった。ポケットベルの圧力に屈しないリジーに手を焼き、携帯電話と日本製のポケットベルで再教育しなくちゃならん、と思っていたところだったのだ。その日本製はポケットベル業界の最先端をいく、音は立てるし、記録はとる、記憶をするし、記憶を喚《よ》び起させる、コサックダンスは踊るし、ゴールドバスターのリキュールまでつくってしまうスゴモノだった。音が聞こえなかったなんていおうものなら、液晶画面に文字が表示される。今後は、リジー・バドゥヒ、「聞こえませんでした」なんていわせんからな〉

多機能で値段も手ごろな日本製の電気通信機器が出まわっていることがわかります。同書が出た一九八九年当時、右記の機能はまだ搭載されていなかったと思いますが、作家の想像力は未来を読んでいたようです。もちろん、コサックダンスやリキュール云々は日本製品の多機能ぶりをおちょくったもの。同書には、疲れ果てた精神と肌を休めるために、〈背筋をしゃんと伸ばして深く息を吸います、カモミールのスチームで肌を手入れします、朝食の前には日本の椿《つばき》茶を飲みます〉と、恋人ができるよう女らしくしなさい、とうるさい伯母さんにリジーが約束する場面もあります。葉っぱがちょっとだけ似ている柿茶というのはあるけれど、それにビタミンCがたっぷりな笹茶もあるけれど、椿茶というのはねえ、と読んでいて思ったことです。

ついでながら、ラピッドは一九九五年、文化使節団として日本を訪れています。彼女の作品だけでなく、最近のイスラエルの文学には「スバル」や「ミツビシ」がしょっちゅう登場しますが、プジョーやBMWのワンランク下、大衆車のイメージでしょうか。

こうした「日本」ということばが醸《かも》し出す雰囲気を利用するという試みは短篇の名手オルリ・カステル＝ブルームにも見られます。頭痛治療の手術で子どもの顔にされてしまった有能な新聞記者の悲劇をコミカルに描いた「神童」という短篇では、〈「ナグリスは内閣を辞職して半年後」と、ぼくがしゃべり出すと、見知らぬ男は椅子のなかでくつろいだ。「核弾頭の日本向け売りこみを阻止した——もし、彼の阻止がなかったら、衆知のとおり世界戦争に突入しただろう」〉と元記者が述懐していまず。いまや経済力では「?」がどっさりついてしまった日本の、バブル最盛期の国力が、作者の念頭にあっての文章です。

映像面はというと、映画への関心がとても高いとか。北野武監督の「HANA-BI」、周防正行監督の「Shall we ダンス?」、今村昌平監督の「うなぎ」は最近の話題作だったそうですし、小津、黒沢、伊丹監督は伝説になっています。

そんな具合に、日本関係の記事をさがしてハアレツ紙別綴じ書評紙「スファリーム」を繰っていて、また、ドロン・B・コーヘン氏の文章を発見しました。『心中』という推理小説の書評（一九九九年三月十日付け）。ラウラ・J・ローランド作とあり、原作は英語のようです。

どの言語でも死を中性的、美的に表現する傾向があることを指摘したのち、とりわけ日本語には「死」にまつわる表現が多い、日本語には自殺を含めて死の方法論的表現が目立つとコーヘン氏はいい、「切腹」と「心中」の違い、「心中」が盛んだった江戸時代の文化背景を説明します。そして、元禄時代の江戸で、家庭の事情で奉行所の手先になった男が不審な心中を調べるうち、複雑怪奇な事件に巻き込まれ、免職され、死の危険に再三さらされながら事件を解決していく、と小説のあらましを伝えてしまいます。ということは、事件は解決されるものという前提に立っての評。最後に〈違和感が多少ともなうにしても、ストーリーの素速い展開とエキゾチックな描写で読ませる〉と結んでいるのを見ても、否定的書評ではありません。

彼はここでも、〈ヘブライ語訳は全体的に流暢だが、日本語に関して版元が専門家の校閲をあおがなかったためか、表記の間違いが目立つ。ドキュメントや研究書ではない、推理小説だ、というかもしれない。だが、本を愛する者は手にする書籍はすべて間違いや不備のない、ていねいに作られたものであることを願うのだ〉といっています。

おもしろいのは、この作品をウンベルト・エーコの『薔薇の名前』のあとを追う歴史推理小説と見、日本でも人気のあるイギリス女流作家エリス・ピーターズの『修道士カドフェル』シリーズと並べながら、同書には歴史的背景が必要であったか、と根源的な問いを出し、否といっています。

〈ジェームズ・クラベルの『将軍』にはそれなりの理由があった。このジャンルで何か新規な試みを打ちだそうとするならいざ知らず、ステレオタイプの探偵を十七世紀の日本に置く必要はなかった〉といい、書生探偵が時代と場所を心得ない動きをする、その人物像も現代と江戸期の人間像がごちゃまぜになって読者を混乱させるといいます。それでも読者がつくのは、なぜか?

〈日本は常にファンタジックな物語の、格好の素材を提供してきた。一度も足を踏み入れたことがないにもかかわらず、日本の驚異を記したマルコ・ポーロをその伝統の祖とし、今なお、止むことがない。「東洋の神秘」は相変わらずその力を失わず、その不可思議は、ほんものも似たものもいっしょくたになって、小説素材になる。日本に関する研究書やドキュメントの書き手たちも、タイトルに「謎」とか「秘密」を多用している〉ではないかといいます。なるほど、彼の地の日本理解はその程度なのか、といささかがっかりです。しかし、異文化理解は小石を積みあげるように努力を重ねて、先行しているステレオタイプな視点を正していくことなのかもしれません。

日本文学については、七〇年代に早稲田大学に留学して歌舞伎の観客論で博士号を取得したヤコブ・ラズがいます。彼はテルアビブ大やヘブライ大で演劇論や日本学、哲学を教えて、学生を何人も日本に送りました。彼自身も来日を繰り返して禅に打ち込み、越後瞽女や放浪芸、ヤクザの世界に深入りし、『ヤクザの文化人類学』（岩波現代文庫）や『ヤクザ、わが兄弟』（作品社）を著しています。彼が、遠藤周作の『火山』や漱石の『こころ』のヘブライ語訳を出すと、それが呼び水になったみたいに日本学研究者たちの日本語からヘブライ語への訳出が盛んになったようです。金沢大学で川端康成について修士論文をまとめたシュニット・シャハル・ポラットは近代日本文学に造詣の深い研究者で、『眠れる美女』や『みずうみ』、大江健三郎の『飼育』や吉本ばななを訳しています。村上春樹の多くを訳しているエイナット・クーパーは九〇年代に日本に長期滞在して日本語を学び、帰国してから翻訳を始めたそうで、三島由紀夫や吉村昭や村田沙耶香も訳しています。本エッセイでたびたび鋭い批評を展開してくれているドロン・B・コーヘンは、現在は同志社大で教え、谷崎潤一郎の『鍵』や『陰翳礼讃』や宮本輝を訳しています。イリット・ワインベルグ、ツィピ・イブリ、多和田葉子を訳したミキ・ブルなど、日本語からの翻訳者は十指を超えます。ヤコブ・ラズは芭蕉や俵万智の『サラダ記念日』も手がけ、俳句や禅にも通暁しています。作品をざっとみると、二〇一九年時点で村上春樹は『象の消滅』にはじまり、二十三点がヘブライ語版で出ています。他にも森鷗外や芥川龍之介や太宰治、円地文子、安部公房、大庭みな子、小川洋子、野坂昭如、川上弘美など、古典から新しい作家まで広がりもあり、韻文学の翻訳も盛んで、禅についても何冊も編まれています。

なお、イリット・ワインベルグ氏とドロン・B・コーヘン氏が手がけられた、ヘブライ語訳された日本文学リストはネットで閲覧可能です。今回も大いに参考にさせていただきました。ありがとうございました。

日本関係研究書やドキュメントについては、「スファリーム」（九七年十二月二十四日付け）に、ヘブライ大学日本学の泰斗ベン・アミ・シロニ教授の『現代日本――その文化と歴史』（ショッケン社）についての書評が載っていて、そこにイスラエルに出まわっている日本研究書や日本人論書が数点記されていました。まず、日本滞在記ともいえるシフラ・ホルンの『シャローム・ニッポン』、つぎに、日本に長く住んだ経験を活かしたオランダ人記者、カレル・ヴァン・ウォルフレンの『日本　権力構造の謎』。余談ながら同書は現代日本を知る最高の書といわれながら、あまりに辛口すぎて日本では受け入れられなかったもの。「批判と分析」のむずかしさを著者自身「日本語版への序文」で記しています。彼には『日本をどうする!?』、『民は愚かに保て』、『人間を幸福にしない日本というシステム』などがあります。最後の本は読みやすく、説得性もあります。六一年から在日アメリカ大使だったエドウィン・ライシャワーの『ザ・ジャパニーズ』ほかの著作、そして、ベン・アミ・シロニのへブライ語版の『伝統日本――その文化と歴史』（ショッケン社）と『現代日本――その文化と歴史』（ショッケン社）。

もちろん、これだけではないでしょうが、日本のように読者層が分散多極化・極小化していないイスラエルで、これだけ日本関係の書籍がでまわっていることに不思議をおぼえます。経済成長ではお手本になり得なかった日本、誇るに足る文化や伝統をポイポイと棄ててきた日本、犯罪発生の形態がアメリカを追っている日本、ユダヤの伝統に学ばなければいけないほど家族の絆があやうくなっている日本……彼らが求めるよき姿の日本とは何か、しばし考えてしまいます。

なお、仏教や東洋哲学を基底にした作品で知られる作家にヨエル・ホフマンがいて、かつてヘブライ大学修士課程の宮島康子さんが修士論文をまとめていました。

（本稿は『みるとす』一九九九年十一月号掲載原稿に二〇二〇年時点で削除や加筆をしました）

ヘブライ文学断想

ユダヤ人とは？　を考えつつ

ハッピーエンドを信じて

ユダヤの童話といっても馴染みがうすいだろうから、歴史をたどりながら見ていきたい。ユダヤ人は「聖書の民」といわれる。ここでいう聖書は、イエスの教えを説いた新約聖書ではない。ユダヤ教はイエスを救世主として認めていないので、彼らにとって新約聖書は神の啓示書ではない。聖書とはヘブライ語で記された神とイスラエルの民との契約の書で、いわゆる旧約聖書をさす。〈初めに神は天地を創造された。地は混沌であって、闇が深淵の面にあり、神の霊が水の面を動いていた。神は言われた、「光あれ」……〉に始まる、七日間にわたる天地創造、アダムとエバ、楽園追放、カインとアベル、ノアの箱船やバベルの塔、モーセに率いられた出エジプト、巨人ゴリアテと少年ダビデの闘い、ソロモン王の知恵――宗教という枠抜きで知っている話が満載で、「エデンの東」や「十戒」などの映画や文学、絵画や彫刻にも数限りなく取りあげられている。

だが、ここまで聖書話をひもとくだけで、侵略や内部分裂、信仰と偽り、愛や策略に満ちた物語の連続なのに気づいてしまう。聖書は生身の人間の喜怒哀楽をからめた叙事詩であり、歴史書なのだ。シナイ山で神に与えられた啓示を法として説き、民の度重なる神への裏切りに憤りをほとばしらせる預言者たちのことばを記した自己批判の書でもある。

刊行案内

No. 58

（本案内の価格表示は全て本体価
ご検討の際には税を加えてお考え

ご注文はなるべくお近くの書店にお願い
小社への直接ご注文の場合は、著者名・
数および住所・氏名・電話番号をご明記
体価格に税を加えてお送りください。
郵便振替　00130-4-653627 です。
（電話での宅配も承ります）
（年齢枠を超えて柔軟な感受性に訴える
「８歳から８０歳までの子どものための」
読み物にはタイトルに＊を添えました。
際に、お役立てください）
ISBN コードは 13 桁に対応しております。
総合図

未知谷
Publisher Michitani

〒 101-0064　東京都千代田区神田猿楽町 2-5-9
Tel. 03-5281-3751　Fax. 03-5281-3752
http://www.michitani.com

リルケの往復書簡集二種完結

寺人」「女性」からリルケ宛の手紙は本邦初訳

き詩人への手紙

寺人F・X・カプスからの手紙11通を含む

ナー・マリア・リルケ、フランツ・クサーファー・カプス著
ーリッヒ・ウングラウプ編／安家達也訳

208頁 2000円
978-4-89642-664-9

き女性への手紙

女性リザ・ハイゼからの手紙16通を含む

ナー・マリア・リルケ、リザ・ハイゼ 著 ／ 安家達也 訳

176頁 2000円
978-4-89642-722-6

8歳から80歳までの **岩田道夫の世界** 子どものためのメルヘン

田道夫作品集　ミクロコスモス ＊

フルカラー A4判並製 256頁 7273円
978-4-89642-685-4

天才だよ、作品が残る。生きた証も人柄も全てそこにある。
それでいいんだ。」（佐藤さとる氏による追悼の言葉）

のない海 ＊

192頁 1900円
978-4-89642-651-9

化を穿いたテーブル ＊

200頁 2000円
978-4-89642-641-0

れテーブル！　全37篇＋ぷねうま画廊ペン画8頁添

楽の町のレとミとラ ＊

144頁 1500円
978-4-89642-632-8

の町でレとミとラが活躍するシュールな20篇。挿絵36点。

ァおじさん物語　春と夏 ＊

978-4-89642-603-8 192頁 1800円

ァおじさん物語　秋と冬＊

978-4-89642-604-5 224頁 2000円

あらあらあ　雲の教室 ＊

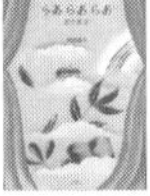

ールなエスプリが冴える！　連作掌篇集　全45篇
に出ている椅子は校長先生なの？　苦手なはずの英語しか喋れない？　空
成績の悪い答案で出来た紙飛行機が攻めてくる！　給食のおばさんの鼻歌
ろんな音に繋がって、教室では皆が「らあらあらあ」と笑い出し……

192頁 2000円
978-4-89642-611-3

ふくふくふくシリーズ　フルカラー64頁　各1000円

ふくふくふく **水たまり＊** 978-4-89642-595-6
ふくふくふく **影の散歩＊** 978-4-89642-596-3
ふくふくふく **不思議の犬＊** 978-4-89642-597-0

ふくふく　犬くん　きみは一体何なんだい？　ボクは　ほんとはきっと　風かなにかだと思うよ

イーム・ノームと森の仲間たち ＊

128頁 1500円　　978-4-89642-584-0

イーム・ノームはすぐれた友だちのザザ・ラパンと恥ずかしがり屋のミーメ嬢、そして森の仲間たちと毎日楽しく暮らしています。イームはなにしろ忘れっぽいので　お話しできるのはここに書き記した9つの物語だけです。「友を愛し、善良であれ」という言葉を作者は大切にしていました。読者のみなさんもこの物語をきっと楽しんでくださることと思います。

その聖書の、バベルの塔物語のあとに、子どもがなかった老夫婦に男児が誕生する話がある。神の恵みを受けた、ヘブライ人の百歳になる族長アブラハムの妻サラ（九十歳だった！）が身ごもって男児イサクが生まれる。イサクはすくすくと育つ。だが、ある日、神はアブラハムに愛息子を全焼の供儀《くぎ》として捧げよと命じる。アブラハムは息子を連れて山に登り、祭壇を築き、息子を縛って薪の上にのせる。刃物をとって息子を屠《ほふ》ろうとした瞬間に、神の使いの声がした。

「その子に手を下すな。あなたが神を畏《おそ》れる者であることがわかった。あなたは独り子である息子ですら惜しまなかった。わたしはあなたを祝福し、あなたの子孫を天の星のように、海辺の砂のように増やそう。地上のあらゆる民はすべて、あなたの子孫によって祝福を得る」（創世記二十二章）

こうして子どもはユダヤ民族の宝となり、大いなる祝福となった。のちには、子種のない男は死者と同じと断じられ、嫁して十年身ごもらなかった女は離縁されてもしかたないと定められた。ついでだが、母親がユダヤ人なら、生まれてくる子は自動的にユダヤ人となる。父親はユダヤ人認知に関わりがない。異民族との攻防をくり返し、略奪され陵辱されてきた歴史の産物といえばいえるかもしれない。

エジプト文明とメソポタミア文明に挟まれて、交通や通商の要衝だったカナンの地はつねに侵略の危険にさらされていた。紀元前十世紀ごろのダビデ、ソロモン王時代が過ぎると、バビロニア、ペルシア、ローマと支配者が代わり、紀元七〇年にはローマの圧制に反乱を起こしたが徹底的に鎮圧され、奴隷にされ、追放された。ちょうど、ユダヤ教から派生したキリスト教の黎明期と重なる。

紀元前六世紀のバビロン捕囚につづく、二度目の離散の憂き目にあって、ユダヤ人は世界中に散っていった。不幸にも、「地上のあらゆる民」は彼らの存在を祝福しなかった。世界各地に散ったユダヤ人はそれぞれの国でその国の言語を使って生活するようになった。だが、キリスト教が広まり、支配的になるにつれて、ユダヤ人はイエス・キリストを磔刑《たっけい》にしたといわれ、憎しみの対象になり、ユダヤ人であるがために定住できず、迫害されては流浪をくり返していく。この離散の過程でユダヤ人たちは苦難を集団で受け止める術を身につけていった。集団の最小単位は家族である。

神に祝福された存在である子どもとあたたかな家庭が、彼らの精神の拠り所だった。それと学問と聖書。土地や国家という拠るべきものを持たず、一部の成功者をのぞいて職業さえ規制された貧しい人々の唯一の財産は「知恵」だった。必然的に彼らは教育熱心になる。家を焼かれ、乏しい財産を奪われても、賢ければ苦境を脱して生き延びることができる――学問は処世術でもあった。つねに書物に親しんできたことから、彼らは「書の民」とも呼ばれるようになった。

子どもたちは四、五歳から聖書を学びはじめる。聖書に数行のみ記されたエピソードがさまざまな衣をまとって、各地のユダヤ社会で語り伝えられていった。

聖書には詩篇や雅歌《がか》、箴言《しんげん》などの韻文学もある。学問は男のみに許された特権で、女は家事が上手で健康な子どもを産めて淑《しと》やかであればよいという男尊女卑社会だったが、女性たちは教養としてそうした文学を身につけ、子どもたちに読み聞かせた。たいていの人は住んだ土地の言語とユダヤ社会だけで通じる言語を使って暮らしていた。

長い年月の間には、周辺民族に同化していく人もいた。狭いユダヤ社会から抜け出て自由な暮らしを求める人もでてくる。ユダヤ教の戒律が無意味に思えて宗教を棄てる者もいれば、立身出世がしたくてキリスト教に改宗する者もいた。住んでいる土地の「市民」として生きようとする者は多かった。「ローレライ」を書いたドイツのハインリッヒ・ハイネ、『変身』や『審判』をドイツ語で書いたチェコのフランツ・カフカ、『失われた時を求めて』のフランスのプルーストを、われわれはふつうユダヤ人作家とはみない。現代の児童文学畑をみても、『カレンの日記』のジュディ・ブルームや『クローディアの秘密』のカニグズバーグ、『かいじゅうたちのいるところ』のモーリス・センダックがユダヤ人だとは認識しない。カニグズバーグには『ロールパン・チームの作戦』という、アメリカのユダヤ人社会を描いた作品があるが、それだって彼女の作品文脈のなかで特異とはいえない。あくまでもアメリカの児童文学である（原題の『ベーグルの子らチーム』のベーグルは最近よく見かける、ユダヤ的なパンではあるが）。

だが、ユダヤ人であることに固執する作家もいる。『ワルシャワで大人になっていく少年の話』や『お話を運んだ馬』のI・B・シンガーはその代表ともいえる作家で、アメリカに移住した後も、生まれ育ったポーランドのユダヤ社会の人々や伝承を、東欧ユダヤ人の共通言語だったイディッシュ語で記した。失われていく過去を記憶にとどめようとする彼の姿は、アメリカに同化しきろうとするユダヤ人と対極をなしながら広い共感を得た。多くのマイノリティを抱えるアメリカならではである。

第二次世界大戦でヒトラーがユダヤ人問題の最終的解決を実行したのは周知のことだが、じつはそれより前、十九世紀後半のヨーロッパやロシアで再び反ユダヤ主義が勢いを増していた。それを受けて立つようにユダヤ人の間にも民族主義運動が興った。各地で差別され、略奪され、殺される自分たちは自らを守るために自らの郷土をもって一つにまとまらなければならないという動きが盛んになり、ロシアや東欧の知識人たちがパレスチナに移民しはじめた。

彼らは暑熱や熱病と闘いながら不毛の地を開墾し、全世界に散った民族を統一する言語としてヘブライ語を蘇らせていった。だれもが数言語をしゃべるのに、だれにでも通じる言語は不在だったからだ。だがヘブライ語は長年、祈りと学問のことばであって、日常語としては死語同然だった。乱暴なたとえだが、「万葉集」のことばを現代に持ってきて、万葉時代にはなかった、ラジオとかパソコンとか飛行機などのことばを、英語やロシア語から借用せずに文献にあたりながら創りだすようなものだったのだ。（乱暴なたとえといったが、万葉仮名は現代の我々には読めないが、紀元前に記されたヘブライ語の聖書の文字はいまでも読めて理解できる）。

現代ヘブライ語の祖といわれるベン・イェフダは、通商や協定などの公的な場だけでなく、ユダヤ人学校の国語の時間にはヘブライ語を使い、あらゆる課目もヘブライ語で教えるようにしていく、という生活中心の実践論理を説いた（一九頁以下参照）。なにより、次代をになう「子どもたちから」だった。これこそ、知恵でなくてなんだろう。実際、ベン・イェフダは彼の第一子をヘブライ語だけで育てようとした。ロシア語やフランス語、イディッシュ語に堪能だったがヘブライ語を知らなかった母親は、ヘブライ語を習得するまで赤子に話しかけることさえ禁じられた。

作家たちは率先して童話を書いた。それぞれの出身地の暮らしを郷愁を込めて記し、物語を新しいヘブライ語で綴った。子どもむけの新聞がいくつも発行され、世界の名作が翻訳された。それでも、イスラエルの童話作家で挿し絵画家の草分けでもあるナフム・グットマンは、当時をふり返って、「子どもの頃、外国の本をひらくと絵があふれていて、羨ましくてたまらなかった。自分たちの本が空っぽに思えて、その空白を埋めようと私は挿し絵を描きはじめた」と告白している。

有名な作家の息子だった彼は第一次世界大戦後ヨーロッパに絵の修業にでかけ、修業中に初仕事の依頼を受けた。ユーモアにあふれた絵は小さな読者たちに熱狂的に受け入れられ、彼は開拓者の暮らしや世界の様子を童話に書いては挿し絵をつけ、他の作家の作品にも挿し絵を寄せた。幸運な出発だった。アブネル・カッツやオーラ・エイタンがあとに続いている。


子どもの本は初めのうち、新しい郷土と言語を愛する新世代を育てようと、妙に力んだものだったが、しだいにヘブライ語で生まれ育った子どもたちが書く側にまわっていった。内容も地中海に面したオリーブの林やオレンジ園や綿畑を背景にした牧歌的な開拓物語や冒険ものから、ホロコーストを含めたユダヤ民族の歴史をふりかえったもの、パレスチナ・アラブ人との共存を模索し訴えるものなどに広がっていった。

家族、わけても子どもをすべてに優先してきた彼らは、だが「しあわせ」という幻想で子どもを温室栽培しようとはしない。大人と同じ、ひとりの人間として扱う。政治や社会問題も対等に話し合う。子どもの本、童話はやさしいことばで書かれていても、きびしい現実への認識に貫かれている。民話や伝説にはときに神秘性も散見されるが、総じてリアルである。

ウーリー・オルレブの『編みものばあさん』は、魔法のように家や花や子どもまで編みだしていく。

だが、おばあさんの子どもはみんなと「違っている」から学校に入れてもらえない。おばあさんは敢然と戦う。決して負けない。根性がある。オーラ・エイタンのイラストがファンタジックなストーリーを支えている。

一九三一年ワルシャワに生まれたオルレブは、第二次世界大戦が勃発するとゲットー（このゲットーにはコルチャック先生と孤児たちもいた）、隠れ家住まい、アンネ・フランクがいたベルゲン・ベルゼン強制収容所と、当時のヨーロッパ・ユダヤ人のお決まりのコースをたどり、だが幸運にも死をまぬがれた。救出された後、十四歳で避難民《DP》としてイスラエルに渡り、三十代になって童話を書きだした（六一頁以下参照）。

邦訳されている『壁のむこうの街』はナチの手を逃れてロビンソン・クルーソーのように廃墟で工夫して暮らす少年、『壁のむこうから来た男』は嫌いな義理の父がゲットーの人々を救出する姿にひかれていく少年が主人公だが、ホロコースト作品にありがちな悲惨さや被害者意識、暗さがない。

彼は「ゲットー」や「ナチス虐殺」、「強制収容所」などのことばが感傷的な先入観でひとり歩きしている状況を憂え、「死を目の前にしても人間は生きようとし、ふつうに暮らそうとした」という。

日本の広島・長崎被爆の日に似て、イスラエルでもホロコースト記念日近辺はテレビや新聞や出版物がそれ一色になる。食傷気味でさえある。だが、オルレブの作品は、ハッピーエンドを信じる主人公たちに素直に感情移入できるし、いっしょに冒険できる、知恵を使って生き抜く力をもらえる、耳にタコができた話にも違った面が見える、と子どもたちがいうそうだ

オルレブより一歳年上のカニグズバーグはアメリカ社会に「同化」して、アメリカ社会を鋭くえぐ

った作品群で私たちを魅了する。彼女はアメリカに遍在する素材としてユダヤ人社会や黒人、各国からの移民やマイノリティの人々を描いてきたと考えると、作品がずっと味わい深くなる。

オルレブはポーランドに「同化」した家庭に生まれ、ナチスの人種政策によって「ユダヤ人」と差別され、逆に「ユダヤ人とは？」を意識せざるを得なくなった。彼がホロコーストを背景にした作品を書きだしたのは五十歳になってから。「時」が必要だったのだ。彼は、「民族」ということばですべてを乱暴に括ってしまう愚かさを、おだやかなユーモアでいなす。だからこそ、彼の作品は従来のユダヤ・イメージを超えたものとして若い人に受け入れられるのだろう。

語り継ぐものを持ち、子どもの目線を失わない語り部たちは、どの地にあっても、語るものを紡ぎだしていく。

（AERA MOOK『童話学がわかる』一九九九年、朝日新聞社）

付記：カニグズバーグの『ロールパン・チームの作戦』は、現在『ベーグル・チームの作戦』と改題されて、岩波書店から出ています。

ことばに、ついていけない（イスラエル演劇の旅）

思いがけない誘いで、二〇〇三年十二月、イスラエルの演劇を観にいった。イスラエルは半年前に逝ったつれあいとの思い出が濃厚で、だから、しばらくは足が向かいそうもない地だったのに、あっさり誘いにのったのは、実験演劇を積極的に押しすすめているシアターX《カイ》代表であるプロデューサー上田美佐子さんの巧みな誘いとあごあし付きの勝手のよさと、好奇心のかたまりだったつれあいの感化によるものだったのか。観劇や、監督や俳優とのインタビューその他の設営・手配をすべてイスラエル外務省がしてくれ、つい数ヵ月前まで駐日イスラエル大使館の文化部書記官だったズィヴ・クルマン氏が担当官として案内してくれた。わがままもきいてくれて、まことに贅沢である。

旅に出て知ったが、シアターXの上田さんは、つれあいとはまた別の意味で素晴らしい同行者だった。演劇に関して、乞われると鋭い評をときに披露し、しかし基本的に好奇心が旺盛で、開放的かつ肯定的、すべてに耳を傾けようとする柔軟な思考の人だったからである。

ひとりで出かけたらセンチメンタルジャーニーに終始したかもしれない旅は、かくして、不覚にもひいてしまった風邪と時差ぼけで頭の半分が麻痺したままだったが、期待に満ちてはじまった。

ヘブライ文学を翻訳しているわたしにとって、演劇は半ば未知の分野である。優れた演劇はことばがわからなくても、観る者に良さは伝わる、ことばは副次的問題である、と演劇プロデューサーの上田さんはいう。そういわれると、にわか通訳としてはほっとするが、わたし自身にとって、ことばは第一義である。

「ヘブライ語の Bamah には〈舞台〉と〈祭壇〉の両義がある。だがヘブライの神は、ねたみ深く排他的な神で、ことに芸術と宗教的式典は儀式という点で非常に密接な関連を保つため、信徒の〈芸術的〉逸脱を嫌う」とテルアビブ大学のシモン・レヴィ教授は説明する。しかし、演劇はイスラエル・ユダヤ人にとって次第に娯楽以上の価値をもつようになり、時代がくだってシオニズム、ポスト・シオニズムの時代になると、演劇は「政治・社会的環境とはなれがたく関わりあい」、「イスラエル社会内部のイデオロギー的、政治的分裂」を描き「軍国主義的〈傲慢〉に対抗し、風刺し」つづけてきている、とも教授はいう。

イスラエルと日本の時差は七時間だが、ヨーロッパ経由でいくと、通算、二十五、六時間は機内か空港で過ごすことになる。なのに到着して二時間ののちには、ヘブライ現代詩のパフォーマンスをやっているから、とアングラ劇場に拉致《らち》された。夜八時半からのアングラだが、「詩」という特殊性のせいか中年の男女が多い。詩の朗読にあわせて映像がスクリーンに映しだされ、音楽や音にのってダンスが続く。趣向をこらしているが、盛り込みすぎで特徴がない。そもそものヘブライ現代詩も、叙事詩のレア・ゴールドベルクからユダヤ民族の運命を糾弾するイツハク・カツェネルソン、自由詩のヨナ・ヴォルフまで二十四篇。中途半端の感が強くて、余韻が残らなかった。

つぎの日は、邦訳もあるアモス・オズの「ブラック・ボックス」。テルアビブ市の真ん中、美しい並木道の向こうにある国立劇場ハビーマーでの公演だが、そもそもは小さな劇場でこじんまりとやっていたらしい。評判が評判をよんで、中央での公演にまでなったという。

イスラエルは基本的にユダヤ暦（太陰太陽暦）で、金曜日の日没から土曜日の日没までが安息日である。つまり、金・土曜日が週末にあたる。兵役中の若者たちも休暇がもらえれば、金曜日の夕方までにはヒッチハイクで帰宅し、家族うちそろっての晩餐になる。その週末の金曜日の午前十一時、大劇場が中年の男女で賑わっていた。ちょっとおしゃれして、気軽に芝居を楽しもうという祝祭的な雰囲気である。

オズの大部な書簡体小説をどう舞台化しているのか興味があったが、書簡や電報はそのまま台詞になっていた。それはそれで、おもしろい試みとして楽しめる。舞台は簡素で気の利いたしつらえだった。

芝居のあと街路樹の広がるロスチャイルド大通りを抜けて、シェンキン通りという若者の街に入ったとたん、人の渦に巻きこまれた。自爆テロなど、どこか遠い気がする。しかし、空気が乾いてピリピリしている。賑やかさと騒音のむこうに、苛立ちと投げやりがみえる。フリージャーナリストの熊谷徹氏は「テルアビブは奇妙な町だ。ここでは、平和と戦争、寛容と暴力、豊潤と貧困が共存している」といっているが、いい得て妙である。

膠着化した紛争と常時の自爆テロに対する不安と疲労、経済の混迷と先行きの見えない政治への不信、未来を描けない焦燥が、テルアビブという商業・文化の中心地ではより鮮明に浮かびあがってくるのだろう。しかも日々が、一触即発の危機をはらんでいる。あとで聞くと、その日、その通りの近くはテロリスト潜入情報を受けて警戒態勢だったという。そのあと、エルサレムでは実際に不審物確認遠隔操作を何度か目撃した。検問所監視ボランティアをしている友人に同行して、変わりはてた東エルサレムにもいった。泥道に鉄柵が続く胸突かれる光景だった。二五年前にはないながめだった。人工的につくりあげられた憎しみの連鎖とでもいうような。

翌日は、ロシアからの移民たちが一九九一年に結成したゲシェル（橋の意味）・シアターによる、アイザック・B・シンガーの「奴隷」を観にいく。テルアビブから北に車で一時間ぐらいにあるネタニヤ市の市立文化ホールでの公演である。途中、イスラエル演劇の観客動員数について、上田さんが矢継ぎ早に外務省のクルマン氏に質問する。クルマン氏は制限速度をはるかに超えるスピードで飛ばしながら質問に明快に答え、ゲシェル・シアターの成り立ちまで説明してくれるが、説明に熱がこもると、運転しながら助手席をみたり後部座席をふり返るので、はらはらする。

各地方自治体は積極的に劇団を招き、公演が円滑にいくようバックアップしている。たいていの劇団はチケット収入のほかに、国と地方自治体の両方から助成を受けているので、プロの演劇人を養成できるという。しかし、今年度から助成金が四〇％カットになってしまったそうだ。

現在、イスラエルの人口は約六百万人、そのうちロシア系が百二十万人を占める。旧ソ連崩壊後、どっと雪崩のように移民してきた彼らは伝統的に芸術・科学・スポーツにすぐれて、それぞれの分野で突出した才能を見せている。ゲシェル・シアター創設者のイェフゲニー・アリエもモスクワで評判の舞台・映画監督だった。現在は、ヘブライ語かロシア語のどちらかで公演しているが、劇団設立当初は、ヘブライ語を知らない俳優がヘブライ語を丸暗記して演じたこともあったという。「奴隷」は大がかりで、昔ながらの大きな芝居だった。

その翌日は地中海に沿ってもっと北上し、工業都市ハイファの市立劇場で「裏庭のゲーム」を観た。これはキブツ（農業共同体）で実際に起きた十四歳の少女レイプ事件を題材にした高校生向けの芝居で、十一年続演中だという。世界的な演劇祭参加や海外公演もしているというが、昼の公演はやはり高校生向けで、その日も十五歳の高校生が三校あわせて、七百人集まっていた。開演前はぴーぴー口笛が鳴り、騒然としている。

芝居は日々の会話からなり、レイプした側・された側のそれぞれの問題を、罪状認否の尋問と事件当時の再現を交互にみせながら明らかにし、核心に迫っていく。何もない舞台にブランコがするする降りてくると事件現場、ブランコがあがると罪状認否の法廷になる、剥きだしで素っ気ないしつらえがいい。ブランコ一つにスポットライトが当たった現場再現と、レイプという生々しいテーマが気になるのだろうか、口笛を吹いていた高校生たちはけっこうのって黙り込んで観ている。

私は二階のバルコニーから見おろす形で観ていたが、台詞が聞き取れないのに愕然とし、うろたえた。事件現場再現はことばがなくても役者の動きでだいたいはわかる。だが、尋問は、ことばへの依存度が高い。

「ブラック・ボックス」はある程度わかった。原作を忘れていたが、観ているうちに途切れとぎれながら思い出せたし、演出家の意図もあと追いできた。思えば、役者たちは朗々と、明確にはっきり発声していた。

ロシア移民によるゲシェル・シアターの「奴隷」はポーランド語がちらほら入っていて、ディアスポラのユダヤ人社会の雰囲気がうまく伝わってきたが、圧倒されるほどのロシア訛りだった。そのせいか、ロシア語字幕に並んでヘブライ語字幕がかかっていた。しかしその電光字幕は、舞台進行の妨げにならないようにという配慮からだろう、やたらと高い位置にあるので、字幕を見ると舞台に集中できない。それでも、あまりに訛るときは字幕を見あげてしまう。上田さんによると天才的な演劇的な肉体をもった役者たちで、基本的に大時代な芝居だった。つまり、観ていればストーリーはわかる。妙に舌がもつれたようなロシア語訛りで聞き取りづらいが、聞き取れないことはない。

しかし、「裏庭のゲーム」はまったく違っていた。まるで、未知の言語を聞いているようなのだ。ところどころ、知っていることばのかたまりが耳に飛びこんでくるが、全体に早口で、ことばが口の中にこもって呑みこまれてしまっている。ついていけない。というより、理解不能である。スラングや今風な言いまわしも多いのだろう。が、なにより発音・発声の仕方についていけないのだ。正直、「これって、芝居?」とも思った。

「たいていは、わかったんでしょ」と、劇場の外に出て上田さんにいわれたが、即座に、二〇%もわかりませんでした、と応えた。

数日後、イスラエルが誇るノーベル文学賞作家シャイ・アグノンの短篇「ファーレンハイム」の仮面劇を観た。同作を旅立ち前に訳していたのでストーリーはわかっているし、一種の朗読劇でもあるから、なんとかついていける。仮面劇にした演出家の意図を推しはかったり、原作との距離を考えながら観ることができた。演出によって作品の解釈はこうも変わるのかと不思議でさえあった。しかし、イスラエルの観客は流麗なことばの流れに酔い、古語に等しいアグノン独特の表現を心地よく楽しんでいるようである。そうした、ことばへの共感は文学への畏敬に裏打ちされたものなのか、「アグノンはむずかしくて理解できないでしょう?」風なことばさえ耳にする。いや、学生時代に勉強しました、などといってもフンと鼻であしらわれそうで口をつぐんでしまう。彼らは、アグノンは格調高くて難解だと断じているから、「裏庭のゲーム」がわからなかったと言おうものなら、だったらアグノンは無理だろう、ときめつけてきそうである。「難解」さの定義と尺度は、ヘブライ語で暮らす人々と外部者のわたしとは大きく異なっているのに気づかされる。

その翌日、上田さんを空港に見送って、そのままエルサレムの友人宅に移った。夕方、友人の娘たちが集まってきた。司法修習生の二十六歳の長女とその婚約者、兵役を終えてから世界を半年間旅して、現在は大学入学試験準備中の二十三歳の次女とボーイフレンド、そろそろ除隊になる二十歳の三女。ちなみに、この国は国民皆兵で、満十八歳になると男は三年、女は二一ヵ月の兵役義務が課せられる。

　若い五人はスープを飲みながら、うちうちで盛りあがってしゃべっている。ワインを飲むわたしの耳もとをおしゃべりが通り過ぎていく。ギリシア語かロシア語を聞いているみたいである。何の話で盛りあがっているのか、話題が見えない。あまりのことに呆然として、わたしは首をかしげ、彼女らの母親をすがりつくように見た。

　母親いわく。いまの若い人たちは早口で、リエゾンして（ことばをつなげて）しゃべるし、ことばを呑みこんでしまう。彼ら独自のいいまわしがあるし、兵役スラングも多い。なにより、ことばが貧しくなっているのね。わたしはいつも一緒にいるから理解できるけれど、安息日や祭日にしか孫娘たちと会わない義父母は、あなたと同じで「はあ？」っていってるわよ。

　娘たちにツルツルした口調で話しかけられると、わたしは思わず「はあ？」という顔をしていたらしい。もう一度、明瞭にくっきり、ことばを切ってしゃべってもらって、やっと会話がなりたっていく。初めての経験だった。四年半前に訪ねたときには、ふつうに彼らとおもしろがっておしゃべりしていた記憶がある。

　芝居の台詞は特殊だから理解できないこともあるだろう、と出立前から覚悟していた。しかし、日常言語がもつ移ろいやすさと年代の壁を忘れていた。書きことばは別として、話しことばや日常言語は日々に更新している、と改めて認識させられた。それにしても、更新サイクルが速い。日常言語としては死語同然だったヘブライ語が現代ヘブライ語として再生して、たかだか一世紀である。この速さはなんだろう。ヘブライ語を初めて聞いたとき、喉音が結構あるせいか、ゴツゴツした言語の印象がつよかったのに、このなめらかな音の連なりはなんだろう。言いまわしに英語の影響が多くなっているのも気になる――。

ぼんやりそんなことを考えながら、東京に戻って電車に乗った。声高に高校生がおしゃべりしている。きんきんした声で、ほとんど理解不能だった。

〈参考までに〉

『奴隷』（井上謙治訳、河出書房新社、一九七五年）の舞台は、ポグロム（ユダヤ人に対する略奪や虐殺）の吹き荒れる十七世紀ポーランド。フメルニツキー率いるコサックに妻子を殺された学者のヤコブはポーランド娘と恋に落ちる。恋がばれたら殺される。二重三重の階級社会、キリスト教とユダヤ教、ポーランド人とユダヤ人。どちらの世界でも生きるに難しい二人を悲劇がおそう。シンガーは一九〇四年ワルシャワ生まれ、一九三五年アメリカに渡り、イディッシュ語新聞「フォワード」の編集と執筆にたずさわった。作品はすべてイディッシュ語で発表。一九七八年ノーベル文学賞受賞。

『ブラック・ボックス』（村田靖子訳、筑摩書房、一九九四年）。不貞行為で離婚されたヒロインは、アメリカ在住の前夫に、不良息子への金銭的な援助を頼み、前夫は送金する。アルジェ出身の現在の夫は、もっと寄こせ、イスラエルのためにと要求する。なぜなのか？　謎解きもさることながら登場人物それぞれがイスラエルが抱える政治と思想の多様性をあらわして興味深い。アモス・オズはエルサレム生まれ。六〇年代からA・B・イェホシュアとともに現代イスラエル文学の重鎮として活躍、ともにパレスチナとの共存を訴え続けている。

『ファーレンハイム』一八八八年ガリツィア生まれのシャイ・アグノンの短篇。両大戦のはざま、戦争と捕虜の数年を経て帰郷したファーレンハイムは、誰にも待たれていない現実に直面する。幼な子は死に、妻は裕福な義兄の別荘にいて、しかも、妻の元恋人の生存が確認されたらしい、とわかっていく。

『現在を記憶する　イスラエル演劇覚え書き』シモン・レヴィ Theatre Year-Book 2003, Theatre Abroad, ITI Japan Center

『寄り道しなきゃわからないヨーロッパ』（熊谷徹、新潮社、二〇〇三年）

（『ブレーメン館』No.2、二〇〇四年六月刊）（『ブレーメン館』は京大独文&ディアスポラ・ユダヤ人研究家の小岸昭名誉教授が札幌で主宰する同人誌）

ことばの魔力にとりつかれて

ヘブライ語は、「エチオピアの公用語であるアムハラ語やアラビア語と同じセム語族に属する聖書のことば。文字は二二文字で、右から左に書き、数字もこれで表せる」便利なことばで、聖書時代にはヘブライ（イブリ）人と呼ばれ、その後イスラエル人あるいはユダヤ人と呼ばれてきた民族によって使われてきました。ちなみにヘブライ（イブリ）は「渡る、通過する」という語根から生まれた名、イスラエルは父祖アブラハムの孫ヤコブが何者かと格闘した際に「神と人と闘って勝ったから」と神から与えられた名、ユダヤはそのヤコブの第四子で、その子孫が十二部族のひとつのユダ族です。一般的にはユダヤ民族、イスラエル国家、ヘブライ語と使い分けられていますが、ややこしい。この人たちの過去と未来を暗示するかのようで不安になります。

聖書のことばは、紀元前六世紀のバビロン捕囚や紀元七〇年のローマ帝国への反乱を経てユダヤ人が全世界に離散していく過程で日常言語としては死語となりました。たどり着いたそれぞれの地、スペインなりイギリスなりポーランドなりの言語を使って暮らした方が便利でしたし、周囲との軋轢が少なかったからです。ヘブライ語は祈りや学問のことばとして、民族のアイデンティティを守る言語として、ほそぼそ使われていました。

キリスト教が支配的だったヨーロッパ社会で常にユダヤ（教徒）人はつまはじきされていましたが、十九世紀後半にはまた反ユダヤ主義の風潮が高まり、呼応するようにユダヤ人の間にも民族主義運動が興りました。差別され略奪され殺されるままでいてはいけない。ひとつにまとまろうという運動で、ロシア出身で弱冠二十三歳のエリエゼル・ベン・イェフダが運動の言語面を支えました（一九頁以下参照）。「世界中に散った民をまとめるには共通言語が必要で、それには父祖伝来のヘブライ語しかない」。この信念を胸に、彼は膨大な聖書文献を渉猟して現代にあう言語を造りだしたのです。賛同者たちが時代にあわせて作り直した新しい言語をひろめ、学校で使い、物語をつくり、遠い故郷の文学を翻訳しました。彼らは次代を担う子どもたちの教育を優先しました。死語同然だったヘブライ語は異例の速さでよみがえり、一九二二年には英語、アラビア語と並んで英国委任統治下のパレスチナの公式言語として承認されました。

この言語学者エリエゼル・ベン・イェフダとその家族の日々を描いたデボラ・オメルの『ベン・イェフダ家に生まれて』にわたしが出会ったのは、エルサレムに留学していたときでした。

初の日本語辞典「言海」が作られたのは一八九一年です。「言海」を編纂した大槻文彦を活写した『言葉の海へ』（新潮社）で著者の高田宏氏は、〈一国の辞書の成立は国家意識あるいは民族意識の確立と結ぶものである。明治国家にとっての、そういう辞書が「言海」であった。大槻文彦というひとりの人間が国家のかわりに一七年を費やした〉と書いています。同じものをわたしはベン・イェフダに見ていました。ベン・イェフダは「民族の存立には言語が不可欠である」という持論を立証するために、人々に無視され敵対視されてもヘブライ語新聞を発行して論陣をはりつづけ、ヘブライ語辞典を編纂しつづけた不撓《ふとう》不屈の頑固な男です。天才で、同時に希有なまでの努力の人です。それも、家族の協力なしには成果のおぼつかなかった努力。ヘブライ大学の学寮で読み終えたとき、訳したい、と心の底から思いました。誤解されやすい民が作ろうとしている歴史と、ことばと、その歴史とともに歩んだ一家の物語と、かれらのことばへの思いを伝えたい、と思いました。十五年後、その夢がかないました。

帰国後は日々の暮らしに追われていましたが、思い出してはポチポチと訳し続けました。やっとまとめた訳稿を、祈るような気持ちで出版社に送ると、しばらくしてボツ理由を丁寧に記した手紙とともに原稿が戻ってきました。凹みました。ですから、福武書店から諾を貰ったときは狂喜しました。原書は児童書でしたが、版元の意向で文庫版になったので、児童書という枠を超えて多くの方の目に留まったのはうれしいことでした。「言語」についての会議で使ってもらったり、いまなおベン・イエフダについて問い合わせを頂戴したりしています。十数年前の訳書ですが、あのときの翻訳への迸《ほとばし》るような思いはわたしの仕事の原点です。

珍しい言語のうえ、民族性とか地域性、風土や歴史に目がいく人も多いようです。地中海沿いにオレンジ畑が広がりオリーブの樹々が茂る開放的な「イスラエル」や、自然科学から芸術・文学まで世界的人材を幅広くちりばめている「ユダヤ人」は、好印象ばかりとはいえず、マイナスのイメージも多々あるようです。

＊『ベニスの商人』やアメリカ経済界に見られるようにユダヤ人は商売上手でがめつい。

＊差別されてきたというが、彼ら自身に選民思想があって防壁が高すぎるのではないか。
＊ホロコースト（ナチス虐殺）は痛ましい事実だが、なぜ自衛しようとしなかったのか。
＊差別と虐殺の体験者なのに、イスラエルはなぜパレスチナを武力で抑え込むのか。

答えはいちおう用意できますが、問いと答えは永遠に平行線をたどるような気がします。それに、どんな答えにも一〇〇％の有効性はないのです。それより行ってみてほしい、そこに住む人たちの暮らしや思いを文学作品を通じて見てほしい、風土や暮らしを感じてほしい、と思います。

テロや戦争が度重なるパレスチナ・イスラエルの「共存」を訴えた『ぼくたちは国境の森であった』（佑学社）や『心の国境をこえて』（さ・え・ら書房）には、そうしたテーマが前面に出ています。

ホロコーストも避けられないテーマのひとつ。『お願い、わたしに話させて』（朝日新聞社）はナチス虐殺を逃れた子どもたちの証言集です。終戦直後から聞き書きが始められた同書には戦争の悲惨さ以上に、子どもたちが持つ無限の生きる力、生きようとする姿勢がくっきり見えます。絶版のままなのがほんとうに残念です。「戦時下の日々は恐怖ばかりではなかった。わたしたちは生きようとしていた」というウーリー・オルレブの『壁のむこうから来た男』（岩波書店）や『砂のゲーム』（岩崎書店）は冒険もの的色合いをこめながら戦争を率直に語っていて、わたしは好きです。

わたしのなかにはホロコーストへの関心を『アンネの日記』段階にとどめてはならないという意識が常にあります。強制収容所とかゲットーということばも、子どもたちどころか親世代にも通じなくなりつつあります。それでも訳したい。戦争の予兆を感じとる力、「大勢《たいせい》に巻き込まれない」精神を、翻訳をとおして伝えていきたいと思っています。

ヘブライ語のように日本であまり知られていない言語で書かれた作品は、翻訳者が作品の第一読者であるケースが多いのですが、そうなると、やはり訳者の好みが前面に出ます。読者が求めている作品を、いろんな種類の「ふるい」できちんと選り分けて活字にできたら最高です。

翻訳文学は、ちがった景色、ちがった暮らし、ちがった考え方をのぞける「窓」だとわたしは思っています。「窓」をのぞいて楽しかった子ども時代の記憶が鮮明だからでしょうか。

わたしがお見せする「窓」はずいぶんと風変わりです。まぶしい陽ざしと碧青の空、乾いた景色が広がって、いろんな肌色やいろんな言語がとびかっています。そして、いろんな物語があります。小さな「窓」をのぞいて見ませんか。気分転換になります、きっと。

（『日本児童文学』二〇〇一年十一月～十二月、日本児童文学者協会）

野ねずみエイモスを訳して

野ねずみが、ふとしたはずみで灌漑用パイプにはまってしまい、さまざまに脱出を試みる、試みてはあらたな障碍にぶつかり、ぶつかってははねのけ、やっと逃げ出せると確信できたとたん、パイプ内を疾駆してきた水流にのまれて圧死する、という実験演劇について聞いたのは、一年前のイスラエル独立記念パーティ会場でした。

話を聞いて頭に浮かんだのはナチス・ホロコーストを生きようとし、生き抜こうとしながら、大きなうねりに呑み込まれてしまったユダヤ人たちの姿です。

アート・スピーゲルマンの『マウス』(晶文社)も浮かびました。父親の第二次世界大戦中の体験を、ユダヤ人をネズミに、ナチス・ドイツを猫に仕立てて描いたグラフィック・ノベルスの『マウス』には、ホロコースト症候群ともいえる半分壊れた人格の父親と、母親の自殺の原因は自分が母親を避けて逃げたせいかもしれないと自責する、戦後生まれの作者スピーゲルマンの、生々しい現実までが描きこまれていて圧倒されます。父ネズミと母ネズミが隠れ家にいるとドブネズミがでてきて、母ネズミが悲鳴をあげるシーンがあったはず、いかにもユダヤ的ブラックユーモアの世界なのです。

それから、農業立国を看板に掲げてスタートをきったイスラエルの、ひたいに汗して働く喜びに満ちた、「開拓者魂」がまだまだあった時代が彷彿として浮かんできました。少ない労働力で多くの収益をあげようとした開拓者たち、ノイマンを長とする灌漑チームにその姿が映し出されているようです。

そして、閉塞状況に置かれたイスラエルの現在が浮かんできました。理性的であろうとし、パイプのなかに入り込んだような現状を理知と分析力をいかして打開しようとしながら、国際社会で孤立しそうな、窒息しそうな姿と、エイモスが重なる部分もある……と。最近は自己防衛のハリが目立って、ハリネズミっぽいのですが。

ところで、愛すべき害敵エイモス。

モシェ・イズラエリの原作の最初のほうに〈どうやら灌漑チームはノネズミやハタネズミと他のネズミの違いに誰も詳しくないようだった。分類学上つけられた自然の名称なしには、「アレチネズミ」や「ミズネズミ」や「ノネズミ」について、はっきりいって、誰ひとり知らなかった。それに、動物学的正確さ云々の問題ではなかったから、事件のあとも、齧歯類について百科事典的知識をふりかざす者はいなかった。「ネズミ」とひとくくりにしたらハタネズミはムッとするといわれても、灌漑チームの誰も反論しないだろう〉という記述があります。ついでにヘブライ語辞典で調べたら、エイモスはノネズミの一種のハタネズミでした。畑地に掘った穴に住み、畑地の実りを食べ、普通のネズミに比して鼻先が短く、耳も小さく、尻尾も短い。加えて、字句通りネズミ算的に繁殖するので農地などでは被害甚大である、とあります。この芝居のなかで、利発なエイモスはトラクターへの興味をふくらましすぎて我を忘れてしまいますが、あの近辺の畑地にはエイモスの子々孫々がまだいるかもしれません。

『野ねずみエイモス』ではひと昔ふた昔まえの、いわゆる散水灌漑、水に圧力をかけてスプリンクラーのノズルから噴射させて潅水する方式が描かれています。圧力がかかった水をスプリンクラーまで導いていくパイプは丈夫でなければいけません。当時はアルミパイプが一番丈夫だったのでしょう。ああだこうだ、と事典類をあたったあと、さいわいにも東京農大の先生方に校閲していただけました。その折り、アルミパイプを食いちぎった野ねずみの実験をすでに十数年前にしたことがある、とイスラエル在住の教授の令嬢からうかがってびっくりしました。「エイモス」は、あり得ない、架空の話ではなかったのです。

かつてのイスラエルでは、スプリンクラーがシュッシュッと回転して水をまき散らしている光景をあちこちで見かけたものですが、スプリンクラーは今ではほとんど使われていません。雨の多い日本と違って、国土の大半が乾燥地や半乾燥地のイスラエルでは一滴の水も無駄にはできません。いきおい灌漑システムの開発が盛んになり、現在もっとも一般的なのは点滴灌漑だそうです。日本にもネタフィムという灌漑システム会社が進出しています。

点滴灌漑は、水が潅水チューブを伝って植物の根元にポトンポトンと水滴状になって落ちていく仕組みで、それまでの灌漑にくらべて五〇%から七〇%も水を節約でき、液肥や薬品を混ぜることができる、そのうえ低水量なので薬品が地下水に浸透するおそれがないので環境保護になる、というすぐれものシステムのようです。潅水開始時刻や潅水時間をコンピューターにセットしておけばいいし、雨が降ればセンサーが感知して潅水をスキップしてくれる。いいことづくめです。しかもポリエチレン製の潅水チューブ内部は、目詰まり防止のジグザグ流路になっているとか。どうやら、エイモス二代目の冒険は望むべくもないようです。

難問を理性と機転で解決していくエイモスは、野ねずみが生き延びるための「生命維持法則」一条から七条を創案しました。しかも、その第五条は「困難時にはくだらない生命維持法則を忘れさって、断固、本能にのみ従って行動すること」。なんというユーモア。なんという知恵というか、センスというか。

運命に押し流されてもエイモスは最後まで「生」を放棄せず、「死」にあらがい、尊厳をもって死を受け容れていきます。最後のほうの、水とエイモスのからみは胸を衝かれるシーンで、忘れられません。

（イスラエル実験演劇『野ねずみエイモス』二〇〇二年九月、シアターX上演、原作モシェ・イズラエリ、演出ルティ・カネルの台本翻訳をしました）

子どもの目で見た戦争とは　エルス・ペルフロム著、『第八森の子どもたち』

『小さなソフィーとのっぽのパタパタ』（徳間書店）という本がある。病気の女の子が人形たちと「人生で何が手にはいるか」を知る旅をする話だといってしまえば「ふうん」だが、意表をつく展開で、子どもはかくあるものという思い込みがないし、甘えがない。結末もいい。読後、「ふうっ」とため息が出る。その著者であるオランダの女流児童文学作家エルス・ペルフロムが来日、『魔女の宅急便』の角野栄子と対談する、司会は斎藤惇夫、通訳は野坂悦子ときいて出かけた。おもしろかった。

ペルフロムさんはまだ日本では知名度が高くない。だから、対談といっても角野さんがまず意見をいって質問しペルフロムさんが答えるという形式で、角野さんは実にご苦労な役まわりを引き受けられていた。通訳の野坂さんも大奮闘だった。このところ、オランダのヤングアダルトものや児童文学が次々に翻訳紹介されている。その先頭に立つのが野坂さんだ。白髪のペルフロムさんは六十六歳、がっしりした体格で、話を聞き漏らすまいと集中しているせいか、けっこう眼光鋭い。そのかたわらで、立ったまま野坂さんは通訳し、ときどきオランダ語で問い直す。通訳と翻訳は仕事の質が違うから大変だろうと思うが、めげない。話がいき違うと、ふっと笑う。苦笑なのだろうが、聴衆が和むような明るい笑みだ。

会場で、出版されたばかりの『第八森の子どもたち』（福音館書店）を求めた。著者の生い立ちと重なる部分はあるがフィクション。オランダで毎年最高の児童文学に与えられる「金の石筆賞」を受賞している。訳はもちろん、前出作品ともに野坂悦子。

第二次世界大戦末期、戦闘が激しい町から逃げ出した父と娘は避難民生活の末に、戦争が終わるまで森近くの農家に身を寄せることになる。サラリーマンだった父親は暖房用の薪を斧で割る。十一歳の娘のノーチェもジャガイモの皮をむき、皿を洗う。みんなが働いているから、それが当たり前で手伝う。仕事をさせてもらえると一人前のようでうれしい。牛、馬、鶏、鵞鳥、山羊や豚のいる農場を仕切っているのは実直なおやじさんとしっかり者のおかみさん。十二歳の長男エバートと五歳の次男がいる。七歳のお姉ちゃんは脳に重い障碍がある。住み込みで働いているヘンクがいるし、抵抗運動でナチスに追われる結核青年も隠れている。ノーチェ父娘のあとにも、近くの町の家族四人が近所のおばあさんを連れて身を寄せてくる。総勢十四人。そのうえ、森に隠れ住んでいるユダヤ人一家に食料を届けている。もちろん、これはおやじさんとおかみさん、ヘンクだけの秘密である。

ノーチェとエバートは紙煙草を吸ってみたくて聖書を破き、爆撃にあうとあわてて藁山にもぐりこむが、砲弾のかけらをひろうのも忘れない。干し草の山をすべり、屋根に登る。

おかみさんは食料を求める人たちから物々交換の品をとらず、超安値で牛乳や粉をわけてやり、パンやスープをふるまう。食事を多めに用意する心配りさえする。森のユダヤ人一家の出産に立ちあい、泣き声で所在が知れると危険だからと赤子を預かりもする。赤子の世話をノーチェにまかせる度量もある。魅力的な人物だ。子どもの年齢から逆算したら三十歳、せいぜい三十五歳だろうに、まっとうで腰がすわっている。V1爆弾が飛びかかっても動じない。そのくせドイツ兵が豚を徴発にくると唇をかみしめてくやし涙をこぼす。その涙に免じてか、農家出身のドイツ兵は豚を一頭だけ残していく。この豚の話とドイツ軍脱走兵のエピソードは秀逸だ。餓死寸前の脱走兵をおやじさんが家にいれる。反対の声があがっても、日ごろ無口なおやじさんは「わしの客だ」と断固ゆずらない。おかみさんが一夜の宿と衣類と食べものをやる。「食事だけなら、いつでもおいで」ということばも忘れない。脱走兵は自転車を手に入れて、ときどき食事しにくるようになる。

そうなのだ、著者は正義感まるだしの声高な戦争批判をしない。為政者の思惑や、のちの価値判断も書かない。ひたすら、戦時下ゆえの非日常のなかの日常を描くに徹している。

「戦争ってなんだかへんね。すごくいやなこともあるけど、みんなといるから楽しいことだってあるもの」とノーチェはいう。これが子どもの目だ。著者はこの目線を守り、抵抗運動の青年や父親、おかみさんたち大人の思いをところどころに配して、深みと起伏をだす。

農家の暮らしに匂いはつきものだが、それが丁寧に描きこまれている。馬や牛の糞、林檎、スープ、土、ヒース、森、牧場の香り。暮らしの、いい匂いが満ちている。そして、音。家畜の鳴き声、家族のおしゃべり、風のざわめき。なんでも手作りする丹念な暮らしの心地よさ、寄り添って生きていくことのあたたかさを、どんな時代であれ、子どもは知っている。それが、自然に素直に伝わってくる。

ちなみに、「第八森」とはノーチェが学校で習った詩に出てくる森。現実の森にはユダヤ人が隠れていたが、ナチスに連行された。

(『鳩よ!』二〇〇〇年八月号、マガジンハウス)

『エルサレムの秋』の空と灼熱

現在、アブラハム・B・イェホシュアの「詩人の、絶え間なき沈黙」と「エルサレムの秋」を翻訳推敲中だ。待望の作家の、本邦初紹介作品である。

アブラハム・B・イェホシュアは、一九六〇年代後半から現代ヘブライ文学の旗手として、かつ、積極的に政治的発言をする作家として、常にアモス・オズと並んで先頭に立ってきた。二人とも一九三〇年代後半生まれだから、二十代半ばで実力を認められたことになる。一九七〇年代前半にエルサレムのヘブライ大学に留学していた筆者は、両作家の作品が出るたびに大学のキャンパスが沸きたっていたのを思い出す。若者たちにとって、二人はすぐれたヘブライ語の書き手でありオピニオンリーダーだった。もちろん、脚光を浴びている作家は他にもいたし、当時すでに翻訳ブームで各国語の作品が紹介されていた。聖書の民、「書の民」といわれるユダヤ人たちは基本的に活字好きで、好奇心旺盛で、議論好きである。

祈りと学問の言語だった(だけでなく、実際には言語の異なる地域に住むユダヤ人同士の意思疎通の手段として使われていた)ヘブライ語は、二十世紀になって生活言語として人工的に再生され、ロシア語や中・東欧諸語、英語やスペイン語など、母語の異なる人たちの共通言語としてめざましく発達した。とりわけ、次代を担う子どもたちの言語・文学教育は熱心におこなわれた。初めのうちこそ堅苦しい文語体や華麗な韻文が多かったが、徐々に言文一致の口語体が定着していき、古典のよさと日常言語の新鮮さを自らのものとした若い世代が育っていった。シオニズム国家建設、というイデオロギーに疑問もでてきた。イェホシュアやオズは「言語表現力」をもつ者として、そうした人々が抱え込んでいる生存の不安や懐疑や葛藤を作品に投影していった。今よりはるかに純粋で、自制の勝った時代でもあった。

何気なくアブラハム・B・イェホシュアと書いているが、今回は、作家名をカタカナ表記で確定するまでに手間がかかった。作品は未紹介とはいえ、著名作家だから研究書や文学辞典に載っている。筆者自身も新聞や雑誌に書いてきた。だが、表記に統一がなかった。筆者にしたところでA・B・ヨシュアにしたり、英語からの先行訳書にあわせてイェホシュアにしたり。ヘブライ語ではアレフ・ベイト・ヨシュアと、ヘブライ語アルファベットの最初の二文字を並べて呼ばれている。作品のほとんどが英訳されているので、英訳書を見ると **A. B. Yehoshua** である。仕方なく、本人に問い合わせると、「姓・名ともに個人名ゆえ、姓と名の区別をつけるべく、間にBをおいた」と返事がきた。そうなのだ、アブラハムもヨシュアも旧約聖書に出てくる名で、しかも、今のイスラエルによくある個人名である。Bはたぶん、**Ben**（息子）か **Bait**（家）のつもりだろう。聖書や古典によく見られる呼び方で、「イェホシュアの息子アブラハム」となる。ヨシュアとせずにイェホシュアと読ませようとするのも「姓」だとわかって貰うためだろうか。ちなみに彼と同世代の作家ヨシュア・クナズは、明らかにクナズが姓だと判断できるので、ヨシュアと記して何のわずらいもない。アブラハムかアヴラハムかも迷った。というのも、エンサイクロペディア・ブリタニカのユダヤ版ともいうべきジュダイカや他の辞典ではAvrahamと表記されているからだ。再度、本人に問い合わせると、「Abraham!」と感嘆符つきで返事が届いた。

イェホシュアは今でこそ『遅れた離婚』や『マニ氏』、『千年末への旅』などの長篇で有名だが、もともとは寓意性の強い作風の短・中篇作家だった。二十代にして、若々しい感性と完成度の高い、ときにカフカを思わせる中・短篇群で人々に受け入れられてきた。

一九九五年、イスラエル賞（日本でいうと、さしずめ文化勲章か国民栄誉賞にあたる）を受賞したイェホシュアを各紙がこぞって祝っていたが、そのなかで、〈イェホシュアは「詩人の、絶え間なき沈黙」一作で受賞に値する〉という、ヘブライ大学文学部のシャケッド教授の文章が目を引いた。教授は文学批評家としても第一級である。教授のことばに触発されて「詩人の……」を読みなおした。イェホシュア三十歳の作品なのだが、シンとする美しさがあり、哀しみがあった。

韻律を失った、時流についていけないと感じて筆を折った詩人には、老境に入ってからできた境界線上の息子がいる。息子は十七歳近くで小学校を卒業するのだが、卒業の頃になって、授業で父親の詩が取りあげられると気を昂《たかぶ》らせる。詩の韻律に心を騒がせる。卒業後、父の身のまわりの世話をしだした少年は、筆を折った、と父がいくら説明しても納得せず、詩を書かせようとする。「もう書かない、君が書くといい」と父に突っ放されると、詩の真似ごとをはじめる。すべて、詩人である父のために、というより、父に代わって。詩人の老いと死の自覚と諦観の表現は、若い作家の手になるとは思えないできばえで、「ことばを持たない」息子が、詩人の悲哀と「詩の現実」を浮きあがらせている。

読んで感動のまま、いそいで訳し、何度も推敲し、いまに至っている。静謐にして、没入できる文章を翻訳するとき、訳者は苦しみながらも幸せのなかにある。

もう一篇の「エルサレムの秋」は原題を「三日と子ども」という、映画化・舞台化されて大評判だった作品。かつて愛して忘れられない女性の三歳になる息子を預かった数学科の学生の三日間が爽やかに絵画的である。

エルサレムには秋がない。乾季の夏から雨季の冬に移行するほんのいっときが秋といえば秋。雨のない紺碧の空が四月から九月まで広がる。雲がいくつか浮かび、涼風がすっと頬をなでると、雨季の訪れを人々は喜ぶ。ぱらぱらと落ちる雨季最初の雨をヘブライ語で「ヨレ」という。そんなことばが存在するほどに雨は貴重なのだ。「エルサレムの秋」には空と灼熱が随所に描かれている。主人公の心象としての空と灼熱であり、読み手の心に広がる空である。

もう一つ、この号が出る頃には発売になるはずの、D・グロスマンの『ライオンの蜂蜜』。日本では政治エッセイで知られている作家グロスマンの、これは旧約聖書中の人物サムソンの、一種の人間解放物語というか、神話論である。訳してみたかった作家だけに意気込んだが、ヘブライ語草稿と英訳原稿を前に何度も立ち往生した。胃が痛くなった。新共同訳聖書や他の聖書訳とグロスマンの解釈との違いが清涼剤でさえあったほど、面白くてスリリングな仕事だった。


（『文學界』二〇〇六年九月号、文藝春秋）

アイザック・バシェヴィス・シンガー『不浄の血』

(西成彦訳、河出書房新社、二〇一三年)

本書はアイザック・バシェヴィス・シンガーのイディッシュ語オリジナルを、西成彦氏とイディッシュ語勉強会の面々が徹底して読み込み、まさに「骨の髄までしゃぶりつくして」完成させた作品集である。シンガーは、フィリップ・ロス、バーナード・マラマッド、ソール・ベローらとユダヤ系アメリカ文学の一時代を築いた作家である。本書のような作品から民話の再話や児童向けまで幅が広い。ほとんどの作品がイディッシュ語で発表されると英訳され、しかも、英訳にシンガー自身が参加しているので英語版が最終形かと思っていたが、実はそうではなかった、と本書の「解題」で知った。

ポーランドの典型的多言語環境に育ったシンガーは、一九三五年、三十代になってアメリカに移民して、イディッシュ語新聞に活路を求めた。作品は時流に乗って加速度的に英訳されたが、アメリカ社会に受容されやすいように、聖書やタルムードからの引用や、訳しづらい部分やイディッシュ語特有の故事成句まで削除してしまったという。シンガーの、理解されたいあまりの性急さと英語能力との乖離としかいいようがないが、怒濤のようなあの時代だったらあり得ることだったのかもしれない。

本書のイディッシュ語からの「完訳版」には、再生産を止めた言語が有した豊穣なユダヤ世界が、丁寧に克明にあらわされている。

その前に、西成彦氏の先駆的翻訳、ショレム・アレイヘムの『牛乳屋テヴィエ』（岩波文庫）と『イディッシュ――移動文学論』（作品社）に触れておきたい。シンガーの死をきっかけに編まれたという『イディッシュ』は、離散地《ディアスポラ》のユダヤ人が土地を移動しながら文化や歴史をつなぎ、転生してきた言語文化・文学論といえる。その拡大敷衍版ともいえる『クレオール事始』（紀伊國屋書店）も興味深い。

『牛乳屋テヴィエ』は、もちろん、ミュージカル「屋根の上のバイオリン弾き」のイディッシュ語原作を翻訳したもので、市井の言語がいきいきした日本語になっている。主人公のテヴィエの知ったかぶりの引用や言い間違いまでしゃべり言葉で活写されているし、割註があるので背景や歴史がわかりやすい。加えて、巻末の「解説」で、作者についてやウクライナのユダヤ人が置かれた状況、イディッシュ語の雑種性や文化的な跨越性、アメリカナイズされたミュージカルへの移行など、イディッシュ語話者が多かった時代のアメリカにおいてなおの、一つの言語文化の盛衰がうかがい知れる。

本書はそうした西氏の研究のあらたなる成果であり、共に研鑽を積んだ研究者一〇人の文学翻訳の実りでもある。イディッシュ語勉強会での回を重ねての討議の成果だろうか、ユダヤ教関連の訳語にイディッシュ語のルビをふったり、韻をルビで表現したり、割註や左頁袖註を入れたり、と工夫が凝らされている。日常言語として発達したイディッシュ語らしいことば選びも見事である。一六篇を一一人が分担しているのに、訳文にほとんど優劣がない。まさに、シンガー自身が日本語で綴ったかのごとき、原典への寄り添い方である。

本書所収の一六の短篇は「ハンカ」と「おいらくの恋」をのぞいてポーランドのシュテートルのユダヤ世界の話である。金持ちと貧乏人、聖と性と俗、悪魔と聖なるものの行き交いが執拗なまでに綴られて、幻想的でありながら不思議なリアルな世界が描出されている。読みすすむほどに人間の欲の深さや、ユダヤ人であるがゆえの悲哀が伝わってくる。

「解題」冒頭に、ノーベル文学賞受賞演説で「イディッシュ訛りの強い独特の英語をあやつりながら」「故郷喪失者の言語」が「晴れて世界に認知された喜び」を示した様子が記されている。評者は、同じノーベル賞受賞演説をドイツ語も英語もできたのに、頑なにヘブライ語でおこなったシャイ・アグノンを思い浮かべた。ガリツィアに生まれてイディッシュ語で文壇デビューしたアグノンは、どちらかというとイディッシュ語の方が優れていたにもかかわらず、パレスチナに移民して以降の執筆はヘブライ語一本に絞った。そして、パレスチナでの人々の苦悩を綴り、かつ、ユダヤ民話やアガダの再話もしている。民俗文化の伝承という点でもシンガーと似ている。自民族の言語と文学に寄せた自負とプライドは、シンガーもアグノンもともに強かった。活動の場は異なったが、二人とも、ユダヤの精神文化を伝えることのできる物語の紡ぎ人だったといえよう。

（『ユダヤ・イスラエル研究』第27号、二〇一三年）

イツハク・カツェネルソン『ワルシャワ・ゲットー詩集』（細見和之訳、未知谷、二〇一二年）

本書は、ショアの詩人イツハク・カツェネルソンがワルシャワ・ゲットーで活動していた一九四一年六月から一九四三年一月までに記したイディッシュ語の詩三篇を、哲学者で詩人の細見和之氏が邦訳し、かつ、懇切な註と解説を付したものである。細見氏の前訳出作品『滅ぼされたユダヤの民の歌』（飛鳥井雅友氏と共訳、みすず書房）から一三年。本書の三篇の制作年月日の同定や解釈、翻訳に割かれた膨大な時の重なりが、解説や詩の各行からうかがわれる。

ワルシャワ・ゲットーから脱出したカツェネルソンがフランスの中継収容所ヴィッテルで綴り、壜につめて地中に埋めた詩が『滅ぼされたユダヤの民の歌』である。詩人自身は一九四四年五月アウシュヴィッツでガス殺されたが、壜の存在を知っていた人によって詩は掘り起こされ、「ドイツ語、英語、イタリア語、スペイン語、オランダ語等々に翻訳出版された。カツェネルソンの代表作とみなされているだけでなく、およそホロコーストに関わる決定的な作品と位置づけられている」と訳者解説にある。

その代表作より前に綴られた本書の三篇は、ワルシャワ・ゲットーからトレブリンカ絶滅収容所へのユダヤ人強制移送が始まり、ゲットー蜂起の機運が高まって実行にうつされた時期と重なっている。

内容の緊迫性からも、メッセージ性からも、時期的な面からも、記憶にとどめておきたい事実である。

各作品を、解説に添ってなぞってみると：

最初の詩「シュロモ・ジェリホフスキのための歌」は一九四二年六月頃、すなわち、トレブリンカへの移送開始の約一ヵ月前に書かれたと推測され、ナチによって絞首刑にされた実在の人物を材にとって「ユダヤ人の精神的な闘い」を歌いあげている。

次の「ラヴィンの男のための歌」は一九四二年七月に書きはじめられたが中断され、十一月、翌四三年一月と書き継がれてゲットー蜂起直前に脱稿。この詩も実在の人物、ラヴィンという町の最後のレッベ、シュムエル・シュラモ・レイネルをモデルにしている。ただし、詩の後半にある、同胞ユダヤ人の埋葬をはたし、仲間に断食を呼びかけて逮捕されたというくだりは詩人によるフィクションで、実際には武装闘争を呼びかけて捕まったという。この長篇の詩の中断は、四二年八月に妻と息子二人がトレブリンカに移送された苦しみからで、「移送」がすなわち死を意味することを、もちろん活動家だったカツェネルソンは理解していた。

その苦しみを記したのが三番目の詩、「一九四二年八月十四日――私の大いなる不幸の日」である。この詩は初行から慟哭に満ちて、激しい。詩を目にする者が、聴く者が、その場に居合わせているかのように嘆きが生々しく描き出されている。移送を免れて残った長男をかき抱き、トレブリンカ行き移送列車に乗った妻と息子二人を案じ、戦争の是非を問い、ドイツを呪い、我が身を責めている。極限状況下、詩の衝動に突き動かされて記したものだが、きちんと二行詩の積み重ねになっている。

屋根裏へ、屋根へ、煙突へ——高く、高く！
さあ、鳥のように舞いあがり、煙のように消えてしまおう……

言葉を交わし合っている最中に、思いを伝え合っている最中に——
ぶち壊したのは誰だ？　お前か、ハナ？　まさか私か、私がぶち壊したのか？

前出の二篇に比べてより個人的な内容のこの詩を、カツェネルソンはゲットー蜂起の前夜に戦闘組織メンバーの前で朗読したという。

家族のトレブリンカ移送→ゲットーの二度の蜂起→逃走→フランスのヴィッテル中継収容所→ドランシー経由でアウシュヴィッツに移送されてガス殺。

カツェネルソンが残した詩句のなかに、いくつもの節目を見いだせるが、それは同時に歴史を考えることにも通じる。そして、ユダヤ人の知恵ともいうべき「記憶せよ、語り伝えよ」も強くひびいてくる。懇切で無駄のない註や解説やあとがきからは、カツェネルソンが文筆にとどまらず、ゲットー内でイディッシュ文化や言語の教育、孤児院の演劇など幅広く精力的に活動していたことがわかる。表紙のトレブリンカ跡地の荒涼とした冬景色が、詩の内容と呼応している。細見和之氏（二〇一二年度三好達治賞を受賞）が深く魂を寄せて、詩句の奥まで理解し推敲を重ねた訳詩の各行に、彼の地の詩人の叫びともいえることばが見つかる。じっくり味読したい。

（『ユダヤ・イスラエル研究』第26号、二〇一二年）

ぞっとするような特権　映画『遙かなる帰郷』考

　ホロコースト関連の映画は多い。最近でも『シンドラーのリスト』や『ショアー』、北欧映画祭の枠の『バードストリート』が衆目を集めた。いいことだと思う。だが、いたずらに感情移入して同情や感傷で観ると、安価なヒューマニズムに陥ってしまうし、ちょっと間違えば、英雄讃美になりかねない。ホロコースト詩人と冠せられることの多いパウル・ツェランと同郷の詩人ダン・パギスは、ホロコーストを終生、口にしなかった。透明な詩形に凝縮させた。だが八六年に癌《がん》で亡くなるまで、恐怖と絶望と人間不信の発作に苦しみ続けたという。死後はじめて夫人の著作で知らされた事実で、詩人の孤独な格闘をあらためて知って慄然《りつぜん》とする。

　映画『遙かなる帰郷』は、反ファシズム活動をしてアウシュヴィッツ送りになったユダヤ系イタリア人プリーモ・レーヴィの収容所解放から故郷に辿《たど》りつくまでの不安と混沌《こんとん》の旅を描いた作品だが、抑制のきいた映像が心に残る。

　一九四五年一月、ナチスは証拠を隠滅してアウシュヴィッツを撤退、ソ連軍が収容所を解放する。レーヴィは故郷を目指すが、汽車は北へ向かい、故障し、彼の旅はカトヴィッツェの中継収容所を経て、東に向かい、北上して迂《う》回《かい》を重ね、八ヵ月を要する。旅の間には生きる術《すべ》に長《た》けたギリシャ人や美しい看護婦、スリや詐欺師、娼婦、陽《ひ》を浴びてたわむれる赤子、とさまざまな人にめぐりあう。レーヴィはおずおずとそうした人たちの中に入り、麻痺《まひ》していた人間性を手探りしながら取り戻していく。緑あふれる森の中を歩き、傷口を癒しあえる女性にも出会う。

映画の冒頭で、主人公はダビデの星印が縫いつけられた囚人服をいったん脱ぎ捨てるが、また着込む。旅の間も着つづけ、トリノの自宅にも持ち帰る。それこそ、生き残った者の「ぞっとするような特権」として記憶を伝えようと、「温かな家庭で、何ごともなく行きているきみたちよ、考えてほしい、こうした事実があったことを。これは命令だ。心に刻んでいてほしい」と詩に記したレーヴィの姿である。彼は翌年から体験を書き始め、『アウシュヴィッツは終わらない』(改題して『これが人間か』朝日新聞社)にまとめる。その続編の『休戦』(岩波文庫)がこの映画の原作である。

ツェランもレーヴィもパギスも、類《たぐい》まれな精神力の持ち主だったから、表象不能な体験を表象可能にしようとし、表現し得た。だが、恐怖と人間不信に傷ついた魂は変調し、ツェランとレーヴィは自らの命を絶っている。

それでもレーヴィは死の時まで感傷を退け、透徹した目で記憶を綴《つづ》った。フランチェスコ・ロージ監督はその意思を受けて、沁《し》みいるような色彩とあふれる光で、原作の命題を映像叙事詩に置き換えている。

＊『遥かなる帰郷』(サン・パウロ映画祭監督賞受賞)(東京新聞、九八年六月十九日付)

ディアスポラの向こうの暗闇——詩人ダン・パギス

本稿の注は182頁

冬の数ヵ月を、天井が高くて広々したエルサレムの家で暮らした。この先、パレスチナとイスラエルが領有権を争うだろう旧市街に歩いて一〇分、ちょうどラマダンの季節で、朝の四時にはイスラム教徒たちの朗々たる祈りが旧市街から聞こえる。バルコニー前のエルサレム松の木立の向こうに見えるロシア正教会からは朝に夕に鐘の音が響いてきた。安息日の午後には、すぐ前の家に集う東方系のユダヤ人たちが法悦にひたって歌う、お経にも似たメロディが流れ、夜中の二時、三時になっても近くのパブのドラムがやかましい。静かな郊外のホテルで一週間ほど過ごしてから街中に移ったのだが、それはさまざまな喧騒と人々の暮らしを受け入れるということでもあった。

今回は旅人であるより生活者でいよう、とつれあいと決めていた。石畳の街を歩き、遊歩道のカフェで生クリームがたっぷりと盛りあがるカプチーノを飲みながら眩しい陽ざしを心ゆくまで浴びると、しだいにエルサレムという不思議な街に溶け込んでいくのを感じる。市場では負けじと声をあげて、つややかなトマトやオレンジを買う。つれあいは「この国にはサービスの精神がない」とぼやき、わたしは自分も感じている苛立ちを抑え込んだ。つれあいがわたしのことばに過剰に同調したり反応しないようにというセーブが、いつもどこかで働いていた。つれあいは葛藤していた。短期にせよ、エルサレムで暮らすと決めて東京を発ったというのっぴきならない気持ちと、風土や文化の違い、ことばという最低限のコミュニケーション手段をなくしたもどかしさで不安が増大している。妻の第二の故郷であるエルサレムを全面的に受け入れようと努めながら、コミュニケーションが思うにまかせないせいで、心のどこかが反発し批判している。わたしにはその気持ちがよくわかった。無理をしている姿に感謝した。ことばをなくすということはつらい。ことばで濃密になるはずの「理解」が遠のいてしまう。われわれのような短期滞在者であっても、「地点の移動」には生活・風土・習慣の違い以上に言語の不安がつきまとう。だが、つれあいが感じた意志疎通の不安を、ユダヤ人はいとも簡単に乗り越える。彼らは言語感覚がいい。若年層でも二、三ヵ国語を自在にしゃべる。ディアスポラ（離散地）の偉大なる遺産かもしれない。離散地暮らしのユダヤ人たちはいくつもの言語をあやつってきた。周辺の人々と折り合いよく暮らしていくためにその地の支配的な言語を身につけ、周辺言語も習得し、彼ら固有のことばで同胞とのコミュニケーションもとり、八方に目を配り、気を配って暮らしていたのだ。

勉強の合間に、ダン・パギスの詩集をときおり開いた。パギスは有名だったが、安易な理解を阻むことばの不思議をもつ詩人だ。

イスラエルでは詩歌が好んで読まれる。聖書の詩篇や雅歌や箴言にそのルーツをさぐるのは簡単だし、単語それぞれに含意の多いヘブライ語の性格にもよるだろう。韻律の美しさを愛でて耳で聴くことを大事にする文化もある。離散地の言語や文化を継承したものもあるだろう。そのヘブライ詩歌を、イェフダ・アミハイやダリア・ラヴィコヴィッチらとともに現代にうけついだダン・パギスは、国民的詩人と呼ばれるシュロンスキーやアルテルマンを読み、女流詩人で言語学者のレア・ゴールドベルグとは親しくなって詩作でも影響を受けている。「ショア（ホロコースト）詩人」と冠されることの多いパギスには、イスラエルに渡る十六歳までに親しんだドイツ文学の影響が濃く、同郷のドイツ語詩人パウル・ツェランと似た風合いの作品もある。同郷には裕福な同化ユダヤ人家庭に育ち、同じようにショアを逃れ、同じように不条理な体験を表象可能にしようと闘いつづけるヘブライ語作家アハロン・アッペルフェルドがいる。

パギスは一九八六年、六十五歳で亡くなった。五年後に全詩集が出版され、四版を数えている。かなり高価で難解な詩集が版を重ね得る土壌の豊かさを感じてしまう。パギスは、二十九歳で最初の詩集『日時計』を発表後、ゆっくりなペースで四冊を上梓。没後、『残された詩』が出た。『全詩集』はそれらを網羅したもので、群青色に白抜きのタイトルと著者名が小さく記された品のいい装丁だ。分厚い詩集をあけると、翻訳不能のことば遊びや暗喩が目に飛び込んでくる。洗練されて皮肉っぽい、キレのいいことばの向こうにアイロニーと暗鬱が絵画的に広がる。

巻末に《父》という散文詩がある。ほんの数行の年譜しかついていないこの詩集の中で、《父》にはパギスの軌跡が見事に表現されている。同時に、寡黙だった詩人の、亡き父への許容の過程とホロコーストの「癒されない傷」もうかがえる。

詩人が逝って九年目に、妻アダが『心、不意に』[2]という、彼の詩の一節をタイトルにした伝記を発表し、こちらも版を重ねている。同書は戦争勃発時にポーランドからロシアに逃げ、戦後、苦難の末に故郷に戻ったという経験をしながらも積極的に生きようとし、「・・夫人」と呼ばれることに肯《がえ》んじ得なかった女性の自己主張の記録でもあるが、ここでは詩人ダン・パギスのみに焦点を当てて、その生涯を追ってみよう。

アダは『心、不意に』に、ショアの傷が癒えなかった詩人の苦悩をもっとも身近にいた者の目で綴っている。過去を封じ込めようとするパギスを裏切って記憶はよみがえり、研《と》ぎ澄まされた詩の形に凝縮されていったという。ダンは財産を持ちたがらず、何かを売り込まれると騙《だま》されるのではないかと不安がった。車のガソリンさえ買うのを嫌がり、バスに乗る前は小銭を用意した。運転手とのわずかな接触さえつらかったらしい。いつしか、すべてをアダが仕切るようになったという。

ダン・パギスは一九三〇年、南ブコヴィナのラダウチに生まれた。カルパチア山脈の東、黒海に注ぐプルート川の平地へと延びる地帯で、住民の大半はウクライナ人、ルーマニア人だったが、ユダヤ人、ドイツ人、ハンガリー人、ポーランド人、スロヴェキア人、チェコ人、アルメニア人、ジプシーなども住む多民族多言語地帯だった。十九世紀半ばハプスブルグ家の直轄領になって難民が流入。難民のなかにはガリツィアのユダヤ人たちが大勢いて、ユダヤ人とドイツ人あわせて人口の三分の一を占めるほどにふくらんだ。その中に、パギスの母方の祖先もいた。「オスランダ（外国の人）」と呼ばれ、いつしか母方一族の苗字になったらしい。ユダヤ人はドイツ語を母語とし、オーストリア文化を享受していた。オスランダ家は典型的ユダヤ家庭だった。富裕層に属していたが、確固とした経済基盤があったわけではなかったので、子どもたちには教養と同時に手職をつけさせようと、躾《しつけ》はきびしかった。「ひとさまになんと言われるか」が気がかりな、ユダヤ・ブルジョワジーの底の浅いスノビズムがオスランダ家にも流れていた。そして、一九一八年のブコヴィナのルーマニア併合を一時的なものと看過する風潮に同調してもいた。ウィーン、ベルリン、パリが彼らの憧れの町だったのだ。

ダンの父方であるパギス家はベッサラビアの首都キシニョーフ（現在はモルドバのキシナウ）にあった。ロシア帝国下のベッサラビアもブコヴィナ同様ルーマニアに併合されたが、キシニョーフ初の映画館のひとつオデオン座を所有していた裕福なパギス家は、ロシアの文化と言語に執着していた。ギリシア語の響きをもつパギスという名は、もともとはイディッシュ語の「ファイゲス」（ファイゲの。民俗学のドブ・サダンによると、人間的にすぐれていた女家長の名をとったもの）といわれる。パギス家は、ユダヤの祭日を祝いはするが、さほど伝統に縛られない一族だった。

ともあれ、ロシア語をしゃべりロシア文化を愛するヨセフ・パギスと、ドイツ語を母語としてドイツ・オーストリア文化で育った美しいブルジョワ娘ユーリー・オスランダは一九二九年に結婚し、翌年ダンが生まれた。「ダン」という名はイスラエルに移住後、ダンが自分自身で選んだヘブライ名だという。誕生時につけられたというラテン的な名前はどこにも記されていない。新しく生まれ変わりたいという思いから前の名を捨て去ったのか、父への反発からだったのか、それさえ不明である。

ダンが四歳のとき、父親は単身でパレスチナに移民した。シオニストではなかったが、反ユダヤ主義と失業者の増大でブコヴィナでは満足な職が見つからず、アメリカへの移民もむずかしかったから、やむを得ない選択だった。父がパレスチナに出立した年、あとを追うつもりで旅装を整えていた母が腫瘍手術で亡くなり、ダンは祖父母にひきとられた。テルアビブの父宛てに祖母から、「ユーリー死去。我ら運命を甘受せざるを得ず。強くあれ。子どもはあずかる。今来るにおよばず。委細フミ。キス」と電報が届いた。一九三九年に訪ねた父に、砂漠に子どもを連れていってどうする、と祖父母は不安がり、父は手ぶらで帰ってしまう。父に引き取られていたら、ショアに遭遇することはなかった。パギスは祖父母のもとで十一歳まで暮らした。当時、ブコヴィナの富裕層は土地のドイツ娘を安く子守に雇っていた。土地のドイツ語発音を子どもたちに身につけさせるためだった。正確なドイツ語と床磨き剤や洗浄剤の匂いが染みついた家具に取り巻かれて、ダンは聞き分けの「いい子」、清潔できれいな子に育っていった。

両大戦のあいだにブコヴィナのユダヤ人の状況は緊迫していった。ブカレスト政府はユダヤ人に対する禁止令を頻繁に出し、新聞を使って土地住民のユダヤ人への反感をあおった。一九四〇年十一月、日独伊三国軍事同盟に加わったルーマニアはブコヴィナのユダヤ人を急襲、財産をねらって殺戮もいとわなかった。アダの記述によると、ラダウチのユダヤ人は移送列車に乗せられたが、初日にウクライナ西部の帯状地帯のトランスニストリアに移送された六千人のうちの九〇%が寒さや病気、餓えやルーマニア兵の手にかかって死に、翌日移送された四千人のうちの二五%は道中あるいは収容所で死んだ。トランスニストリアはウクライナ西部の帯状地帯で、この名称は第二次世界大戦時に便宜上つけられた名前だという。

ポーランドの強制収容所とちがい、トランスニストリアでは万事がゆっくり進行していった。たいがいは寒さや餓えや病気による自然死だった。祖父は収容所で逝った。一九四五年春、ダンは同い年の少年と収容所を脱走した。アダに、ことば少なに脱走について話している。

「ひと気の絶えた町や村を通り過ぎた。銃弾で穴だらけの家々に、焼け焦げた匂い。地雷の埋まった道を西に向かった。収容所からの難民やルーマニアの脱走兵、パルチザン、後退中の隊をはずれたドイツ兵、自分たちと同じ浮浪児たちが歩いていた。ソ連軍が勝利した地帯だったが、ソ連兵は地雷や死体や馬の屍《しかばね》の山にうろたえ、勝利者として毅然とふるまえず、いらだっては宙に向かって銃を撃ち、裏切り者やスパイを捜していた」

少年二人は村から村へと駆け抜け、こみあげるような自由と力に突き動かされてソ連の看板に石を投げた。ガラスの割れる音にはしゃいだ。そして、少年たちはソ連軍士官に尋問される。どんな尋問だったのか。友だちはどうしたのか。どうなったのか。そこで、ダンは沈黙してしまう。口をへの字に曲げ、手をふり、「もういいだろう。ほっといてくれ」と全身で表現する。

戦後、静かな生活が戻ってきたが、ダンたち生還者たちの孤独感は逆に強まった。父から手紙が届くと、大戦勃発直前のあわただしい父との出会いが思い出され、がっしりした腕とアフターシェイブの匂いが恋しかった。そして、父親はパレスチナに移住したいという息子の頼みに応えて、英国委任統治府に証明書をもらいにいった。祖母と伯母たちはダンの出立準備を整えた。新しい衣類をそろえ、父親と後妻への贈り物を選び、リュックサックは土産や写真でふくらんだ。祖母たちは汽車を見送り、祖母は婿宛に、「いい子だが健康にすぐれない。しっかり守ってやってくれ」と手紙を書いた。

イスラエル行きには不幸が二つ重なった。伯母が新しい下着を詰めてくれたリュックをブカレスト駅でダンは失くした。切符を買って来てくれと同郷のユダヤ人に頼まれて、切符を買って戻ってくると、ユダヤ人も荷物もなかったのだ。そして、文字通り身ひとつで港に着いた息子を父は出迎えてくれなかった。「船の到着を誰も知らなかった」と、父はロシア語なまりのドイツ語で十六歳の息子に弁解した。何でも「なんとかなるさ」で片付けてしまう楽天家の父は、パレスチナに渡って銀行に勤めたのち職を転々とし、ダンが再会したときは革なめし会社の経理をしていた。自らを貶《おとし》めて平気な間抜け《シュレミール》な父をダンは恥ずかしいと思う。一部屋のアパートにダンの居場所はなかった。パギスは、またも父に捨てられたという思いを拭いきれなくて抗弁した。父は、不法入国があたりまえだったのに正式の入国許可証までとってやったじゃないか、と言い返す。

当時、親族がいても同居が無理な人や避難民《DP》を農業共同体のキブツが受け入れていた。ヘブライ語を習得したらキブツから出してやる、と父は約束する。一年後、「家に連れ帰ってくれ」とダンは懇願し、「ヘブライ語を習得するまでの約束だったでしょ」とねばったが、父は懇願を黙殺した。

ガリツィアから移民した人々がつくったキブツでは、ソ連を盲信する革命的社会主義者たちが大食堂で口角泡をとばしていた。ダンは彼らの信条を受け入れながらも、裕福な親戚たちが共産主義を恐怖していた幼い日々や、ソ連のブコヴィナ占領の記憶を払拭できなかった。トランスニストリアから脱出したときのソ連兵の尋問は、憎悪さえかきたてる思い出だった。

イスラエルが独立した一九四八年、ダンは教員養成セミナーに移って自由になった。集団生活が基本のキブツに「孤独でいる自由」はない。ダンは、「みんなと共に」が苦痛な個人主義者だった。セミナーは、イスラエルの自然や動植物に熟知して教育に役立てるという方針を取っていたので、寝袋をかついで旅をした。三年後、教師としてキブツ・ガットに着任。ダンは得意の自然、聖書、絵画、フルートを中心にした授業で子どもたちに慕われるようになった。

五五年にはブルガリア移民の友人とヨーロッパに旅した。旅費はキブツからローンで借り、ニューヨークの伯父に援助をあおいだ。ウィーンの伯母も小遣いを送ってくれた。ヨーロッパは子ども時代の思い出の地、そしてダンが好む世紀末の詩の土壌でもあった。

旅行の翌年にはヘブライ大に入学。エルサレムの印象は強烈だった。超正統派ユダヤ教徒たちが住むメア・シャアリムは故郷の「ユダヤ人街」そっくりだった。アラブ人居住区のミナレットから祈禱時を告げる声が聞こえた。エルサレムは三つの宗教の街だ、とダンはあらためて感じた。当時のエルサレムには「聖」と「俗」に画然としたへだたりがあって、歴史と日常生活は融和しながら別ものとして存在していた。永遠の街に、ダンは高揚し混乱した。

比較文学の教授だった詩人のレア・ゴールドベルグが、同僚で詩人のシモン・ハルキンに手紙を書いてくれた。

「親愛なるハルキン、ダン・パギスが進路についてあなたと相談することになっている由です。すでにいろいろご存知でしょうが、ダン・パギスは教養豊かな詩人で、文学批評、とりわけ詩評にすぐれ、各紙での実績も積んでおります。近々にスイフリアット・ポアリーム社から詩集を出す予定ですし、キブツ・ガットで教え、現在はキリアット・アナビムの高校で文学を教えています。こうした細かなことまで記すのは、彼が優秀で知的順応性の高い学生であることを知っていただき、格別の処遇をお願いしたいからです。言語能力もすぐれ、ドイツ語（ドイツ文学に関しては抜きんでています）、英語、フランス語もかなり、ラテン語も多少わかります。彼は大変な引っ込み思案な青年ですので、自分から進んで話さないと思い、ここに私が代弁させていただきます」（一九五六年五月六日付）。

シモン・ハルキン教授はダンの才能を見抜いて友人として遇するようになった。ダンはまた、レア・ゴールドベルグのサロンを通じて、さまざまな詩人たちと知りあう。

六二年にはヘブライ大で教えるようになり、アダと結婚。七二年からは教授として中世・ルネッサンス期のヘブライ詩の研究にうちこんだ。双子の子どもが生まれると、『化けたがりやのタマゴ』という、絵も文も自分で描いた絵本を出してベストセラーになった。

一九五九年、最初の詩集『日時計』が出版された。内省的な水晶のようなきらめきは、イデオロギーを高らかにうたう従来のヘブライ詩とは異質だった。「死の村で」という一篇をパギスの妻アダは、「多くの批評家はアラブの村を想定しているが、いま、ダンの生涯をたどっていると、移送による追放で旅したというウクライナの村が浮かんでくる」という。

死の村で　BaKfar HaMet

焼け焦げた静寂を、
石や泥壁を、
うなじを垂れて死んだ村を、

ふるえる草を、
茨のあいだに放り出された囁きを
君が訪なうとき、
頭上には層を成した記憶と
重苦しい憤怒がふつふつと浮かびたぎり――
憎悪を剥き出した隼が、
羽を十字に広げて舞い降り
灼熱の刃のごとく爪をたて
君を行く手へと追いたてる。

十六歳でイスラエルに渡ったパギスは、五十六歳で逝くまで、ホロコーストを語らなかった。最愛の妻アダにさえ最後まで口を閉ざしたままだった。八二年、詩集『類義語』が出版された時のインタビューで、「絶滅収容所ではなく、労働収容所に送られた」と答えているだけである。移送列車の行き先も、どの収容所にいたかもいおうとしない。
「封印された車輌に鉛筆で記された」Katuv Belparon BaKaron HeHatum という詩がある。

ここ、この移送車輌にいると
わたしはエバ

息子のアベルとふたり
もし長男を、アダムの息子
カインを見かけたら
伝えてください、わたしは

最終節はまた詩の頭に戻る。ここでは旧約聖書を踏まえたことばを置いたが、ヘブライ語では「アダムの息子」は「人間」の意味である。カインについてはすでにご存知のとおりだ。人間が人間であることを剥奪された移送列車。カインに自分を捨てた父をなぞらえているのだろうか。あるいは弟アベルを殺したカインにナチをなぞらえているのか。

結婚一年目には、冷蔵庫の支払いが残っていたが、妻アダへのプレゼントとしてポーランドを旅した。アダはポーランドに生まれ、幼児期からシベリアで暮らした末、イスラエルに移民している。ダンはそれまで故郷の名を口にしなかった、とアダは記している。故郷はブコヴィナのラダウチ、母方のオスランダ家が家族だったのに。このときの旅は自らを殺しての、あるいは何かを葬り去っての再生を目指しての旅だったのだろうか。

散文詩「記念《かたみ》の品」HaMazkeret に心の軌跡が読み取れる。一部を記すと、

僕が生まれた町、ブコヴィナのラダウチは、僕が十歳のとき僕を放逐した。その日、

僕を死者であるかのように忘れ去り、僕も町を忘れた。その方が、おたがい楽だった。

昨日、四十年ばかりもたって、町は記念《かたみ》の品を届けてきた。血の繋がりをいいたてて、愛情をせっつく世話好きの親戚のように。記念の品は新しい写真、最近の町の冬景色。覆いのかかった馬車が中庭にいる。馬は頭を反らせて、どこかの門を閉める老人を慕わしげに見やっている。そう、葬儀だ。二人は、葬儀を執りおこなう、埋葬人と馬。


ホロコーストからの生還は、詩人にとって、新しい偽りの男の誕生を意味するものだったのだろうか。偽らないと、まぶしい「生」へは足を踏み込めなかったのか。

ダンはことばの悪用を恐れ、とくに記憶から消し去りたい期間についての表現をきらった。「ショア詩人」と呼ばれると抵抗し、そう括《くく》られると作品の多面性がぼやけてしまうといった。彼のホロコーストの詩は学校の授業でとりあげられ、ホロコースト記念日に朗読された。おかげで、ダン・パギスの名は多くの人に知られるようになったが、「ショア詩人」というレッテルは出口のない闇のようで、違うテーマで詩を書いても烙印を押されてしまう、とダンは苛立った。

長いあいだ、生還者たちは沈黙を守っていた。建国まもないイスラエルは生きるに精いっぱいの、若々しい時代だった。過去の戦争を語るより、どうやって今を生き延びるかにみんな必死で、前向きで健康な生き方が賞讃されていた。ショア（ホロコースト）には聖なるヴェールがかけられ、当時を語ることは紳士協定のごとく禁忌《タブー》になった。ダンはその禁忌を全面的に受け入れた。そして、自らのなかに苦悩を封じこめた。生還者たちはあの年月を忘れようとし、忘却を手に入れた者も多かった。だが、ダンは忘れることができず、恐怖と苦悩は内奥で増幅し発酵していった。映画「ニュルンベルグ裁判」を観たときは、上映半ばで映画館をとびだしたという。大声で怒鳴り、わめき、せめて君だけでも過去を詮索するな、とアダに命じた。映画で、ホロコースト生還者は見せ物になっていたのだ。「犠牲の羊」に映っていた。アダもダンも同情や剥き出しの感情表現を好まなかったが、人々は平気で「ショア」を口にし、生還者をほめたりけなしたりと、忙しかったのだ。

同郷の詩人パウル・ツェラン、作家アハロン・アッペルフェルドもホロコーストをかいくぐっている。パギスより十歳年上のツェランは収容所ののち、ブカレスト、ウィーンを経てパリに暮らし、七〇年に自殺するまでドイツ語で仕事をした。パギスより二歳年下のアッペルフェルドは労働収容所を逃げだして数年を森で暮らし、イタリアへ流れて、四六年にパレスチナに渡ってヘブライ語の作家になった。邦訳出版された『不滅のバートフス』と『バーデンハイム1939』（みすず書房）でも、アッペルフェルドは削ぎ落とした行間にホロコーストの非人間性を刻み込んでいる。

この三人を同郷のユダヤ人だからと、ひと括りにするわけにはいかない。自殺したという事実からツェランはイタリアのプリーモ・レーヴィに近いかもしれないし、作品の傾向から見れば、ツェランとパギスは近いだろう。だが、三人に、いや四人に共通しているのは、人間存在の最低基準以下に身を置いてしまった人間の格闘である。ことばで説明すれば、ことばにできてのことだが、聞き手は衝撃を受けるだろう、同情の対象になってしまうかもしれない。いや、説明は不可能なのだ。それでも、彼らは体験をなんとか表象可能な線にもっていこうと格闘した。

彼らは、ディアスポラというユダヤ人が歴史的に経験してきた世界を脱出したかに見えて、ホロコーストという別のディアスポラに押し込められてしまった。このディアスポラは分けあうことが不可能な世界で、あまりに不条理で、自分の存在そのものさえ疑わざるをえない世界だった。

パギスは「不条理な期間」を「人々」に正しく理解してもらえないと分かっていた。「人々」は同じユダヤ人であり、親しい人たちだった。自分でも理解できない「不条理な経験」を、自分の中に封じ込める以外に生きる方途はなかった。ディアスポラとホロコーストから生還し、ユダヤ民族の言語であるヘブライ語で自在に詩を書き、文学を研究し、しかし「ホロコースト」を人々は表面的にしか捉《とら》えようとしないと諦念をもっていた。心やさしい詩人は、そうした世界を垣間見せることで、相手に重荷を負わせたくなかったのかもしれない。だが、アダの『心、不意に』には詩人の恐怖と絶望と「人間不信」が散りばめられている。その「人間不信」は同族の民、ユダヤ人に向けられているのだ。

『全詩集』巻末に収められた《父》には、「世界大戦が始まるなんて、誰も知らなかった。

それで世界大戦に巻き込まれ、そう、それにショア――おまえは、そのことばを聞くとひどく怒る、おまえは、みんながショアを利用しすぎると思っている」と父に語らせる章があり、「四角い花壇はあのあと飾られた多くの死者たちの墓に見える。部屋の絨緞でさえ、それに……、それ以上言う必要はないだろう。だけど、父さん、父さんは一度もそれを分かろうとしなかった。ぼくを見ていたのに、目をそむけていたとしか思えない。ぼくは、少なくとも一〇年、一二年、怖れを自分自身からさえ隠し通した。アイヒマンの後、やっと吹き出した」とダンがいう章がある。アイヒマン裁判は六一年である。いちばん身近で、もっとも詩人を裏切った父は、最後まで詩人の苦悩を分からなかったが、分かるふりもしなかった。「黙っていてくれてありがとう。父さんの後を追って、ぼくも遠からず死ぬのを、父さんは知らなかったのに」と、ダンは記している。

いつの頃からか、ダンはパニックに陥るようになった。パニック発作がいつ、なにが引き金になって起きるのか判然としなかったが、死の感覚が鋭くなるに連れて生への思いが募るようだった。八〇年代には発作が頻発し、家族の懇願の末に治療を受けるようになった。ある日、腹痛に襲われて病院に行くと、すぐ手術です、といわれ、集中治療室でアダは医者から末期癌と告げられた。ダンもアダも心の隅をつつくのに夢中で、肉体を忘れていたのだった。

意識が混濁したままダンは横たわっていた。隣室でロシア移民がなにかつぶやいている。「だれか、ロシア語のわかる人はいませんか?」と、看護婦の声がする。ダンは目を開けて、「なぜ、通訳してあげないの?」とアダにいった。アダは瀕死のロシア人のことばを一語一語、通訳した。二日後、ダンは旅立った。

自分や家族の存在は邪魔だ、人間として生きるに価しないと「日本人」ゆえに言われ、足蹴《あしげ》にされたら、わたしならどうしたろうと思う。(そういう発想こそ感傷だと知りつつも)。それでも生きのびた彼らを理解したつもりになって、分析したり解釈したりはできない。悪夢にうなされて額に脂汗をにじませる、恐怖と絶望の発作に苦しむパギスの息づかいを、じっと見守るしかない。

分からない、ということを前提にしなければ、ホロコーストもエルサレムの喧騒も見えてこない、と思う。分からない。「ディアスポラ」のユダヤ人はともかく、「ディアスポラ」の向こうの暗闇の「ディアスポラ」は、詩人たちが記したわずかな手がかりを真摯に受けとめても、彼らの苦悩には届かない。表象不能の世界に生きてきて、その世界を描こうとした稀有な詩人を知りたいと思う。だが、分かったふりはしたくない。

最後に弔意を込めて散文詩《父》の最終節を記そう。きっとダンは父親と和解し、二人は風になってたわむれているだろうから。

〈あと七年、父さん、あなたが亡くなって一〇年目、アブ月のテルアビブの、滅多にない澄明な時刻に、小さなバルコニーに向かい合ってすわろう。アパートの三階と違って、見晴らしのいいはるかな高みから、僕たちにはすでに馴染みのない大きな町が、琥珀の光、遠くかなたの数珠をたぐりよせて広がっているだろう。

そして、僕は見知らぬ墓地について、そこに僕も近いのですが、父さんに、恥ずかしがらずにはじめて詩を引用しよう。「風立ちぬ、いざ生きめやも」[3]あなたは僕の思い出を尊重して、真剣に耳を傾け、けれど、それがなんだね、というふうにちょっとふざけ、だが、二人のあいだの沈黙は了解を意味している。順風と逆風が僕たちの目の前で混じり、小さな渦巻きになって戯れる。僕たちのうしろのカーテンが風をはらんで広い帆のようになる、ただ、たわむれに。僕たちは、どこにも行かない、だってもう着いたのだから。そうでしよう？　あなたは黙って頷く〉

1　"Khol HaSirim"(Collected Poems & Father), by Dan Pagis, Hakibbutz Hameuhad & Bialik Institute, 1991, 391pp.

2　"Lev Pitomi"(Sudden Heart) by Ada Pagis,Am Oved,1995,168pp.

3　ポール・ヴァレリーの詩「海辺の墓地」堀辰雄訳からの引用。" Le vent se lève! Il faut tenter de vivre!"

（『現代詩手帖』一九九七年五月号、『アリエル』二〇〇二年、『ブレーメン館』No.7、二〇〇九年号の、パギスについての稿をまとめたものです）

ショア（ホロコースト）の記録と記憶

ホロコーストの記録『わたしたちは訴える』（子どもたちの証言）

ナチス虐殺をあつかった日記や記録や文学を総称してホロコースト文学という。証言記録《ドキュメント》にすぐれたものが多い。フランケルの『夜と霧』の序文解説、エティ・ヒスレムの『エロスと神と収容所』、シャルロッテ・ミュラーの『母と子のナチ強制収容所』のラーフェンスブリュック収容所の記録は、おさえた筆致に、それでも、ときとしてあふれる怒りがペンを走らせている箇所が散見されて事実の重さがうかがえる。

『わたしたちは訴える（子どもたちの証言）』は、ナチス虐殺を逃れた子どもたちの実体験をレナ・キフレル＝ジルベルマンが聞き書きした記録である。

終戦時のポーランドで孤児収容施設や病院をタライまわしにされていた八歳から十五歳までの少年少女が、暖炉のそばや野原で語った回想をそのまま綴った記録で、各人一章の九章構成になっている。ときおり、聞き書き著者による子どもの様子の記述が挿入される以外は、全章が子どもたちの独白である。語彙の貧しい子もいれば、戦争で精神障碍をおこしている子もいる。自分の証言がなんの役に立つんだと苦々しげな子もいる。

聴取時の年齢から換算すると、三、四歳での戦争体験を話している子もいる。数奇な運命としか言いようのない、まるで小説のような体験談である。ユダヤ人として生まれたゆえに受けた運命だが、子どもたちの何人かは自分がユダヤ人であることを知らないで育っていた。親の職業も、貧しい使用人から大学教授や弁護士など多岐にわたっている。

「マーニャ」と「アラ」の章を例にあげてみよう。

マーニャは一九四五年の聴取時十四歳。クラクフの富裕な材木商人の末娘として育ったが、経営権剝奪や、移住や市電乗車禁止など数々のユダヤ人禁止令が出されると、顔立ちがアーリア人風だったマーニャが一家の経済をになうようになった。

マーニャは十歳で人工甘味料サッカリンの闇商売をはじめた。一家がゲットーへ強制移住になったのちも密売買をつづけ、加えて、ゲットーから子どもたちをこっそり安全圏に連れ出す仕事もうけおった。必然的にマーニャは、子どもらの親たちの逃亡も助けることになり、一九四四年までは比較的安全だったハンガリーに多くの人がマーニャの手をかりて密出国した。ゲットーが壊滅すると、一家は収容所に連れていかれた。

飢えとのたたかい、「選別」による死の恐怖、そして「移送」。行き先は火葬炉なのか、労働収容所なのか、誰も知らない。マーニャたちもアウシュヴィッツに連れていかれた。四本の煙突から昼夜の別なく煙があがっていた。「選別」時、マーニャは機転をきかして、ガス室に入る人たちが脱ぎすてたボロの山に隠れこんだ。年齢と姿かたちから、当然「死の選別」が待っていたからだった。

アウシュヴィッツでの生活は収容所の撤収がはじまるまでつづいた。終戦近いある日、他の収容所にいた父と兄に最後に会った。父たちは休息なしで八〇キロの雪道を駆け足行進させられていたのだった。

マーニャはラーフェンスブリュック収容所に移送され、そこで、ロシアの攻撃で後退しはじめたドイツ軍のすきをねらって逃げだした。

逃げだして、からっぽになったクラクフに戻り、しかし、マーニャ自身もからっぽになっていた。ずっと自分でも誇りに思っていた、「勇気ある娘」の姿勢はみじんも残っていなかった。

この章で胸うたれるのは、頑固なまでにドイツに抵抗した父によせるマーニャの深い敬愛の念である。ドイツが毛皮の供出を命じると、父はドイツにやるくらいなら、腐らせたほうがましだと土に埋めてしまう。マーニャが子どもたちの逃亡を助けたのも、父に命じられてだった。逃げるときには荷物は持つな、という父の命令をしっかり守って、マーニャは生きながらえたのだった。

「アラ」の章。戦争がはじまると、五歳のアラはウクライナを家族とさまよった。アラもまた、ユダヤ人顔でなかったので、農家の牛番をして、隠れ家住まいの両親や兄に食料をはこんで家族を助けていた。

牛番をしていると、銃声が二〇発聞こえた。大きな穴が掘られて、両親や兄が裸にされて射殺されたのだった。アラは穀物庫に隠れて号泣するが、人前では涙を見せない。牛や山羊の番をしたり密造酒づくりを手伝ったが、小さいアラは食べものも、ろくにもらえなかった。

終戦。だが、「自分がユダヤ人だなんて知らなかった。聖像の前でお祈りして、日に三度地面にキスしていた」アラは、ユダヤ機関の人が救済に訪ねてきても、手荒なしうちをしたウクライナ人の農婦のもとをはなれたがらなかった。

本能的に危険を察知して、知恵をしぼって逃げのびる子どもたちの、なんとたくましいことか。そして、「生きる」望みを失わないものだけが、生きのびたのだった。

本書を著したレナ・キフレル＝ジルベルマンは、クラクフの学者の家系に生まれた。大学卒業後は、心理学の調査研究と講義をしていたが、ドイツ軍侵攻で家族を失うと、ホロコーストの子どもたちを救い出すことを、自らの使命として「子どもの家」をつくり、病気や飢えでさ迷っている子どもたちを積極的にひきとって育てた。その後、戦後のポーランド人によるユダヤ人虐殺を逃れて、子どもたちを連れてドイツ、フランス経由で避難民《DP》としてイスラエルに脱出。その間を記録した作品に『一〇〇人のわが子』がある（二〇四頁以下参照）。

本書は、その『一〇〇人のわが子』にも登場する「子どもの家」のメンバーの戦争の証言である。「子どものことばだからこそ、人に訴え、納得させるものがあるはず……」と、レナが聞き書きに懐疑的な子に説明している箇所があるが、まったくそのとおりの感が深い。統計的な数字の羅列のおよばない、なまなましいが、それだけに「戦争」を否定する叫びが聞こえる。本書に書かれた子どもたちの記録は、氷山の一角に過ぎない。

（『海外児童文学通信』一九九一年、No.13）

付記：同書は『お願い、わたしに話させて』（朝日新聞社）として一九九三年に刊行されました。

ホロコーストの記録『少年モシェの日記』『ハンナの日記』

西ヨーロッパ、特にドイツのユダヤ人排斥運動は、ヒトラーが首相になった一九三三年に正式に始まるが、反ユダヤ的風潮は、第一次世界大戦直後すでに高まりを見せていた。

一九一九年、のちにヒトラーが率いることになるドイツ労働者党は党プログラム草案に、〈ドイツ国においてはただドイツ民族同胞のみが権利を持つべきである。ドイツで行なわれている道徳法および倫理と調和しえないものには、国家の保護をあたえてはならない。ドイツ民族の存立を脅かす教義を容赦してはならない〉と、うたいあげている。

そのころ、ヒトラーが上司に宛てた書簡は、〈ユダヤ人の劣等で犯罪的な性格は、かれらの人種としての特性に基づくものであるから、われわれが外部からどのように努力してみても改善させることは不可能である。かれらは金銭を得るためには手段を選ばないし、その金銭の利子によって諸民族を押さえつけている。ユダヤ人の活動は、その他の諸民族にとっては伝染病菌の活動を意味する。反ユダヤ主義を理性的な立場から要求するとすれば、計画的立法的手段によってユダヤ人の特権と戦い、その特権を除去することが必要となってくる〉と、明確な反ユダヤ思想でつらぬかれている。同年、ヒトラーはドイツ労働者党に入党、現実的に人種論と指導者国家論を推進しはじめた。

あえてながながしく時代背景を説明したのは、これから取りあげるいくつかの「日記」が、こうした反ユダヤ的空気のなかで、ユダヤ民族の成員として生まれたために死にいたった少年少女たちが書き残した記録だからである。

ホロコーストの日記の白眉は『アンネの日記』と言っても異論はないだろう。日記が発見されてオランダで出版されたのが一九四七年と、発表も早い。邦訳版も一九五二年が初版で、一九六九年には一三四版を重ねている。映画や民芸の「アンネの日記」のおかげもあるが、才たけた少女の性善説に裏うちされた隠れ家の記録が、『少女パレアナ』や『赤毛のアン』的に、十代の少女たちに愛読されていることも否めない。

『エルクの日記』（原題はRefugee）は戦後三二年たって、アン・ローズが少女時代のベルギーでの体験をもとに日記形式で創作したものなので、ドキュメント・記録の範疇からはずれるため、ここでは除外する。

『少年モシェの日記』は、オランダの少年モシェが十六歳になったばかりの一九四二年十一月二十四日から翌年九月七日までの一年足らずの間に、戦時避難していたブリュッセルでノート三冊に綴ったヘブライ語の日記である。

日記がとぎれた半年後の一九四四年四月、出エジプトを記念する過越《ペサハ》の祭の夜に密告者の先導でゲシュタポたちが訪れてモシェ一家を連行、両親と長男のモシェはアウシュヴィッツで死亡した。弟妹六人は奇跡的に死を免れ、ブリュッセルにもどって見つけたのが、兄モシェの日記だった。

日記は一九五八年、エルサレムのヤド・ヴァシェム・ホロコースト記念館から刊行され、続いて英語版が出たが、そのカバー袖の「モシェ・フリンカーとアンネ・フランクの類似と相違」と題された文章が興味深い。

類似点は、ふたりともオランダに生まれ、「ユダヤ人」の出生証明書ゆえに強制収容所に送られ、かたやベルゲン・ベルゼン、かたやアウシュヴィッツで亡くなった点。

相違点は、〈感受性豊かな少女の日記は世界史に名を残し、記念館や碑がつくられ、その思想や観察描写は本や演劇や映画やテレビドラマとなった。いっぽうの少年の日記は世に出ていないが、アンネと同じように感性あふれた記録である。アンネは非ユダヤ的環境に育ち、モシェは敬虔なユダヤ教徒として育った。少女は生まれ育った地のことばで記録し、少年は古い民族のことば、ヘブライ語で記した。ひとりは人が人になしうること、狭苦しい環境のなかでのこまやかな個人的なことがらを記し、もうひとりはイスラエルの民と神との関係を記した。ひとりは破滅を見、ひとりはあがないを見た〉とある。

『モシェの日記』には、たしかに、十六歳とは思えないほどの成熟した懊悩が見られる。

一九二六年、両大戦のはざまにオランダのハーグに生まれたモシェは、戦争を予期し、その戦争が自分たちユダヤ人にとってどういう意味を持つのか煩悶し、日記にそれをぶつけて問い、自分でその解きあかしを試みたのだった。

ナイーブな子どもっぽい記述も多い。オランダのハーグからベルギーのブリュッセルに避難するにいたった経過や、両親のけんかなどの細かな記述もあるが、内容的にも量的にもユダヤ教徒として戦争をどのように見たらいいのか、見るべきかが、「なぜ?」の問いと解きあかしの形で頻出している。

英語版に序文をよせているひとりが「まさにヨブ的」と評しているが、苦悩を客観視しようとする姿は幼いながらヨブに似ている。

旧約聖書の知恵文学『ヨブ記』の主人公ヨブは、神の恵みを受けて裕福で敬虔な信者であったにもかかわらず、病苦や艱難に再三再四見舞われた。こうした災難を友人たちは不信心ゆえとなじるが、ヨブは自らの無罪を主張し、かつ、善を行なうものが常によい報いを受けるとは限らない、反対もまたしかり、と弁論で説きあかす。

同じようにモシェも弁論を試みる。〈さて、前に提起した問題とその解きあかしに戻ろう。なぜ、神は悔い改めの日々に大いなる苦しみを民に課され、その苦しみから民を守ろうとはなさらないのか？　この問いをだすには、まずなぜこの問いがなされるか考えなければならない。現在ぼくたちが置かれている苦境は、祖先が離散の憂《う》き目にあった、その苦しみの一部をなしているものなのか、それとも祖先がしのんできた苦しみとは異なるものなのか。

ぼくには後者の方が正しいように思われる。こんにち目にすることどもが長い艱難の鎖の一部とは信じがたいからだ。数々の禁止令や迫害をとおしての影響があまりに大きい。だがこうした重要な問題についての解きあかしを、影響だけに依存するのは無理だと、ぼく自身感じている。（…）たとえばキリスト教はぼくたちにはなんの意味もなさないが、作家とか詩人とか偉大な人々には多大の影響を与えてきた。それゆえ、ぼくたちは苦しみそのもの、そのありようをしっかりと把握しなければならない。言い換えれば、その違いを見きわめることだ。まずそのありようを見ると、つねに地域的である。ある地域ではユダヤ人は迫害に迫害を重ねられているが、他の地域では平穏に暮らしている。

（…）この点から第二の解きあかしに戻ると、彼ら（ドイツ人）のもとではすべては公式的で、法にかなっているということだ。盗みを禁ずるのと同じようにユダヤ人を迫害せよという命令がくだされる〉（一九四二年十一月三十日）。この日の日記は小さな活字で三ページ余にわたっている。

モシェは異常な事態におかれた自分たち民族の境涯を細大もらさず書き、かつ、そうしたなかで自己がどのように変わっていくか、自己と神との対話を記したいという欲求から筆を起こしたのだった。日記のなかで、彼は迫害と民族の意識の問題を解き明かそうとつとめ、哲学書や思想書を多読し、そして、〈こうした書物は混乱時にはなんの役にもたたない〉と嘆きつつ、断言している。

たしかにアンネに比べて一般的ではない。だが、一般的な「日記」などあるはずもない。アンネにしたところで、思春期の自己をさらけだせる相手として日記を選んでいるのだ。モシェは自分のうちに醸成された精神を書きとめたいと願って日記に向かったのである。日記をしばしば神への祈りでしめくくっているが、敬虔な信者として当然なペンの置き方なのだろう。だが、最終日の日記が、〈日記を終わるにあたって、神に感謝をささげる〉で締められているのは、すべてに絶望し、すべてを神にゆだねた少年の思いを表現してあまりある。

「日記」形態の記録が公にされるときには、日記の書き手の個人的な部分を拡大して検証し検討することが必要である。『モシェの日記』が民族の興亡と神とのかかわりに言及し、責任を追求している点を評価したい。ユダヤ人大量虐殺を「虐殺」の面から検証することも大切だが、その民族の思想とのかかわりを知ることも必要ではないか。

今回とりあげるもうひとつの『ハナの日記』は、ハナが十三歳になった一九三四年から一九四四年一月十一日、英軍兵士としてエジプトに発つ直前までの記録である。ハナ・セネシュに関しては、その生涯、特にレジスタンス兵士としての活動を描いた、映画『ハナ・セネシュ HANNA'S WAR』が日本でも公開されている。ユダヤ人にはジャンヌ・ダルクのように呼ばれて、伝記や演劇にも取りあげられる英雄的な人物だ。

ハナは一九二一年、ハンガリーの裕福な知的階級に生まれた。父は有名な劇作家だったが、ハナが六歳のときに他界、ハナは母と兄と経済的に恵まれた生活を送っていた。だが、戦争色が濃くなってプロテスタント系の女学校で差別を受けたハナは自分の出生を意識しだした。

自分を生かせる地を求めてパレスチナにわたったハナは、その地からヨーロッパに残っているユダヤ人救出作戦に参加しようと、当時パレスチナを統治していた英国軍に志願する。

表むきは英国のパラシュート部隊員として、ドイツ軍の捕虜になった連合軍パイロットの解放と被占領国内のレジスタンス運動の組織化をはかったのである。その活動の最中ユーゴスラビアにパラシュート降下して、ハンガリー潜入の機会をねらったが捕縛され、ナチスにあやつられたハンガリー軍によるきびしい拷問の末、連合軍の進撃直前の一九四四年十一月、ハナは二十三歳で処刑された。

『ハナの日記』は、作家であった父親の影響が濃く、客観的に事件や自己を観察して、自己陶酔的なところがない。明確な文章である。

十四歳のときに、〈墓参にいっても死んだ人には分からないだろうし、喜びもしないだろう。だが親切だった人をしのんでわざわざ墓参に行けば、自分自身の心が安らぐのは確か〉などとすらりと書いてのけている。美少女だったせいか、男の子からの誘いも多い。それでうぬぼれるわけでもなく、自作の詩のできばえのほうが気にかかる少女である。

そうした記録の中に、大戦中比較的安全圏だったハンガリーにも反ユダヤ主義の波が大きかったことが散見される。

〈なにか行動を起こすときには十分気をつけないといけない。だって、わたし一個人の失敗が、ユダヤ人みんなの問題とみなされることもあり得るのだから。反ユダヤ主義と戦うには傑出した人間にならなければならないとわたしは思う。今になってやっと、キリスト教世界の中でユダヤ人がどういう立場にあるのか、いったいどういう意味を持つのかが分かりかけてきた〉（一九三七年五月、十六歳）や、〈ユダヤ人法案（経済界のユダヤ人を二〇％に削減する法案）が進行中。そのための緊張が続いて、この法案をもとにした条例の制定に関しての議論が各界でなされている〉（一九三八年四月、十七歳）、〈事態は変わっていない。ムッソリーニとヒトラーの演説、チェンバレンのあわただしい動き（…）一触即発の雰囲気だが、それでも戦争にはならないと信じている。戦争がどういうものか想像できないせいかもしれない。わたしたちユダヤ人にとって、事態は二重に深刻だが、どんなふうに解決されるのか想像もつかない。これから教会堂にいくが、といって別に狂信的になったわけではない〉（一九三八年、十八歳）などなど。

（『海外児童文学通信』一九九二年、No.15）

付記：日記はハンガリー語で記されたはずである。ヘブライ語訳版は異例に早く四六年に出ていて、手書きのヘブライ語の日記の一部はネットでも読める。英語版、邦訳版『ハンナの日記』（平安書店）

もある。しかし翻訳版はいずれもセネシュ家の意向に沿っていささか改竄されているらしい。

それぞれの「日記」は、両大戦のあいだにヨーロッパの富裕階級に生まれ育った少年少女が、外部からの必然で自己が帰属する民族を考えるうちに内省に、あるいは行動にうつった記録といえよう。「ホロコーストの日記」の特徴を一般化すれば、ごくふつうの市民が記した極限状況下の記録ということにつきる。日記のよしあし、おもしろさ以前に、戦争がもたらした精神的苦痛がきわだって見える。

ホロコーストの記録『ヴィルナの少年の日記』『ダヴィドの日記』

『ヴィルナの少年の日記』を記したイツィクは、リトアニアのヴィルナ（現ヴィリニュス）に一九二七年に生まれた。ドイツ軍の侵攻で十四歳からゲットーに移りすんだが、その二年後、強制移送を逃れてゲットー内の屋根裏に隠れていたところをゲシュタポに発見されて、四三年十月に生涯を終えている。

ヴィルナは中世から、ポーランドのガリツィア地方とならんでヨーロッパのユダヤ文化の中心地だった。戦時にできたゲットーは大きく、教育がさかんだったことが日記からもうかがえる。

植字工の父とお針子の母の一人息子として生まれたイツィクは、家事をよく手伝い、友だちづきあいもよい、明るい少年だった。成績は優秀で、ゲットー内にフォークロアを収集するクラブをつくって、熱心に活動している。〈将来価値あるものとなるように、しっかりと収集しなければならない〉（一九四二年十一月二日）と記して、戦争が終わったあとの計画もたてていた。

日記はイディッシュ語で、前編・後編に分けて記されている。筆者はヘブライ語訳版（一九六八年刊）を読んだ。

一九四一年六月にはじまる前編は、それまでのゲットーでの生活を思いだしながらまとめた、作文的な記録。一九四二年三月に書き始めて七行で切れ、その後九月から書き継いだ、一九四三年四月までの約八ヵ月間にわたる後編が、本来的な意味での日記になっている。

戦後、日記を発見したイツィクのいとこのサラ・ヴァロシンは、「日記を記すようになったのは、戦争のせい」だろうといい、「八人が寝起きする屋根裏の隠れ家住まいではものを書きとめる空間さえなかったろう」と、死の五ヵ月前で日記が中断した事情を推測している。

歴史やフォークロアに関心を持っていた少年が、ゲットー生活を記録にとどめておこうという気持ちにかられたことは十分に推察できる。少年なりの未来へのもくろみと夢があったのだろう。

ストーブもなく窓枠もこわれた家で、寒波におそわれながら、イツィクは宿題の作文を書いたり、ゲットー内の事件や動静をていねいに観察して記録している。クリスチャンのふりをして農家で働いているユダヤの少年がゲットーにきたが、周囲にたちまちユダヤ人だと看破されて、あわててロシア語でごまかすくだりなど、ルポライターなみの筆さばきである（一九四二年十一月六日）。

〈少し気分がいい。クラブから陽気な歌声が流れている。だが、ぼくたちはすべてを受けいれる用意ができている。（…）最悪の事態が起こりそうだ〉（一九四三年四月七日）で日記は終わっているが、それでもイツィクは、終始、前むきな姿勢をたもっている。

生まれた環境や日記の内容からみて、『ヴィルナの少年の日記』と対照的なのが、『ダヴィドの日記』である。

ダヴィドはイツィクと同じ一九二七年に、ポーランドの小村クライノに生まれてそこで育っている。父は乳製品工場を経営、村での評判もよかった。ダヴィドは村のクリスチャンの学校に通っていたが、ユダヤ人通学禁止令がでると、〈戦争が始まってからはずっと、ぼくはひとりで勉強している。学校に通っていたのを思いだすと泣きたくなる〉（一九四〇年十月十二日）と、記している。

日記はノート五冊、一九四〇年三月二十一日〜一九四二年六月が残っている。ポーランド語版から翻訳されたヘブライ語版には手書きの日記の一部が載っているが、几帳面な筆記体のポーランド語で、表紙のあちこちには「Rubinowicz D」のはんこが押されている。ダヴィドの手作りだと解説があるが、うまいものだ。

村の人々は、ダヴィドたちに手をさしのべなかった。ドイツ憲兵とポーランド警官をおそれて、目の前で戸をぴしゃりと閉めた。わずかな食糧さえ供出させられた小さな村のユダヤ人たちは、絶え間のない襲撃、強奪、そして連行の恐怖におびえながら、仲間うちの連絡もできずに孤立して過ごしていた。ダヴィドは、そうした現実をじっと見つめて、その現実のみを記している。アンネのように自分の夢を日記に語ることもなく、モシェのように日記に悩みをぶつけることもなく、イツィクのように活動の記録を集めて、未来の計画をたてることもない。たんたんと、「最終的解決」の足音が近づいてくる様子を記している。

〈ユダヤ人は移送される。着の身着のままで何も持っていってはいけない、と布告が出た、といわれた。あまりの布告に仰天して力が脱けた。〉（一九四二年一月十二日）。〈ソルティムが来た。ソルティムは、ユダヤ人は敵だから皆殺しにしなければいけないといった。ソルティムが今日うちへきて話したことは書こうと思ってもかけない。たとえ、ほんの一部分でも書けるものではない……今日も雪かきに出た。畑番がユダヤ人を監督した〉（同年一月十六日）。そしてほとんど数日おきに、〈父は用事で出かけたが、もう戻ってはこないのではないか、射殺されたのだろうか、連行されたのだろうか〉と不安を記している。

ダヴィドたちは、一九四二年九月、生石灰がまかれた貨車でトレブリンカ強制収容所に運ばれて、ガス室に消えた。

大きな都市やゲットーでは、「最終的解決」がいずれやってくるにしても、仲間がいた。アンネにはキリスト教徒たちの援助やなぐさめやはげましがあった。ダヴィドは裸のままオオカミの群れのなかにいたようなものだ。

ダヴィドは未来を描くことなく（多分夢見ることもなく）、日記を記している。それも隣人が殺される様子を目の当たりにしたり、食料調達を気にしながらである。よほど強靭な神経でないと書きつづけられるものではない。日記を書くことで、気持ちをまぎらしていたのだろうか。

戦後、偶然に地方ラジオ局をやっている夫妻が村のごみの山から日記をみつけて、一九五七年〜五九年にかけて日記を断続的に放送したが、聴取者は無関心だったという。その後、クライノ近くのキエルツェのユダヤ人虐殺のルポルタージュが出版されたのを機に、夫妻がルポ作家に日記を送ってようやく日の目を見たのだった。

一九六〇年にワルシャワでポーランド語版が出版されるや版を重ね、ヘブライ語、ドイツ語、イタリア語、チェコ語、日本語等に翻訳された。ちなみに絶版の日本語版（木村彰一訳、筑摩書房、六一年）のコピーを読んだ記憶があるが、訳註が綿密で資料として貴重だと思った。再版を願ってやまない。

（『海外児童文学通信』一九九二年、No.14）

ホロコーストの記録『エヴァ・ハイマンの日記』

ドナウ川が国の中央を流れるハンガリーは、第一次世界大戦までオーストリア＝ハンガリー帝国として繁栄したが、第二次世界大戦でドイツ側についたため、一九四五年には敗戦国になった。民族としてはマジャール族、言語はウラル系でヨーロッパのなかにありながらヨーロッパから孤立した国である。

『日記』を綴った少女エヴァ・ハイマンはハンガリーのナジバラードに生まれた。現在はルーマニア領のオラデアという国境に近い町、皮肉なことに一九一九年にルーマニアに占領され、一九四〇年にやっとハンガリーに返還された土地である。政治運動の闘士だった曾祖父や政治好きな母親に影響されてか、エヴァはハンガリー人であることに誇りをもち、少女にしては政治色の目だつ日記を記している。日記は、一九四四年二月十三日エヴァの十三歳の誕生日から五月三十日までの三ヵ月半の克明な記録である。当然ながらハンガリー語で記されている。筆者はヘブライ語訳版（一九六四年刊）を読んだ。

十三歳——もの想う年ごろなのだろう。アンネ・フランクもその二年前の一九四二年、十三歳の誕生日から日記を書きはじめている。しかも、日記の第一ページに誕生日のプレゼントになにをもらったかを嬉々として記している点も同じである。もちろんオランダのアンネをハンガリーのエヴァが知るよしもないし、『アンネの日記』の初版は一九四七年だから偶然の一致にすぎない。

二月十三日に、エヴァは家庭の様子やユダヤ人が置かれた状況をこまかに記している。日記をつけだすにあたって、エヴァが名づけた「小さな日記帳さん」に自己紹介するつもりの文章なのだが、日記が公開されるのを予期したかのような、ていねいな記述である。

〈将来は、アギ（母）が望むように報道カメラマンになって、アーリア人の英国人と結婚するつもり。おじいさまは、わたしが結婚する頃には「アーリア人」なんてことばには意味がなくなるだろうっておっしゃるが、わたしは信じない。だって、いつになってもアーリア人だと得するだろうし、ウクライナに強制労働に連れていかれるのはユダヤ人だけだろうし、ユダヤ人法がなくなるなんてとても信じられない〉（一九四四年二月十三日）とある。

エヴァの両親は彼女が四歳のときに離婚し、母のアギは先鋭的ジャーナリストと再婚してブダペストで暮らしていた。エヴァは母方の祖父母と暮らし、父親とはときどき会っていた。離婚家庭はエヴァに暗い影をおとし、両親それぞれの愛情を独占できないつらさともどかしさを彼女はしょっちゅう「小さな日記帳さん」にこぼしている。祖父はおおらかな人だったが、祖母は奇矯なところのある人だったとみえ、エヴァは大きくなって母や義父と暮らせる日を待ちわびていた。

母方の曾祖父は地方の初代のラビ、祖父は大きな薬局を営んでいた。母アギも薬学を修めて、富裕階級の女性は職業につかない時代にもかかわらず、ブダペストで働いている。父方はホテルや映画館を持つ大地主で、経済的にも社会的にも恵まれていた。ユダヤ人ということで差別されてはいたが、エヴァは自分の生活をユダヤ人街の貧しい人たちとくらべて、〈勉強だけしていればいい今の暮らしはありがたい。両親が離婚していても、おばあさまがアギばかりかわいがるのでやきもちを焼いたりしても、幸せなのだ〉(一九四四年二月十七日)と記している。

ただ、こうした平和な記述は三月十九日にドイツ軍がブダペストを占領すると急転して、追いこまれていくユダヤ人の様子の記述にとってかわる。日記に出ているユダヤ人問題を抜き出すと、

三月二十五日ドイツ軍ナジバラード占領。ユダヤ人の財産没収を段階的に開始/三月三十一日電話回線切断。商店を急襲。ダビデの星の腕章着用命令/四月九日富裕層のユダヤ人を拘禁(エヴァの父も含まれる)/四月十日、四月十五日以降は、ユダヤ人は家事従事者の雇用を禁止/四月十三日アーリア人のユダヤ人宅訪問禁止/四月二十日九時から十時の一時間のみ外出許可、それ以外の時間帯に外出すると射殺/五月一日ゲットーへ移送開始/五月五日エヴァ一家がゲットーへ。電気のない小さな一室に一四人/五月十日ゲットーがそのまま収容所になる/五月十四日以降、許可証のない者は収容所への出入り禁止。自殺者急増。薬剤師の祖父は希望者に毒薬を分けあたえる/五月二十二日各家長を連行して家族の命と引きかえに隠し財産の告白を強要/ポーランドへの移送開始。貨車一両に八〇名、貨車には施錠。

憲兵だけでなく一般市民も惨劇に加担したり、無関心だったことが、そこここにうかがわれる。

〈外出許可証のある者さえゲットーから出られない。ポーランドへの移送時にはふたりに一個背のうを持ってもいいが、中には下着一組しか入れてはいけない。弁当みたいなものを持ってもいいらしいが、憲兵にぜんぶ取りあげられたから食べ物なんてない。生きたい。死にたくない。地下室か屋根

裏に隠れて戦争が終わるのを待ちたい。憲兵に小麦粉を取りあげられてもいい、無理やりキスされてもかまわない、殺されないで生かしてもらえるなら……。マリシュカ（祖父の元使用人。アーリア人）が会いに来てくれた。小さな日記帳さん、もう書けない。涙がこぼれる。マリシュカに会いにいこう〉（一九四四年五月三十日）

日記はその日マリシュカに手渡され、マリシュカから生還した母と義父が一九四五年十一月に受けとった。エヴァは日記がとぎれた三日後にアウシュヴィッツに移送され、それきり消息が絶えた。子どもだということで、死の「選別」を受けたのだった。アウシュヴィッツで母といっしょだったかは定かではない。

日記には政治とならんで、愛情に飢えた自分を分析する文章が多い。ひそかに初恋を告白するくだりもある。その初恋さえ家柄の前につぶされている。愛のうすい少女だった。それでもエヴァは生きたいという思いを日記に記した。

「最終的解決」のために人命すら数値だけで処理された時代、助けを求めて訴える術をもたない少女にとって、心を逃す方途は日記しかなかったのだった。

本書の扉には、イングリット・バーグマンによく似た少女エヴァの写真が一葉掲げられている。

（『海外児童文学通信』一九九三年、No.17）

ホロコーストの記録『わたしの一〇〇人の子どもたち』

ホロコースト周辺を記すきっかけになった、子どもたちの証言『わたしたちは訴える』をまとめた、ポーランド生まれのユダヤ人女性、レナ・キフレル＝ジルベルマンの記録を取りあげてみたい。

本書は、ホロコーストの孤児たちを育てた一種の体験記で、ポーランド語で綴ったレナの手書き原稿をヘブライ語に翻訳して出版したものである。出版と同時に評判になって、一四ヶ国語に翻訳され、テレビやラジオの番組にもなった。分厚い本なのでとっつきが悪いが、体験記のせいか感情移入しやすく、読みはじめると引きこまれる。ホロコーストおよび、戦後のポーランドのようすが克明に記されているし、子どもたちそれぞれの、戦火をかいくぐって生きのびた話がエピソード風に随所にはさみ込まれていて、単なる記録の域を越えた厚みがある。

この記録は、孤児収容施設を切りまわしていく際の経済的な諸問題と医療、教育、外部折衝がくわしく記されている点と、心理学者である著者が子どもたちのあいだの葛藤を的確に分析して記し、問題が生じたさいの原因結果を順を追って説明している点でもすぐれている。くわえて、ポーランドにおける戦後の反ユダヤ主義の風潮を歴史の事実として、事実をていねいに伝えている点も評価したい。

はじめの三分の一は、「一〇〇人の子どもたち」を育てるようになった経緯にさかれている。レナは戦争が始まってすぐに、幼い娘を栄養失調で亡くした。ユダヤ人だった夫は、自分の身の安全をはかってドイツ人女性のもとに走った。病気の父親はベッドで銃殺され、兄たちはシベリア送りになり、パルチザンに身を投じた妹も、ウォッカ一本でゲシュタポに売られた。

戦争が終結の気配を見せだした一九四五年一月、ポーランド人のふりをして隠れていたレナは動きはじめる。かつての我が家は赤の他人にとられていた。戦前に提出していた博士論文はドイツ軍に焼却されていた。だが、教授はレナがユダヤ人だということを承知の上で、もう一度論文を書いたら助手の仕事をあげよう、といってくれる。レナは必死で論文を書いて助手の仕事を得る。

こうして「戦後の生活」が始まったが、クラクフの町には飢えた子どもたちがうろついていた。子どもたちの世話をボランティア的に手伝っていたレナは、施設のあまりの惨状を見かねて、しだいに運営にのめり込んでいく。レナはザコパネの施設を預かって、しゃにむに働いた。「一〇〇人の子どもたち」とは、レナがこの施設の院長として育てた、ポーランドにいたユダヤ人孤児をさしている。なかには、先に取り上げた証言集の子どもたちも含まれている。

施設は赤子から十五歳までの病気の子どもを中心に収容していたので、レナは常駐医師をさがす。だが検診を始めると子どもたちはおびえたり反抗的な態度をとった。医師にさわられるのを極度にきらって暴力までふるう。身体だけでなく心まで病んだ子どもたちを「普通」の状態に戻すにはどうしたらいいのだろうとレナは悩む。栄養障碍による吹き出物とシラミ退治をなんとかやり終えると、つぎは文盲対策だった。子どもたちは、ユダヤ人就学禁止令のせいで、七年間も学校教育を受けていなかった。

育ち盛りの子どもたちのためには、一日にパン一〇〇キロ、ジャガイモ一五〇キロが必要だった。二週間で一五キロも太る子が数人いる。飢えた生活を続けてきたので飢餓感が強いせいだった。食料に燃料に衣類にと、経済はつねに逼迫していた。レナは援助を求めて駆けずりまわる。

もうひとつ深刻な問題があった。チェコスロヴァキアとの国境に近い保養地ザコパネには大戦時にドイツ軍が駐留していたせいか、村人たちにユダヤ人を皆殺しにしたい気分が残っていた。子どもたちは石を投げられたりナイフを首に当てられたりの嫌がらせを頻繁に受ける。十一月には反共を掲げる旧軍隊に襲撃された。戦後七ヵ月もたって子どもの療養保護施設が襲撃されるとは信じがたいが、事実である。レナと子どもたちは自衛団をつくって防戦した。戦時中と変わらないいじめと生命の危険にさらされて、子どもたちはポーランドを出たがった。

一九四六年三月に、一〇〇人の子どもたちとレナは偽のパスポートで密出国。ヨーロッパを三年間避難民《DP》として転々としたあと、一九四八年にイスラエルに移住した。

極限状況を本能的に、あるいは知恵を使って生きのびた子どもたちは、それぞれが重い過去を引きずり、肉親への恋慕の思いが強い。しかも、差別されたせいで自尊心がことさらに強くなっている。肉親の死や隠れ家暮らしの過去にとらわれている子どもたちを、レナは少しずつ現在の「生」に引きもどそうとする。仮ではあっても家庭のあたたかみを再現して、生きる喜びを教えようとする。

子どもたちには、子どもたちなりの倫理と感情があった。キリスト教徒のふりをしたりドイツ人に雇われて生きのびたりした子どもたちはいじめを受けた。親戚や知り合いがいる子も嫉妬を買った。

レナは信教の自由を訴え、なおかつ、仲間うちの葛藤は子ども同士で解決させるようにしむける。いささか自慢もまじっているだろうが、レナの施設運営は見事である。目的と意志が読者にはっきり伝わってくる。

たぶん、彼女はきびしい先生だったにちがいない。しかし、イスラエルに移り、成人したのちも、子どもたちはレナの家をいつまでも「家庭」と思って寄りあつまったそうである。ちなみにジルベルマンは、生活が落ち着いたのちに再婚した夫の姓である。

最後に美しい挿話をひとつ。ザコパネで、やっとフランネル生地を手に入れたレナは、全員にパジャマを縫ってくばった。その夜、あやしげな物音を耳にして子ども部屋をのぞくと、女の子たちが三〇人ほど、ピンクのパジャマで踊っていた。大人になった少女たちは、あのパジャマを今も持っている、とレナにいう。

筆者はポーランド語の手書き原稿をヘブライ語に訳出した版を読んだが、英語版は My Hundred Children、一読をおすすめしたい作品である。

（『海外児童文学通信』一九九三年、No.18）

付記：同書が『百人のいとし児』岡田真吉、竹内正実訳で一九六四年に筑摩書房から刊行されていたことがわかりました。再刊が待たれます。

イスラエルの文学動向　一九九六〜二〇一五

足踏みの和平交渉、模索する作家たち

湾岸戦争以後少しは日本でもその存在が知られるようになったイスラエルは、国ができて約半世紀、ヘブライ語を国語とする中東の小さな国である。面積は四国ぐらい。人口は九五年度統計で約五五〇万人、内訳はユダヤ人八一・一%、イスラム教徒一四・二%、キリスト教徒二%、ドルーズ族他が一・七%、イスラム教徒とアルメニア系キリスト教徒をのぞくキリスト教徒はアラブ人である。

人口の大半を占めるユダヤ人は代々パレスチナに住んでいた人々、十九世紀末からシオニズムを旗印に移民してきた人々、ポグロムやナチズムを逃れて難民としてたどり着いた人々、世界各地に今なお根強い反ユダヤ主義を逃れてきた人々と、出身地はさまざまで、それぞれが負ってきた文化的背景の異なりようは他国に例をみない。たいていは、「ユダヤ人」ゆえの差別を受けた末にイスラエルへ脱出した人々だが、といってイスラエルにいれば安泰だといえないのは、昨今の紛争やテロ、このところの暴動を見れば明らかだ。

そうした歴史的現実から、イスラエル文学界はある部分で、今日的なテーマとして「パレスチナ・イスラエル問題＝アラブ人対ユダヤ人」を追い続けている。追い続けざるをえない現実の中で、だが、自己を正当化しようとはしない。真摯な態度で両民族の対立や矛盾を提示し、文学で、講演で、対話

集会で和平への道を探り求めている。この国では政治が日常を動かしている。詩人イェフダ・アミハイは「イスラエルでは政治に無関心でいるという贅沢は許されない。恋愛詩でさえ政治的だ」という。ピース・ナウを提唱するアモス・オズは多様な政治論調を是とした作品を多く発表し、オズと並ぶ文壇の重鎮A・B・イェホシュアはアラブ人作家アントン・シャンマースと共生のあり方を論じて『壁と山』を発表、中堅のD・グロスマンはイスラエル国家の矛盾を指摘し、児童文学のガリラ・ロン・フェデルは差別意識の危険を訴えている。移民作家よりイスラエル生まれの作家たちにこうした発言が多いのは注目に値する。

ほんの一例をあげてみよう。ダニエラ・カルミは『アハラン通りのテロ事件』で、テロの被疑者にされたアラブ人弁護士の家庭を描いて、国内アラブ人を色眼鏡で見たり差別しがちなイスラエル人の意識を弾劾した。弁護士の妻はユダヤ人で大学研究者、二人の間に産まれた娘はどちらの家族からも文句が出ないようにという配慮からロシア名でナターシャとつけられている。そのナターシャの目を通して、アラブ人だ、というだけで被疑者にされた父がずっと抱えてきた哀しみ、厄介ごとに巻き込まれるのを避けようと弁護を引き受けたがらない大人たちの姿が浮き彫りにされて、迫力がある。中東和平が未だ突破口を模索していた一〇年前の作品だが、今、和平プロセスが足踏み状態になると、こうした作家たちの活動がますます重要になってくる。

（東京新聞、一九九六年十月二十二日付）

「老い」を直視、「尊厳」問い直す

「老い」はあまりに今日的なテーマだ。老いてなお、いかに人間としての尊厳を保ち得るか、それがいま、問われる。

ヨシュア・クナズの『猫たちへの道』は、七十六歳のフランス系ユダヤ人女性を中心に老いの種々相を描いた作品である。人生の吹きだまりのような老人病棟を舞台に、そこで過ごさなければならない人々の葛藤やあきらめ、家族への執着や孤独の不安、狭い世界にさえ生まれる恋模様や嫉妬を、ネオ・リアリズムの状況描写に徹して、主人公の視線と思考の範囲内で浮き彫りにしている。まるで、イタリアのモノクロ映画を見ているようだ。

それもそのはず、一九三七年にイスラエルの開拓地に生まれたクナズは、現在は作家業と翻訳業のかたわら日刊紙ハアレツの文芸欄を担当し、演劇の評論をしている才人である。

独り暮らしの主人公は骨折手術後、老人病棟に入れられてリハビリをしている。入院中も髪をきれいに結い、食事のたびにドレスを着替えて毅然と暮らそうとするが、そうした態度は周囲の人々の嘲りや揶揄の対象になる。

彼女は新入りの男性患者にひかれて近づく。画家の彼には、若い妻がいる。彼女は画家に乞われてモデルになるが、スケッチには老いがはっきりと刻まれていた。他人の目に映る自らの醜い姿に絶望して、彼女はアル中の画家にもらってウイスキーをあおり、そんな自らにいっそう失望する。

家族は見舞いに来るものの暗黙のうちに帰宅を拒絶されている人、半分ボケて自分のベッドを探しまわる人、「死ぬのは怖くないが、独りぼっちで死にたくない」と老人病棟にしがみつく人。治る見込みのない者は待つ人のいない家にだろうと施設にだろうと戻そうとする医師たち、忙しさのあまりに病人へのいたわりを忘れる看護婦、患者たちの財産に目をつけるヘルパーや付添婦。わずかなことばの切れ端に、老いた人々は一喜一憂する。

退院を勧告されて主人公はあわてるが、それでも「普通」の暮らしをしようと独り居に戻っていく。孤独と不自由におびえながらも、誇りを持って毅然と生きようとする彼女に残されているのは、わずかな貯えと年金と家だけ。それさえ、病棟で知りあった付添婦が「介護と死後の始末」をするという甘いことばでむしり取ろうとする。救いのない、非情とも呼べる老いを描いたこの作品がなぜ評判になり、英、仏、独、伊語とあいついで翻訳出版されたのか。答えはひとつ。われわれ自身が老いの不安を抱え、何歩か先に、肉親の、自身の老いを見つめざるを得ない状況だからだろう。自らの問題としての老いを直視し、「人間としての尊厳」とは何かをあらためて問い直そうとしているからだろう。クナズのリアリズムは説得性がある。

六四年に『祝祭の後』でデビューして以来、本書が五冊目という寡作なクナズは、発表のたびに新たな問題を投げかける。目の離せない作家の一人だ。

（東京新聞、一九九七年五月六日付）

ユダヤ意識の根源を求める旅

イスラエルでは新首相バラクが積極的に外交政策を展開し始め、停滞していた和平交渉再開への期待が内外ともに高まっている。建国五一年。若手作家たちはイデオロギー喪失世代だとして政治にコミットするのを避けるが、一九六〇年代からヘブライ文学の中核で左派的立場を表明してきたアモス・オズやA・B・イェホシュアは、オピニオンリーダーとして健在である。オズは政治的エッセーを含めて六点邦訳されている。イェホシュアは長篇が多いせいか、まとまった形では紹介されていない。独特な美意識をもつストーリーテラーだけに邦訳紹介が楽しみである。

イェホシュアはここずっとユダヤ性、わけても彼が帰属する、十五世紀末にスペインを追放されてヨーロッパや西アフリカに散っていったスファラディの系譜を追求している。『マニ氏』と『千年末への旅』がそれだ。五話構成の『マニ氏』は各話が独立した物語世界を形成しつつ歴史を遡《さかのぼ》り、ついには「一族」が代々継いできたらしい自死願望の複雑な根っこに到達する。十代にわたる、二五〇年のマニ家の歴代誌でもある。五話とも精神分析手法を用いた対話形式で、話者一人の声しか記録されていない。だが、聞き手の反応あるいはことばは、読み手の推測領域にある。マニはそれぞれの話者の、経験のなかにのみ登場する。

第一話はレバノン戦争を背景にマニの子を宿したと信じたキブツ女性の奇妙な体験。第二話は第二次世界大戦末期、クレタ島でユダヤ人狩りをするドイツ兵の、「ユダヤ人であることをやめた人間マニ」との遭遇。第三話は第一次世界大戦終わり近く、自殺行為的にアラブ・ユダヤ自治を求めて反乱を企てたマニを擁護する英国兵の話。第四話は十九世紀末バーゼルで開かれたシオニスト会議でマニに会い、彼に惹《ひ》かれてエルサレムに旅したポーランド人兄妹の不思議な体験。第五話では死の床にあるユダヤ賢者とその夫人に、息子が暴徒に殺され（るのを傍観し）たマニが、孫の出生の秘密を告白する。ここで一種の謎解きがなされ、代々の悲劇的性格があらわになる。各話に見え隠れするマニを追い、マニのことばをたどっていくと、ユダヤ意識のひとつの流れが見えてくる。巧みである。

各話に登場するマニは、前話のマニの父あるいは祖父で、それぞれが集団や歴史から存在を消そうと、無謀とも滑稽ともいえるあがき方をする。そのマニとの出会いで、各話の話者たちは人生の路線を変え、社会規範を変えていく。

ユダヤ人とは、スファラディとは？　離散ユダヤ人対パレスチナのユダヤ人とは？　歴史への意義申し立ては可能なのか？　人間は個として存在できないのか？　疑問符はマニをはなれ、普遍的問いかけに発展していく。そして、イェホシュアの根源への旅は、アシュケナジィ（東欧系ユダヤ人）対スファラディ（スペイン系ユダヤ人）の相克を描く『千年末への旅』へ引き継がれ、離散した民族の、文化の衝突を浮き彫りにする。

（東京新聞、一九九九年七月十六日付）

アンソロジーからみえる文学と社会

手練《てだ》れの編者の手になるアンソロジーは、手軽で重宝、かつ安心な文学案内書である。ジスィ・スタヴィの『三十年三十選』は、イスラエルが歴史的に一区切りついた観の一九六〇年代からの三〇年間を見渡した、ヘブライ文学の成熟度がわかる優れた選集である。個々の作家へのよき水先案内人であり、これ自体、完結した作品集として楽しめる。彼が昨九八年まとめた『五十年と五十の物語』は、四八年の独立から六〇年代まで、その後の三〇年、九〇年代と、三つに区分された、これもなかなかに目配りの利いたアンソロジーだ。編者のスタヴィは大衆紙イェディオット・アハロノットの文学芸術文化欄の編集主幹。二点ともイスラエル在住のユダヤ人作家によるヘブライ語で記された作品から編んだ選集である。

つまり、「ヘブライ文学」あるいは「イスラエル・ヘブライ文学」は基本的に、イスラエルの地でヘブライ語で書かれたユダヤ人による文学、イスラエル、ユダヤ、ヘブライは呼び方こそ違うが同一のものを指すという前提に立っていた、といえる。

ところが今年、この「ヘブライ文学」に反旗を翻《ひるがえ》すかのように、「イスラエル文学」の名称に固執した『イスラエル五十超短篇集』が出た。編者は大学で文化論を講じるハナン・ヘベルとモシェ・ロン。同書によると「イスラエル」は土地名、すなわち国家名にとどまり、内容的にはイスラエル在住作家作品と解釈が広がって、ヘブライ語作家のほかに、ハビービー、バイデス等のアラビア語作家、スツケヴェル、カルピノヴィッチ等のイディッシュ語作家、ほかにポーランド語、ハンガリー語、英語で書く作家の作品もヘブライ語翻訳で含まれている。

編者は、「イスラエル人を一言では定義できない」、「この地が抱えるエスニック性、宗教、言語、民族、社会階層の異質性を表そうとした」とあとがきでことわり、「雑多なイスラエルのアイデンティティ」を児童文学、詩、風刺にまで手を広げて示そうとしている。全体的には、文学というより政治的社会的現象としての「イスラエル」に重点が置かれている印象が強く、イスラエルが抱える現在進行形のさまざまな側面がパッチワークのように見える。溶け合って見えないのは、ひょっとしてショートショートという制約と作品の並び方のせいかもしれない。だが、その制約が逆に功を奏して、思いがけず、「イスラエル」の乾いた雰囲気が伝わってくる。

今年のエルサレム・ブックフェア向けに出版された『この地で記された文学　イスラエル文学概観』も、やはりヘベルが編んだもの。ただし、こちらはグラフィック要素満載で、書影や顔写真や映画化場面がちりばめられ、しかも年代順なのでわかりやすい。ヘベルは同書でユダヤ人のシオニズム物語を解体したうえで、ナショナリズムを批判し、異種要素が混在するイスラエル文学を提唱する。

二作品を並べてみると、現在の「イスラエル文学」の状況が少し見えてくる。

（東京新聞、一九九九年十二月三日付）

子どもの本とホロコースト

「書の民」と呼ばれ、「学問の民」を自認するユダヤ人はおのずと教育熱心である。「書」とは、あまたある書の中の書「旧約聖書」のことだが、すべての本をもさし、本に親しむことは美徳であって、贈り物にも積極的に本を選ぶ。子どもの本は需要が高いし点数も多い。オーラ・エイタン、アローナ・フランケル、アブネル・カッツら国際的に活躍している挿絵画家もいる。最近はミリ・レシェムの文字なし絵本が評判である。癒《いや》し系のミハル・スヌニットの『心の小鳥』（河出書房新社）は、児童書としては異例の四〇万部突破である。

まどみちおさんが受賞した国際アンデルセン大賞を一九九六年に受賞したウーリー・オルレブは『壁のむこうの街』（偕成社）『壁のむこうから来た男』（岩波書店）等のホロコーストを題材にした作品で注目を浴びた。彼自身、ポーランド生まれでベルゲン・ベルゼン強制収容所体験者である。だが、自伝『鉛の兵隊』や『砂のゲーム』（岩崎書店）、それに前記のフィクションにもホロコーストが常にまとっている陰惨さはない。「戦争」というマイナス要素をプラスに変えていく主人公たちの「生きる力」に説得性がある。「戦時下の六年間は九～十四歳の子ども時代だった」というオルレブの生活感の裏づけあってのことだろう。

九〇年代になって児童書にも手を染めだしたナヴァ・セメルは、ホロコーストをタブーに育ったホロコースト第二世代の一人だ。母親は精神のバランスが危うくて心を閉ざしがちだという。

彼女の『ゲルショナになる』は男性名ゲルションを女性形に語尾変化させた名前をつけられた少女の独白体小説。親族のだれかを偲《しの》んで命名されたと少女は感じているが、だれなのか教えてくれる人はいない。両親は過去を語ろうとしない。父方の祖父は生後半年の息子と妻をポーランドにおいてアメリカにいったきり行方不明だった。三五年後、息子は一念発起してニューヨークにいき、父の名を書いた紙を胸に吊《つ》るして歩きまわり、半年かけて父を見つけだして連れてくる。その連れてこられた祖父は自由の国アメリカを恋しがり、少女は遠まわしに両親の過去を知っていく。

『飛ぶ練習』は、強制収容所帰りの靴屋から空を飛ぶ方法を習う少女の話。「飛ぶ」ことは自由への憧《あこが》れ、不可能への挑戦であり、さびしさからの突破口も象徴している。父娘ふたり暮らし。父はオレンジの苗木を育てるのに必死だが、干魃《かんばつ》で思うようにいかない。ある日、少女はオレンジの木のてっぺんから飛ぼうとして足を折る。靴屋は「飛ぶには早すぎた。飛びたくなるほど君は怖い思いをしてないだろ」という。飛ぶにははだしになって地面を感じるんだ、地面には春に咲く花や愛する人たちが眠っているのを忘れちゃいけない、と。不穏な日々、大人も子どもも危機の中で肩を寄せあい、自分の道を見つけだしていく。

オルレブ同様、セメルの作品にも嘆き節はない。傷を負った歴史や、傷を負わせる現実を語りながら、否定的でも悲観的でもない。現実の認識はきびしいが、希望もある。ホロコーストはいままでとは違った形で伝えられ始めている。

（東京新聞、二〇〇〇年五月十二日付）

呪縛や救いを超えた信仰文学

ブッカー賞クラスの文学賞創設なるか、と賛否両論、揶揄《やゆ》まじりで注目された第一回サピール賞を、ほとんど新人といっていいハイム・サバトの『照準』が受賞した。文学賞は多々あるが「栄誉と箔《はく》」の文学賞ばかりだったイスラエルで、サピール賞の四万ドルは大きい。財源は宝くじ振興会（！）。最終候補者にはアッペルフェルド、ハイム・ベエルなど実力派の名前もあがっていた。

さて物語は、エルサレムで暮らす語り手と家族の慎ましく穏やかな生活と、一九七三年の第四次中東戦争が交差して進む。ユダヤ教徒で商人だった一家はシオニストだといわれて一九五〇年代にエジプトを追われ、難民暮らしの末にエルサレムに落ち着く。母語はアラビア語だった。語り手は一家の長男で、著者自身である。

語り手は、ルーマニアから移民した少年と信仰や悩みを分かちあって宗教学校に通う。兵役もいっしょだった。そして戦争が勃発《ぼっぱつ》すると二人は予備役部隊兵として召集され、ゴラン高原で友人は戦車とともに炎上。語り手は炎上した別の戦車から脱出し、シリア軍の捕虜になるか砲火を浴びて死ぬかの瀬戸際でひたすら祈る。まさに詩編一〇二章の「祈り。心くじけて主の御前に思いを注ぎ出す困窮者の祈り」の世界である。語り手は、多くの死と不条理を目にして、祈りながらも、神にわめきたいと思う。休暇を一日もらってエルサレムに戻っても、友人の死を家族に伝えられない。戦闘の二四時間を口頭報告させられ、官庁勤務の士官との意識の差も思い知らされる。

ユダヤ教のヨム・キプール（贖罪《しょくざい》の日）に勃発した第四次中東戦争は、その名を冠して「ヨム・キプール戦争」と呼ばれることが多い。開戦当初、ゴラン高原の機甲旅団は壊滅状態だった。その辺の記述も丁寧だ。だが『照準』はジャンルとすれば信仰文学だろう。登場人物の大半は宗教人で、随所に祈禱《きとう》句や聖書注解の引用があって難解でさえある。だからこそなのかもしれない、戦争を否定しつつ戦場に赴かざるを得ず、試練に立たされて祈る著者のつよい思いが直截《ちょくせつ》的な表現で伝わってくる。

宗教色を抑え、払拭《ふっしょく》しようとしてきた現代ヘブライ文学の流れのなかで、信仰と戦争を描いた同書が受賞したのはなぜか。シオニズムから脱却したのち模索を続けているイスラエル文学はいま、呪縛《じゅばく》としてでなく、救いとしてでもなく、宗教をその流れに受容しようとしているのかもしれない。ともあれ、中東情勢の今後が気になる二十一世紀の幕開けである。

（東京新聞、二〇〇一年一月十二日付）

復古調と、本の市に足を運ぶ「書の民」

アメリカの同時多発テロ報道を追うのに忙しい。そして、この一年、テレビや新聞にイスラエルが登場するたびに、自爆テロか、武力行使か、と不安になる。観光客が激減したと聞くし、書評紙をめくれば復古調がやたらと目につく。それも二十世紀初頭の移民入植時代から一九六七年の六日間戦争にかけて、イスラエルが若々しく建国の希望に燃えて高揚していたころを懐かしむものが多いせいだからだろう。例えば六日間戦争を指揮した隻眼の将軍モシェ・ダヤンが若いころ刑務所から妻に送った手紙をまとめた『ルティへ』。英国委任統治時代の過激派地下組織レヒの指導者アブラハム・シュテルンの伝記『ヤイール』、これは八十歳になる作家モシェ・シャミールの最近作である。

そんなおり、イスラエルかパレスチナかと帰属問題の焦点になっているエルサレム旧市で一九二〇年代に出版された写真入り雑誌『シオンとエルサレムの娘たち』の復刻版と「本の市」が爽やかさを運んでくれた。

前者は、男性優位の時代、しかも女に学問はいらない、良妻賢母をもって旨とすべしというユダヤ社会で律法学者や学校経営者、医師や詩人、教育者として活躍した女性たちを特集した雑誌の復刻版で没年や解説が付加されている。四八〇頁、貴重な一冊だ。

後者は、乾期にはいった初夏恒例の青空書籍市で、正式には「ヘブライ図書週間」という。平日は夜一一時まで、安息日あけは真夜中まで賑《にぎ》わう。読書意欲を喚起し、同時に翻訳を含めたヘブライ語書籍出版の振興をめざして始まったものだが、「書の民」といわれるこの国の人々は、縁日を楽しむように「本の市」会場をぶらつく。新聞各紙には各出版社の広告が大きく載り、書評紙は特集を組んで分厚い束になる。書店でも各種イベントが催され、特別割引価格で本がならぶ。

今年の本の市はテルアビブで爆発騒ぎがあったせいで、オープニングが安息日あけの土曜の夕方から月曜に延期された。安全が確保されない青空市ゆえ、テロの不安で客足が遠のくのではないかと心配されたが、会場に足を運ぶ人たちは確実な本好きで、売れ行きはまあまあだったとか。冷やかし気分でのぞく客あってのフェア、こんな事態でも本への関心が薄れていないのはうれしいことだ。

日刊紙「ハアレツ」の別綴じ書評紙に載っていたいくつかの読書調査によると、人口の四〇～五〇%が最近一ヵ月に最低一冊、一五%は三冊読んでいるという。ほんとかしら? 疑いたくなるが、信じよう。

（東京新聞、二〇〇一年十月二十三日付）

ことばの響きへのこだわり

ヘブライ語は何世紀ものあいだ、祈りや文学、商取引や書簡などの書きことばとしては存在したが、日常語としては死語同然だった。それが、十九世紀後半からの民族運動で復活し、聖書や膨大な文献にあたって現代に合うことばがつくられて広まった。言語が人工的に再生されたわけだが、わずか数十年で公式言語として認められるようになった。世界のあちこちから集まってきた人々をつなぐ、共通言語としての役割が大だったからだ。

初期の文学は、口語体をめざしながらも流麗な文語体で開拓魂や理想をうたいあげていたが、現代ヘブライ語で生まれ育った世代が書き手にまわりだすと急速に成長して熟した。たび重なる戦争や紛争で理想と現実の差が如実に映し出され、社会・政治問題が文学でも浮き彫りになった。文体面でも、旧ソ連をはじめとする各地からの移民独特のことばづかいや、国民皆兵ゆえに独特なスラングが発達した兵役ことば、意味不明に近い若者たちのやりとりを活《い》かした作品などが話題になっている。短期間で成熟した言語と文学は、ことばのニュアンスでも文体でもとどまるところを知らずに動き、いそがしく変わっていくようだ。

そんな中で、農業立国をめざしていた頃《ころ》を感じさせるモシェ・イズラエリの作品集『エイモス』はことばの響きにこだわった試みとして注目される（一四五頁以下参照）。表題作「エイモス」はハタネズミの名前で、エイモスは大規模農業用灌漑《かんがい》パイプラインに入り込んで、出られなくなる。開栓まで半日。開栓すれば水圧死してしまう。パイプから脱出しようとエイモスは知恵をしぼり、運命と自然に対して闘いをいどむ。死をむかえてさえ運命に妥協することなく、尊厳を失わない。圧倒される。同書所収の掌篇《しょうへん》「花なんて、なぜ」は、午睡中の兵士の部屋に女友だちが花をたっぷり生ける物語だ。索漠とした日々を送る兵士は花の存在に呆然《ぼうぜん》とする。こちらには平和な圧倒感がある。他作品も牧歌的な村のリアルな物語で、現代を描きながら土臭さが漂う。

この作品集、かつての文語文を彷彿《ほうふつ》させる言いまわしや雅語が多く、饒舌《じょうぜつ》で豊饒《ほうじょう》、そのぶん難解である。ところが音読すると（してもらうと）、すっと耳になじんで情景が立ってくる。韻を優先したことば遊びに、不思議なタイミングで投げ込まれるスラングや日常会話のせいなのか。「エイモス」は実験演劇として、イスラエル北部のアッコ演劇祭でグランプリを得、この九月には日本でもヘブライ語で上演される予定である。ヘブライ語の響きがどのくらい受け入れられるか、楽しめるか、期待と不安が半ばする。

（東京新聞、二〇〇二年六月七日付）

スリリングで孤独な闘い

イスラエル版文化勲章ともいえるイスラエル賞を、本年度はアハロン・メゲドとユディット・ヘンデルが受賞した。二人とも高齢だが、八十三歳で多作のメゲドにくらべて、七十七歳の女性作家ヘンデルは若年でデビューして以来の上梓《じょうし》点数が十指で足りるほどの寡作家である。しかも、超長篇がもてはやされる風潮のなか、修飾をそぎ落とした中篇や短篇が多い。にもかかわらず、人々にしっかり記憶され、忘れ去られることがない。

ヘンデルは最初の作品集『ちがう人たち』でショアや独立戦争の負傷者や遺族など、社会の周辺にひっそりと生きる人々の暮らしや死を描いて、当時の英雄崇拝的なシオニズムの流れに逆らった。以来、その姿勢を崩していない。

ワルシャワのラビの家系に生まれたが、父親は反シオニズムのブンド（ユダヤ人労働者総同盟）に属していた。イスラエルへの移住は危険が迫ってからで、ヘンデルが九歳のときだった。長じてヘンデルはほとんど倍も年上の画家と、家族の立会いなしで結婚。強烈な個性の画家と四半世紀暮らし、画家の逝去後は十年間ひきこもって、筆を折った。ドラマティックな人生である。

昨年末、その夫への想《おも》いを彷彿《ほうふつ》とさせる『精神科医の狂気』が刊行された。

精神科医は友人夫婦の生活を向かい側の窓から五年間ながめて暮らす。友人が事故死すると、その妻を見舞い、彼女の求めに応じて同棲《どうせい》し、事故死から一年後、妊娠を告げられる。そこで勇んで結婚するが、生まれてきた男児に亡くなった友人の名ヨラムをつけると、果てしない堂々めぐりの狂気におちいってしまう。妻は、前夫の指輪に重ねて新しい結婚指輪をはめ、赤子を「愛《いと》しいヨラム」と呼ぶ。精神科医の目の前には前夫を忘れることを拒む妻の姿があり、頭の中には「愛しいヨラム」の存在が明瞭《めいりょう》に、しかも肥大化していく。嫉妬《しっと》の産物としての強迫観念。命名は精神科医だったが、はたしてそうだったのか？　妻も夫も過去に囚《とら》われているが、妻には前夫の名を冠した息子と生きる道がある。夫は過去に囚われた患者を診察しながら、自らは妄執の迷宮に踏みこんで狂気は加速する。

ヘンデルは日刊紙「マアリブ」のインタビューで、「逝きし者への愛は抽象的で形而上学的で、色あせることはない。その愛を抱いて新しい生活を始めることは可能だ」と語っている。スリリングで孤独な闘いが作家自身と重なって哀切である。

（東京新聞、二〇〇三年七月二十五日付）

光る子ども時代の思い出

ヘブライ語のアルファベットは二二文字。最初の文字アレフで始まることばで浮かぶのは、イスラエルの作家ダン・ツァルカの場合、旧ソ連の赤軍にいた親戚《しんせき》のアルターである。アルターはイスラエルにきて農業をやっているが、驚くほどに貧しい。赤軍時代のベルリン侵攻を地図で示してくれ、という著者ツァルカに、アルターは戦争を知りたいなら映画を観《み》ろといい、「地図なら、これだ」と地面をどんと踏む。

最後の文字タブで浮かぶのは「小さなグラスの不思議（タアルマ）」。数々の華麗なワイングラスを楽しんできたが、いまは割れずに残った厚手の小さなグラスが手になじんで落ち着くという。そして、Tシャツとジーンズにサンダルが自分にとっては「自由」の正装であるともいう。

『アレフ・ベイトの書』には、交流のあった詩人や画家、俳優や作品や景色がどっさり登場する。なかでも子ども時代の思い出が光る。紙がなかったから新聞の端っこや包装紙に書いたが、作文は大嫌い。歯ぎしりしたいほどの悪筆で習字に通わされた。だが、キリル文字が上手にかけても、ラテン文字の教室では認めてもらえなかった、などという子ども時代の思い出からは、ユーモアのかげに戦争に弄ばれた彼自身の歴史がほのみえる。

ポーランドの詩人ミウォシュの『アルファベットのレキシコン』に想を得たという本書でツァルカは、アルファベット順に思い浮かぶことばや人物や事件を、該博な知識とスノッブなほどのうんちくで短くまとめていく。慣れた筆さばきで、洒落《しゃれ》ている。それでいてブッキッシュにならない素朴さがあって、拾い読みしていくうちにほのぼのとしてくる。身辺随筆であり、ホロコーストを語る自伝である。ツァルカは長・短篇や詩、エッセーや評論と幅の広い作家だが、短篇には心憎いまでのつくりの作品があって、本書はその典型といえる。

ツァルカは一九三六年ワルシャワに生まれ、大戦中は家族とシベリアに追われて、十歳でポーランドに戻った。二十一歳でイスラエルに移民。イスラエル生まれのヨシュア・クナズやA・B・イェホシュアと同年代だが、ヨーロッパやロシアで育ったツァルカの作品にはコスモポリタンの匂《にお》いがする。土着の強さより、ヨーロッパ的な教養を下敷きにした、ある種屈折したユダヤ的アイロニーや諧謔《かいぎゃく》が見え隠れする。

本稿を書いていたら、「本書でサピール賞を受賞」と知らせが入った。賞金一五万シェケル（約四万ドル）がついてくる。知らせには、最終選考を争った著名作家が椅子を蹴《け》って立ち去ったとおまけがついていた。当然ながら、授賞式のツァルカはTシャツ姿だったという。

（二〇〇四年九月三日付）

若者の懐疑と諧謔

イスラエルはここ何年も、恐怖と不安と焦燥のなかにある。日常的なテロへの恐れ、膠着《こうちゃく》した紛争、混迷する政局。「出口なし」の日々に未来を描けない若者たちは、おうおうにして刹那《せつな》的になり、自棄に走る。

そうした若者の懐疑を抱えてエトガル・ケレットは、心のバランスをとるべく、複雑なパイプを作って、その中に消える自らを『パイプライン』に描いて兵役後に上梓《じょうし》した。その後、短篇集『キッシンジャーが恋しくて』、『クネレルのサマーキャンプ』、『アニフ』をゆっくりしたペースで発表し、若年層の人気を不動にしたばかりか、世界にまで支持を広めている。コミックス原作や映画制作にも積極的で、絵本も書いている。

彼の作品は、荒唐無稽《むけい》で、ファンタジーっぽかったり、SF的でありながら現実世界から抜け出そうとしない泥臭さや、旧《ふる》い記憶がたぐり寄せられるようなもの哀《がな》しさを漂わせ、それでいて、さらさらと乾いている。爽《さわ》やかといってもいい。その理由の一つは、スラングまじりの、明快な日常語で綴《つづ》られているせい、第二に余分な感情や形容ぬきの情景描写やストーリー展開のせい、第三に作品の底にある作者の軽やかな諧謔《かいぎゃく》のセンスとあたたかみのせいだろう。

『クネレルのサマーキャンプ』が、アサフ・ハヌカのイラストでグラフィック・ノベルス『ピッツァリア・カミカゼ』に意匠がえして評判を呼んでいる。自殺者だけが自動的に送りこまれる来世があって、そこは現世とパラレルか、ちょっと程度が悪い。その来世にいった自殺男の不思議な体験が語られる。意表をつく設定だが、ペーソスのただよう結末がシュールで、しかも人間くさい。暴力的で、諧謔と諷刺《ふうし》がたっぷり盛りこまれ、それでいて奇妙にほのぼのしている。若者たちがケレットに魅せられるのもなるほど、と納得できる。

彼の両親はポーランド出身で、ともにホロコースト生還者だが、ケレット自身は一九六七年、六日間戦争の年に生まれた、生粋のイスラエル人である。風貌《ふうぼう》も、作品もイスラエル的である。にもかかわらずケレットは、「日常生活でも文学でも、イスラエル人であるよりはユダヤ人でありたい」とインタビューで語っている。離散の地で周囲からつまはじきにされながら育ったユダヤ文化や文学には、周囲を批評する能力とそこから生まれる諧謔の精神がある、と彼はいう。

パレスチナ作家S・エル・ユーセフと、中東の二つの面をそれぞれの立場から描いた『ガザ・ブルース』も見逃せない。

（東京新聞、二〇〇五年十月七日付）

付記：グラフィック・ノベルス『ピッツェリア・カミカゼ』（河出書房新社）が刊行されています。

出口のない小さな町の悲劇

刊行前に新人賞を二つ受賞し、出版されるや版をいくつも重ねたサラ・シロ著『こびとは来てくれない』からは、今のイスラエルが透けてみえる。著者のサラ・シロは、イスラエルの中堅作家グロスマンの作品に感激して手紙を送り、その手紙に才能を感じたグロスマンに励まされて、五年をかけて本作を書いたという。新人ばなれした緻密《ちみつ》な構成と性格描写、骨太な筆致である。

イスラエルは歴史的に移民国家で、移民たちは出身地ごとにまとまって住む傾向がある。場所も都市部から遠い砂漠や危険な辺境で、そこから、いつしか目に見えない差別が生まれる。それにテロや爆撃の恐怖、アラブ人との軋轢《あつれき》や不信が加わる。

一九八〇年代初めのレバノン国境近くの開拓村で、六年前に死んだ父親の命日前夜、母と子六人はカチューシャ砲撃に遭《あ》う。衆人環視の寡婦生活を呪《のろ》って亡夫を恋い、いっそカチューシャ砲に撃たれて死にたいと嘆く母親は、託児所の重労働と子育てでボロボロである。同僚の口癖、「こびとは（助けに）来てくれない」が本書のタイトルになっているが、救いのない貧困と出口のない小さな町の悲劇をも表している。

母親を助けて一家の長をつとめる十九歳の長男は、弟たちをここから連れだしたい。そのため、遠い町にモデルハウスを買おうと遮二無二働いて、稼いだ金をアラブ人の友人に預け、その金をとりにいって爆音を聞く。テロの恐怖からハヤブサを飼育訓練している身障者の次男と、次男に献身的な三男。十七歳になった長女は手近の防空壕《ごう》に飛びこむが、父の死後に生まれた双子の弟たちが心配で家に駆け戻り、滑って転ぶ。長男を父さんだと信じこんでいる双子が、父さんが改造した対テロ用シェルターの戸棚に飛びこんで、父さんの指示通りに油を床にまいたのだ。

物語は母親、長男、次男、三男、娘の独白からなるが、文法を無視した完全なしゃべり言葉、しかもアラビア語が入りまじったモロッコ系移民方言で、イスラエル人でさえ頭のなかで標準ヘブライ語に直さないと理解できないという。だが、そのしゃべり言葉が、言語的に社会的に低く位置づけられた階層がもつ哀切さや緊迫、奇妙なあたたかみを伝えて効果大である。加えて、ほんとの父さんは死んだ、と姉娘が双子に教えて語り聞かせる、猫の手も借りたいあまりに自らの肉体を魔女に切り売りして八本手の蛸《たこ》になった女のたとえ話や、モロッコの伝承話は、それだけで一つの世界を成している。金銭的には恵まれていたが、出身地差別をずっと受けてきたという東方系生まれ（西アフリカや中東のアラブ諸国出身。ミズラヒームともいう）の著者が、人形劇をもって国境地帯を巡回した経験が見事に活《い》きた作品である。

（東京新聞、二〇〇六年十二月十四日付）

ナイーブな、未来社会への希望

現代生活に合わせて言語が復興再生されたイスラエルでは、歴史の激変につれて文学も揺れ動いて成熟していく。旧約聖書や秘密諜報《ちょうほう》機関に材をとった推理小説や冒険ものも多くなった。SFやファンタジーは発展途上だが、聖都エルサレムやゴーレム伝説やカバラ、と素材がゆたかなせいか、仮想世界がしっかり構築された秀作が出て来ている。なかでも、現実と仮想を自在に行き来する作風のエトガル・ケレットは作品をもとにコミックや絵本や芝居に場を広げ、妻と共同製作した映画「ジェリーフィッシュ」は今年のカンヌ映画祭でカメラドールに輝いた。秋の東京フィルメックス映画祭で上映されるという。

さて、新人ミキ・ベンクナアンのファンタジー『麦の母』は、軽やかなスジ運びと意表をつく展開、民話風の結末で、読後が爽《さわ》やかである。

超小柄ゆえにいじめにあってきた五十八歳の主人公は検尿官。尿から被験者の性別や性格まで読みとる腕前をもつが、恋には臆病《おくびょう》である。彼女は余暇に日本製のヘリコプターを組み立てて飛行するうち、麦や作物を元気にするテレパシーがあり、病害におかされた畑の写真をポルノサイトにペーストするとそのテレパシーがはたらくことに気づく。早速、彼女はベドウィン族の双子の青年にパソコン操作を特訓して事業を展開し、多大な成果と収入を得る。

しかし、ヘリコプター飛行がスパイ行為とみなされて拘禁されたり、害虫駆除会社との訴訟に巻きこまれたりもする。両親が道路工事中の穴に落ち、遺体が見つからないまま道路ができてしまったこともある。ところが、なんと両親は地球の反対側の寒村の穴から救出される。救出された父親はパソコンを操作して、貧しい村に麦の実りをもたらす。両親を訪ねた主人公は村人から「麦の母」と称《たた》えられて、めでたしめでたしとなる。

展開は突拍子もないが、淡々と綴《つづ》られる登場人物たちの行動から、ほどよい諷刺《ふうし》が伝わってくる。副題は「ヴァーチャル・スクリーンの穴」。「すべてのアウトサイダーに」と献辞がついている。パソコン画面をちょっといじると異世界があって、現実社会の価値基準からつまはじきされた者たちの夢が実現し、異なる者同士の共存が可能になっていくというメッセージだろう。IT先進国ながら、すべてが膠着《こうちゃく》状態にあるイスラエルの夢ともとれる。しかも、本書にはナイーブなまでの、未来社会への希望がある。

著者は舞台美術や衣装、医療パテント開発と多方面で活躍している女性。

（東京新聞、二〇〇七年九月二十日付）

新たに見つかったホロコーストの記録

ホロコースト記念日近くになると、イスラエルでは第二次世界大戦時の証言や新資料が出版され、テレビや新聞も特集を組む。証言や日記は出尽くされた感があるし、回想記の類《たぐい》には時の経過による誇張や感傷が入りこみやすい、と懐疑的になって横目でみながらも、はっとする資料にぶつかることがある。今回は、遺族が大事にもっていたものが資料館や記念館にたまたま展示され、その質の高さや普遍性から出版に至ったという作品を二つ見つけた。

ベルゲン・ベルゼン強制収容所で没したフランスの女子大生の日記『ジュルナル1942~1944』は、異常な戦時状況が時と共に風化し忘却されることを恐れて移送前に記した二十二歳の大学生の日記だ。二〇〇二年からパリのショア記念館に展示され、その類まれな文学性が評価されて、記されてから六五年の月日を経て活字になったという。

忘却を免れたもう一つに『父さんからひそかに届いた絵入りの手紙』という冊子に綴《と》じた絵入りの手紙を軸においた、オランダ在住ユダヤ人一家のホロコースト・サバイバル記録があった。素人画家をもって任ずる父親の、色彩豊かでユーモアたっぷりな絵入り手紙が何ともいい。父性愛そのものだ。家族と離れて隠れ住む末娘への愛情があふれている。同時に、危険を承知で他者に手をさしのべたオランダの農民や医者やキリスト教徒たちの、層の厚い人道精神や、十代の少女まで加わった反ナチス地下組織の連携がしみとおるように具体的にわかる。
ユダヤ人公職追放で、高名な医学者だった父親が大学を追われると、一家は目立たぬようにオランダ名に名を変えて散り散りになる。それぞれが隠れ家を転々とした。十歳の娘リーネケは片田舎の村医一家に預けられる。そこに地下組織を通じて父親の絵入り手紙が届くが、ナチス占領下ゆえ、手紙を破棄しないと周囲にまで危険がおよぶ。父娘の情愛を汲《く》んで絵入りの手紙を土中に埋めて保管したのは、リーネケを我が子のように慈しんだ生真面目《きまじめ》な村医だった。敗色が濃くなるにつれて残虐性を増していたナチスの目を盗んでの行為だったのだろう。
イスラエルのロハメイ・ゲタオット記念館に展示された絵入り手紙が評判を呼び、作家のタミ・シェム・トウがリーネケ（現在七十四歳）から話を聞いて、現地取材ののち事実を再構築した。悲惨を追わない記述だが、手紙で父親を「おじさん」と呼び慣れてしまったリーネケが、戦後、ひたすら父親を待ちわびていながらも、いざ父親に会うと、とっさに「おじさん！」と叫んでしまうおわり近くの場面など、胸がつまる。

（東京新聞、二〇〇八年九月四日付）

付記：「ジュルナル…」は『エレーヌ・ベールの日記』（岩波書店）、「父さんからひそかに…」は『父さんの手紙はぜんぶおぼえた』（岩波書店）として刊行されています。

現実と超現実混淆の魅力

村上春樹氏のエルサレム賞受賞記念講演の邦訳全文がネットや紙（誌）上で読めるようになって、関心が再燃している。そのエルサレム賞は、隔年開催のエルサレム国際図書市のイベントとして「社会における個人の自由」に貢献した作家に贈られる賞で、アルゼンチンのボルヘスや南アフリカのクッツェー、チェコのクンデラほか世界的に著名な作家が受賞している。国際図書市の規模としてはフランクフルトやロンドンには遠く及ばないものの、コミックスのコラボ展や招待作家のセッション、朗読会や音楽会など、一般人も気軽に立ち寄れるしつらえの図書市だ。

村上氏が緊張した表情で講演している授賞式の様子は日本の報道番組でも放映されたが、会場では講演が終わってもしばらくは拍手が鳴りやまなかったという。「受賞辞退を求める声が高くて出席は無理か」と噂《うわさ》されていたのに、来ることを選んで率直に語ってくれた、と人々は素直に喜んだようだ。いったいに意見や議論を好む国民性だからともいえるが、まず無視や敵視を退けて真摯《しんし》な批判と発言を選んだ作家への賞讃があっただろう。

講演直後、瞥見《べっけん》させてもらったメーリングリストでイスラエルの日本学研究者たちは、日本の各紙の取りあげ方を気にしつつ、ガザ攻撃への言及は納得できる、賞の趣旨にあった講演で内容的にも賛同できる、と受け入れていた。

ちょっとイスラエルにおける日本文学の受容状況を眺めてみると、漱石や芥川、三島由紀夫、川端康成、大江健三郎はもちろん、谷崎潤一郎や吉村昭、俵万智の『サラダ記念日』、谷川俊太郎の『女に』ほかが訳されている。しかも、ほとんどが日本語からの翻訳で、翻訳家も五指を超える。六〇年ほど前は大岡昇平の『野火』が重訳で出版されていただけだから、大変な進歩というか知的好奇心だ。なかでも村上作品はダントツの一一点で、代表作の他に『国境の南、太陽の西』『象の消滅』『羊をめぐる冒険』『アンダーグラウンド』など。受賞の週のハアレツ紙の別綴《と》じ書評は村上氏の写真を表紙に載せ、翻訳されて出たばかりの短篇集『めくらやなぎと眠る女』を「日本的というよりアメリカ的」の見出しで、日本的というより西欧的な日常のなかで現実と超現実が混淆《こんこう》する不可思議さも村上作品の魅力だ、と評していた。ちなみに、イスラエルでは日本の映画やコミックスも大人気である。近年は中国文学への関心も高まっている。

この国の不幸は、文学賞であっても政治がらみになってしまう点にあるのかもしれない。

（東京新聞、二〇〇九年三月十七日付）

料理でもてなす文化

ユダヤ教には生活上のきまりごと、つまり戒律《ミツヴァ》がたくさんある。安息日を守るさまざまな戒律のなかには、金曜日の日没から始まる安息日には料理すべからず、火をおこすべからず、という戒律があって、かつて台所が唯一に近い自己表現の場だった女たちは料理を工夫してきた。金曜日の日没前に大鍋に肉や臓物ソーセージ、穀類や豆や香辛料を入れてとろ火にかけ、そのまま火を消さない。そうすると、安息日のお昼の正餐にはとろとろの煮込み料理ができあがる。栄養価も高い。

東欧系ユダヤ人たちにはチョレント、スペイン系や中東系にはハミンとかアダフィーナと呼ばれているこの料理の歴史や文化を、伝統料理研究家のシェリー・アンスキが『ハミン』という本にまとめた。中世以来、ユダヤ人たちがその地その地の食材と料理法を取り入れて、その地ならではのハミンを作りあげてきた経緯がレシピやエッセーからわかる。

ユダヤ人街に流れるチョレントの匂《にお》いを懐かしむハイネの中篇「バッハラッハのラビ」に思いをよせ、アンスキはフランクフルトを訪ねて、当時のゲットーのユダヤ社会や共同窯の様子を調べる。カルパチア山地にある母親の故郷を旅したときは、アウシュヴィッツで別れた肉親に想《おも》いをはせる母親を描く。その地のユダヤ人たちは中世初期から独占的に鵞鳥《がちょう》を飼い、戒律で禁じられている豚脂《ラード》の代わりに鶩鳥の脂を料理に使ったというが、訪ねた村にユダヤ人の姿はもうない。

あるときはイスラム教徒たちから羊のすべてを新鮮なうちに使い切るふるまいを受け、その臨機応変で鷹揚《おうよう》なもてなしに感動する。聖書学者だったアンスキの父親は「客をもてなすことは聖なる伝統だ」が口癖で、祝祭日になるとお客で家はにぎわったという。兄弟を戦争で亡くし、十八歳になって兵役登録にいく息子をこっそり追う母親でもあるアンスキは、すでにユダヤ教を離れて久しいが、冬の週末は必ずハミンを作る、と語ってもいる。

ユダヤ人の、暮らしに根づいた文化（伝統）や考え方が本書のエッセーから見えてくる。文章に添えられた景色や人々の姿は、アンスキのパートナーでもあるイスラエル賞受賞の写真家アレクス・リーベックの手になるもの。アンスキが「茶色のかたまり」と表現するハミンを、リーベックはあたたかな家庭料理に映し出して華を添えている。


（東京新聞、二〇〇九年七月十六日付）

ひもとく家族の歴史

イスラエルの科学省長官をつとめた哲学者ツヴィ・ヤナイの作品『あなたのサンドロより』（二〇〇七年）がサピール賞を受賞、自伝ともいえる衝撃的な内容と書簡体手法が話題になって、たちまちにイタリア語、フランス語、ドイツ語版まで出た。

ヤナイは一九三五年、イタリアに生まれ、戦時中に両親を亡くし、紆余《うよ》曲折を経てイスラエルに送られた。その後、独学の学者として多分野で論をはり、テレビ番組までもつにいたったヤナイの、七十歳過ぎての作家デビューの作品、しかも、ホロコースト回想記である。

同書冒頭で著者は、ローマ大学の教授に「あなたは、行方不明の兄ロモロではないか」と手紙を出し、自分は弟のサンドロだと明かす。そして兄だと名乗らない相手とやりとりしながら、戦時下の書簡や写真を挟み込んで、家族の歴史を語る。書簡類には、手紙ゆえの情報不足や嘘《うそ》や秘密が、当然ひそんでいる。著者は古文書をひもとくように、その謎や秘密を解き明かそうとし、そこから、戦時下の家族の暮らしを浮かびあがらせる。

写真からも美貌《びぼう》がうかがわれるオーストリア生まれの踊り子とハンガリー人の歌手がイタリアを巡業し、四人の子をなすが、第二次大戦で夫は国外追放になり、妻は子ども（一人は乳母に預けたまま）を抱え、駐留中のドイツ軍の通訳になる。彼女、つまり著者ヤナイの母は、亡くなる直前、若いイタリア人の子守イダに、ユダヤの出自を明かしてあとを託したという。

同書のイタリア語版が出ると、著者はそれを軸にして、あらたに兄、ロモロの側の話を『遅すぎる』にまとめて発表した。乳母に育てられて神学校に行ったが宗教を離れたことや、癌《がん》の病院治療を拒んで自ら姿を消した経緯などが、日記や友人たちの手紙で綴《つづ》られている。弟の側が戦争責任や信教の自由を訴えたのに対して、兄の側は家族のあり方や病者の終末の選び方に力点を置いている。しかし、両書とも、二人をとりまく証言それぞれが藪《やぶ》の中のようで、読む側の想像力を刺激する。今日的テーマである家族や、それ以外のつながり、病気や孤独、自己との対峙《たいじ》についての思索も、哲学者らしいが具体的だ。

ノンフィクションかフィクションか。ドキュメンタリー性が強いので、まるで、映画を見ているようでもある。なお、子どもたちを献身的に守ったイダは、一九九三年エルサレムのヤド・ヴァシェム・ホロコースト記念館から「諸国民の中の正義の人」の称号を授与された。

（東京新聞、二〇一〇年十月二十日付）

「喪失」との格闘

愛する人を失った慟哭《どうこく》と悼みとその後の思いを、形式を変えて活字にし続けている作家がいる。ダヴィッド・グロスマンだ。

グロスマンは小説や戯曲、児童書作家として高名だが、イスラエルのニュース週刊誌の求めに応じて占領地を取材したルポルタージュ『ヨルダン川西岸』（晶文社）以来、和平をさぐってイスラエル国内外に発信しつづけている実践的和平活動家でもある。二〇〇六年、対ヒズボラの戦闘停止を作家仲間と呼びかけた直後、除隊間近だった次男が戦死。世界のメディアは和平活動家の子息の死を伝えて悼んだが、彼自身は喪が明けるとまもなく活動を再開した。

それから一年半後に長篇『女は知らせから逃げる』を発表。夜中に軍関係者が二人連れで届けるのが慣わしの「戦死の知らせ」が届く予感から逃れようと、徒歩で旅する母親を軸にした物語で、イスラエルとパレスチナの過去と現在や家族の姿が、母親の語りと旅からミステリアスに浮かびあがってくる。紛争当事国のヒリヒリするような人権問題や兵役、イスラエル・アラブ人の意識にまで筆は及んでいる。あらかた完成していた同書を生前の次男に読んで聞かせて助言や感想をもらっていた、という著者あとがきや新鮮な造語にも関心が集まった。反戦の書として、ドイツやアメリカにまで反響は広がっている。

昨年二月には絵本『抱きしめて』を出した。人は個として孤独に存在するが、同時に家族や社会の一部でもあるという哲学的な内容で、「孤」についての思索の過程が母と子のおだやかな対話で表現されている。どちらかというと大人向けの絵本だ。

一方、絵本に続いて出した『時から落ちて』では、散文詩の形式を用いて死者を追慕し慟哭して、「喪失」と格闘する。息子をさがして死の国に赴く男が中心にいるが、時も場所も架空。同じ境涯の人々が道連れになって心情を吐露しあう。その吐露を克明に記す作家も登場する。一字一句が、愛する者への哀惜と「なぜ?」の連なりになっている。

ヘブライ文化には詩編や雅歌、コヘレトのことばというすぐれた詩型がある。グロスマンはその詩型をとりながら、あえて美辞と比喩を避け、喪失の意味を直截《ちょくせつ》に理解しようと日常語で嘆き、もがき、愛する者を失ってからの心の遍歴をさまざまな角度から突きつめていく。最後の行は、作家が記す「ことばを見つけた」で終わっている。ほのかに光が見える。


(東京新聞、二〇一二年一月二十六日付)

われわれに通じる葛藤

ノーベル文学賞を二〇一二年は中国の莫言が受賞したが、オッズ上位には毎年、フィリップ・ロスやウンベルト・エーコや村上春樹と並んでイスラエルのアモス・オズがあがる。邦訳が八点あるアモス・オズは、個がはらむ問題を瑞々《みずみず》しく巧みに描いて、若年で文学界トップに躍り出た。彼は、イスラエルとパレスチナの二国家共生を説く穏健左派のオピニオンリーダーでもあり、文学の源泉も和平活動の源泉も、共感、つまり他者への想像力だと、折にふれて語っている。

エルサレムの移民家庭に一九三九年に生まれ、母親の自死後、十代でキブツという共同体に入り、東欧的だった苗字をオズ（力とか勇気の意味）に変え、政治や文学にコミットしつづけてきた半生を『愛と闇の物語』にまとめて一〇年前に発表。イスラエル内外で反響が大きかった。

そのオズが七十歳を過ぎて、短篇集を二点出した。最初の『村の点景』は、開拓して百年を超える果樹畑の広がる村を富裕層めあての保養地にしようと企《たくら》む不動産屋と、老母を抱える独り者のやりとりに始まり、各章で村民が抱えこんだ喪失感や不安をファンタジックに描写して、滅びていく村の姿を浮かびあがらせている。

最近作『仲間うちで』は、理想を追求していた五〇年代のキブツの負の側面を描いているが、古びていないところがミソ。そっくり、現代のわれわれのムラ社会に置きかえ可能な物語の連なりである。言動が筒抜けのガラス張りの共同体で、かくあるべし、の理想が各人の現実の暮らしと喰《く》い違っていく過程の息苦しさが伝わってくる。キブツという特殊な集団社会のスケッチながら、住人たちの葛藤はわれわれにも憶《おぼ》えのあるものだ。チェーホフ的な部分もある。両点とも、独立した短篇を読みつないでいくと、村の、あるいはキブツの群像劇になっている点もおもしろい。つまり、一冊丸ごとで長篇小説になる。何よりこの二点、いや、『愛と闇…』もだが、初期作品群の難解なことばや表現が少なくて読みやすい。平明な状況描写から、登場人物たちのいわんとしていることばが見えてくる。

ここずっと長篇を書いてきたオズは、長篇と短篇の違いは、と問われて、長篇がスーツケースの旅だとすれば、短篇は手荷物ひとつで旅するようなもの、と答えている。

巧者《たくみ》の織りなす旅はどちらも味わいがある。

（東京新聞、二〇一三年四月十八日付）

共存への願い込めて

過激派組織イスラム国（ＩＳ）による後藤健二さんらの拘束で、日本もテロと紛争の渦に巻き込まれたことを実感する。以下は違うシーンでの中東作家たちの苦悩である。

「もうここにはいられないと痛感した」と、イスラエル・アラブ人作家のサイイド・カシューアはガーディアン紙に昨二〇一四年夏、ガザ紛争の初期に書いた。

現在は家族とアメリカに住み、大学で創作を教えている。十四歳でヘブライ語を学びだして以来、家ではアラビア語を使うものの、正則アラビア語を学んでこなかったカシューアは、自伝的な『踊るアラブ人』をヘブライ語で綴ってデビュー、イスラエルに住むアラブ人の姿をアイロニーを込めて新聞やテレビに描いて人気を博してきた。

一方、イスラエル人作家エトガル・ケレットは、国内の好戦的言辞の横行と、自由な発言を圧殺する風潮をニューヨーカー誌で憂え、先輩作家のアモス・オズやダヴィッド・グロスマンのことばをなぞるように、「平和を、というより妥協を」とロサンゼルス・タイムズ紙に書いた。彼は今月刊行の『突然ノックの音が』（新潮社）が一九言語に翻訳されている人気作家である。

講演旅行をともにする仲の二人が昨秋、ニューヨーカー誌に往復書簡を寄せた。イスラエルとパレスチナ双方の若者の、誘拐と殺人に端を発した今回の紛争と差別の激化で、家族にまで害が及びそうな不安から移住を決意したが、自分はヘブライ語で執筆するイスラエル・アラブ人だ、イスラエルに戻りたい、とカシューアは訴え、ハッピーエンドの物語を頼む。ケレットは応えて超短篇を送る。

二人は領土や国境策定を論じ、差別とそこから生じる恐怖を問題視する。譲歩や自制は暴力の停止につながらないという絶望が広がっている。だが、絶望は一時的なものだ、君を含めてイスラエル人自身がこの状況から抜け出す努力をしよう、とケレットはいう。

それにしても、ケレットが送った物語にある、「お互い隣り合って平和に暮らせる土地があっても、そう望まない人たちがいる、そういう土地にわたしたちは生まれた」という妻のことばは重い。

そんな折、アラビア語・ヘブライ語の詩と短篇を集めた『二つ：二言語選集』が大手版元のケテルから出た。共存の歴史の延長としての友情と共同を、の願いをこめた六年がかりの選集で、紛争とは別の何かを読みとってほしい、と編者は記している。武器ではない、言語や芸術をとおしての歩み寄りは少しずつだが進んでいると信じたい。

後藤健二さんと湯川遥菜さんのご冥福をお祈りします。

（東京新聞、二〇一五年二月五日付）

旧約聖書の現代語訳の是非

世界一のベストセラーは、旧約と新約の聖書だといわれる。旧約、新約の「約」とは契約のことで、旧約聖書はヘブライ語で記された神とイスラエルの民との契約を示すユダヤ教の聖典であり、キリスト教とイスラム教の源でもある。

聖書にある天地創造やノアの箱舟、十戒やバベルの塔の話、詩編や雅歌などは映画や絵画や文学の素材になったり引用されることも多い。この聖書を朗唱し、解釈し、注解を書き継いできた歴史がユダヤ人にはある。

その土壌から十九世紀末になって、聖書と膨大な文献を渉猟して現代ヘブライ語がつくられた。新造の言語はみごとに成長し、時代に応じて変化もしている。そして、いまの子どもたちは聖書原典をすらすら読めるが、聖書文化や言いまわしに馴染《なじ》みがうすくなってきている。

という流れから、二〇一〇年、「律法《トーラー》」とも呼ばれる「モーセ五書」(創世記、出エジプト記、レビ記、民数記、申命記)が現代語訳された。構想一〇年、原典と現代語訳を並べて対訳版にした、満を持しての出版だった。制作側の意図は、学校で習うとはいえ、日常から遠のいている聖書に親しみ、原典にも触れられるようにする、というものだった。解釈が加えられていない現代語訳版なので研究者にも翻訳者にも便利である。

ところが、出版直後から同書への批判や非難が集まった。聖書の精神の味わいを潰《つぶ》す、原典が難解だと感じるなら努力して勉強しろ、むずかしいことばは脚註《きゃくちゅう》で説明すればいい、現代語訳版によって子どもは原典を読まなくなる、聖書を訳すひまがあるなら古めかしいヘブライ語で書かれた古典文学を現代語訳せよ、となかなかに手きびしい。

聖書はユダヤ民族の歴史と文化の拠《よ》り処《どころ》である、小学校から学ぶし、巷《ちまた》には聖書物語のリライト版があふれているからそれで十分だ、現代語訳版などもってのほか、不謹慎で不必要だ、ともいう。

だが、現実に子どもたちの言語能力は落ちている。ヘブライ語力の劣る移民や外国人、学習遅滞児にとってはわかりやすい、という意見も少数ながらある。冷静にみて、上質な言語を使える大人が少なくなっているのも事実で、日本語も同じ経過をたどっている。どの言語も同じ問題を抱えている。

出版されて四年、その意図するところが理解されるには、聖典であるがゆえに前途多難で、時間がかかりそうである。


（東京新聞、二〇一五年三月十九日付）

ことばと文学

現代ヘブライ文学の翻訳者として、ここで「言語」と「文学」を年を追っておさらいし、それから「いま」の文学状況をながめてみたいと思います。

まず、現代ヘブライ文学が拠ってきた地、イスラエルは地中海に面し、四国ぐらいの面積で、レバノン、シリア、ヨルダン、エジプトに隣接し、古くは、エジプト文明とメソポタミア文明に挟まれて交通・通商の要衝として攻防が繰り返されてきた地です。紀元前二十世紀頃にヘブライ（ユダヤ）民族が半遊牧の民として定住しはじめ、紀元前十世紀頃にはダビデ王やソロモン王が栄華を誇りました。その後支配者が次々と変わり、紀元前一世紀にはローマ帝国の属領としてパレスチナと呼ばれるようになり、イスラエルと呼ばれるようになったのは一九四八年に独立してからです。本書では、四八年以前についてはパレスチナ、以降はイスラエルと表記しています。

人口は（二〇一九年九月調べで）約九一〇〇万人。四〇年前の一九八〇年には三九〇〇万人、九五年には五五〇〇万人だったのをみても、驚異的な増加率です。人口構成は基本的にユダヤ人七五％、アラブ人二〇％、ドルーズ族やベドウィン族が五％です。

公式言語は長年ヘブライ語とアラビア語と英語でしたが、二〇一八年、ユダヤ国家を標榜してアラビア語がはずされました。とはいえ、多くのイスラエル人ははずされたことに違和感をおぼえて、実際には当然の言語としてアラビア語も使われています。第一次世界大戦後から約三〇年間、英国委任統治下にあったうえ、聖地巡礼の観光客が多いせいか英語が広く通じます。そのいっぽう、最近は出身地ごとに集住する傾向が強まって、親世代は出身地（とりわけ旧ソ連やエチオピア）の言語環境から抜けだせないケースも多く、三五の言語や方言が飛び交っているともいわれます。

義務教育は三歳から高校卒業の十八歳まで。

中東紛争の当事国で、政治が生活に根づいています。和平プロセスの停滞や武力対立の激化、旧ソ連からの移民たちの低所得層化などで右派が強くなり均衡が崩れてきているのも事実です。そのせいだけでなく、離散地での特異な暮らしぶりや思考法など、親や自分の体験を何らかの形で発表しようと試みて、結果、自費出版が盛んで、総出版の二〇％を占めているともいわれています。

また世界の動向や文化に対してたいそう敏感で受容的です。国内外との行き来が盛んで、自分たちとは異なる文化や芸術に関心が高く、現代ヘブライ語の草創期に故郷の文学を訳出することから始まった翻訳文学熱はいまなお衰えることなく、ユダヤ系がほとんどいない日本の文学も数多く翻訳されています。

一〇〇年あまりの間にイスラエルは移民たちがもち込んだ多様な言語や文化や社会階層のズレを抱え込み、まとまろうとしては互いに反発しあい、それぞれが疑問をぶつけあい議論を重ねることで、思いがけない発想や思考のできる社会にもなっている、とわたしは考えています。

ヘブライ語は古代語が現代でも使われている珍しい言語です。二、三千年前に書かれたヘブライ文学の根幹である『聖書』を今日でも原文のまま読むことができます。二二文字からなり、右から書き、数字まで表せます。アラビア語やアラム語と同じセム語族に属し、紀元前十世紀には公用語で約三万語ありました。聖書には八千語が使われていますが、さまざまなことがらを八千語であらわすとなると、一語が多くの意味を持つことになります。ちなみに、現代ヘブライ語も省力的な言語で、ヘブライ語原書は英訳されると語数が一〇%ほど増え、日本語になると作品によっては一五〜三〇%ほども増えることもあります。

時代を経るにつれてヘブライ語は学問や祈禱や商業文書での使用に限定され、日々の暮らしには離散した各居住地の言語を使うようになりました。十四世紀頃からはそうした離散地の土地の言語のひびきを持ちながら書き文字にはヘブライ文字をあてる、イディッシュ語やラディノ語、ジュデオ・アラビックなどが各地のユダヤ社会内で使われ出します。それでも、十八世紀の啓蒙主義時代には、各時代のヘブライ語を混淆させた含意豊かなヘブライ文学が紡ぎだされ、それが十九〜二十世紀にかけての現代ヘブライ語と現代ヘブライ文学誕生につながりました。

「ヘブライ文学散歩」でふれたように、十九世紀末からのベン・イェフダたちの努力によってヘブライ語は異例の速さで、装いを新たにしてよみがえり、一九二二年には英語、アラビア語と並んで英国委任統治下のパレスチナの公式言語として認められました。

ヘブライ言語アカデミーはベン・イェフダたちの遺志を継いで現在もなお、ヘブライ語の拡充と保護に努め、新語を発表しつづけています。例をあげると、日本ではコンピュータ用語を英語のカタカナ翻字で間に合わせるというか統一していますが、ヘブライ語は大半に新語を当てています。例えば、「コンピュータ」は「考える」の語根「ハシャブ」から「マフシェブ」、「SMS」（や「SNS」）のメッセージのやりとりは「伝達する」の語根「マサル」から派生させて「ミスロン」、スマートフォンは使い勝手のよさを「賢い電話」と解釈して「テレフォン・ハハム」など。とはいえ、「インターネット」や「メール」は、ヘブライ言語アカデミーが発信した新語は口語的には広まらず英語のままです。

緊張下に半ばあるといっていいイスラエルでは、家庭でも移動中でもよくニュースを聞きますが、ラジオから新語が流れると、その新語の是非を問いつつも次第に馴染んでいくようです。それに、ヘブライ語には借用語や俗語のリズムまで取り込んで韻律を保とうとする傾向があります。こうしたヘブライ語の純粋性の保護には、多くの言語や方言が行き交い、英語がどこでも通じてしまう国ならではの側面もうかがえるようです。

シャイ・アグノン

イスラエルには、作家として移民した、あるいは、移ってから作家になった人たちが大勢います。そうした移民作家の初期の典型がシュムエル・ヨセフ・アグノン（一八八八～一九七〇）です。アグノンについては「ヘブライ文学散歩」に書きましたが、尻切れトンボな紹介を補足しましょう。ドイツ滞在中のアグノンには、宗教哲学者マルチン・ブーバーがハシディズム（註：十八世紀に興きた神秘主義的な色あいをもったユダヤ民衆宗教運動）の伝承の採取につきあってくれたり、最初の作品「アグーノト」をドイツ語に訳してくれたり、オデッサが活動の拠点だった詩人のビアリクの知遇を得たり、と人の運にも恵まれました。アグノンだけでなく、ユダヤ人は同族間のネットワークがよくて、そのなかで才能が見いだされ、実力を発揮する環境も整えてもらっている印象があります。さまざまな人に助けられながらアグノンは、ユダヤ人としての伝統の喪失や初期シオニストたちの挫折、ユダヤ民話や寓話を見事な韻律で綴りました。ドイツの実業家ザルマン・ショッケンが生涯を通して支援してくれたので、収入の不安から解放されて執筆に打ち込めたようです。

横道にそれますが、ザルマン・ショッケンはアグノンやマルチン・ブーバー、ゲルショム・ショーレムのために出版社を興したともいわれています。作品の目利きもできた辣腕の経営者だったようです。アグノンやブーバーの版権はショッケン社にあります。ハナ・アーレントはニューヨークのショッケン社で編集長をつとめましたし、カフカやエリ・ヴィーゼル、ベンヤミンの版権もニューヨークのショッケン社が持っています。

アグノンは一九六六年にノーベル文学賞を受賞。ノーベル賞作家という枠を超えて、イスラエルの人々に崇敬されていて、没後五〇年経ってなお、作品の朗読会や芝居が催されています。わたしも、何年か前に高齢者施設で暮らしていたアグノンの長男による短篇の朗読を聞いたことがあります。当時、ご長男は九十歳でしたが、滑舌のいい、見事な朗読でした。短篇は「風」が比喩的に使われた、「三匹のこぶた」に似た寓話の「仇敵より愛しきへ」で、司会をしていた作家ハイム・ベエルは、風＝アラブ人と新解釈し、ご長男は、私の朗読でみなさんはどう感じるだろうか、といって、ゆったり朗読しました。エルサレムの丘に吹く風を写実したようでもあり、アラブ人のようにも思える短篇でした。わたしは手にしていた本の活字を追うより、耳から入る心地よいひびきに酔いました。

　アグノンは悪筆で、ゲルション・ショーレム宛の判読困難な手紙がウィキペディアに載っています。晩年には、編集者が困るだろうと長男に口述筆記させては、原稿を音読させ、ことばのひびきが悪いと直し、また直し、を繰り返したそうです。なお、アグノンの作品を薫りたかく訳出された村岡崇光先生はヘブライ大での恩師、わたしは不肖の弟子です。アグノンの短篇「ファーレンハイム」をイスラエルの劇団が両国のシアターX《カイ》で上演した折にはわたしが訳を受け持ち、ついでに、安達ヶ原の黒塚伝説に似た短篇「女主人と行商人」も訳しました。二点ともいまに通じる寓意に富んだ作品です。

ヘブライ語が母語の世代

　一九三〇年代にはヘブライ語を母語とする世代が台頭、集団主義的な作品が数多く出ました。モシェ・シャミール、ナタン・シャハム、S・イズハル、ハイム・グリなどのイスラエル生まれの作家たちは、口語的表現を心がけながらも流麗な文学表現を好んだようです。ヘブライ語版の初の児童文学事典を作ったウリエル・オフェクは、二十世紀前半の児童文学を、「国家建設とともに生まれ育った現代ヘブライ文学は大きく偏向していた。作家の多くは、国家とその国に住む人々、その言語を愛する新世代を生みだそうという強い使命感を、ごく自然に自らのうちに見出していた」といい、教育学のアディール・コーヘンは、「社会価値を全面的に受け入れる教育、個々人の社会参加の義務を強調し、スローガンだらけでヒーロー礼讃に満ち、政治的・社会的批判精神の欠如が目立った」といいます。独立戦争（一九四八年）後もしばらくは、こうしたプロパガンダ文学の域にあったといえます。

胸に迫る挿話をひとつ。ワルシャワ生まれのユディット・ヘンデル（一九二一～二〇一四）は九歳でパレスチナに渡り、貧しい街区で育ちました。作家としてひとり立ちしてからヘンデルは、戦死した息子を偲ぶ父親の姿を、掌篇「息子の墓」に描きました。作品末尾で父親はコートを墓にかけます。ところが、独立戦争直後の風潮にその末尾は馴染まない、と編集部が判断して改竄しようとしていたことを、ヘンデルは著者校正を要求して知り、憤って、詩人アルテルマンに訴えました。詩人はその事実を新聞ダバルのコラムに書き、コラムが国会で取りあげられて、騒ぎになったそうです。同篇が収録されている短篇集『ちがう人たち』のあとがきに、その顛末《てんまつ》が記されています。

『ちがう人たち』は、余儀なく貧しい日々を送る移民から見た、「ちがう人」である「イスラエル生まれのサブラ」と、そのサブラから見える醜い自分たちを「ちがう人たち」と客観視する、一歩退いた観察で綴られています（註：サブラはイスラエル生まれのユダヤ人を指すが、もともとはサボテンの実のこと。外側はトゲだらけだが中身は甘い、という含意がある）。

第二次中東戦争（一九五六年。シナイ戦役ともいう）を経て六〇年代になると、それまでの反動のように、集団主義的価値観をはなれた作品が多くなりだします。大手のアム・オベッド社が、予約冊数によって購入単価が変動する年間予約購読制でペーパーバックスを始めると爆発的なブームになりました。その翻訳部門から出たガルシア・マルケスの『百年の孤独』が大評判になって、町も大学もその話題で持ちきりだったのを思い出します。原作は一九六七年刊、ヘブライ語版は七二年で、前後して鼓直さん訳の日本語版（新潮社）も出ています。南米からの移民が多いせいかスペイン系文学への関心が高い、翻訳も多い、と気がついた瞬間でした。その後他社が同様な企画をはじめると、出版点数が一気に増え、作家や翻訳者が輩出しだしました。この時代に出てきたアモス・オズ、A・B・イェホシュア、シュラミット・ラピッド、ダヴィッド・シャハル、ピンハス・サデ、アハロン・アッペルフェルドらの作品は邦訳されていますので、検索してお手にとってください。おもしろいことは百パーセント保証します。

アモス・オズは二〇一八年暮に亡くなりました。一九三九年生まれで享年七十九。イスラエル文学界のみならず世界が認める文学者だっただけに、まさに「巨星墜つ」。オズは名実ともにオピニョンリーダーで、作家デビュー時から中東和平活動を牽引してきました。イスラエルが占領地を返還してパレスチナと共存する「二国家方式」を説き、他者に対しての想像力が必要である、と説く講演会には人があふれ、本が出るとつねにベストセラーになりました。政治エッセイから純文学、講演録まで四〇言語以上に翻訳され、邦訳も八点あります。六〇〇頁近い大著『愛と闇の物語』（二〇〇二年）はエルサレムに生まれて、母の自死ののちに農業共同体キブツに入り、創作を続けながらハト派のシオニストとして精力的に活動したオズの自伝です。エルサレム生まれのナタリー・ポートマンが初監督して同作を映画化、二〇一五年のカンヌ映画祭で上映されました。二〇一四年には長篇『ユダ書』をものし、精力的に政治エッセイや講演、インタビュー集も出しました。アモス・オズの複数の作品の翻訳家で、その思想に深く共感してきた村田靖子さんは、アモス・オズの講演録二つと村田さん自身が行ったインタビューを組み合わせ、丁寧な解説をつけて、『わたしたちが正しい場所に花は咲かない』（大月書店）を出しています。オズの、生きるためには戦うが、土地を増やすためには戦わない、という精神がしっかり伝わってくる好著です。ここ一〇数年はノーベル文学賞の上位候補でした。

同年、アハロン・アッペルフェルド（一九三二〜二〇一八）も八十五歳で逝去。アッペルフェルドは、『バーデンハイム1939』と『不死身のバートフス』（二点ともみすず書房）の邦訳出版を記念して来日しています。その折の朝日新聞のインタビュー（九七年二月四日付）で、「ホロコーストの悲劇の一つは、犠牲者自身が出来事の意味を理解できないままだったことなのです」「危険が迫っているときに、それを認めたくないというのは、人間の弱さなのです」と語っていたことが忘れられません。彼の作品には悲惨な描写がほとんどありません。架空の保養地「バーデンハイム」で寛ぐユダヤ人たちは衛生局から登録を促されても不安がらず、ほどなく移送貨車がきても、「貨車がこんなに汚いのは、長旅にならないということだ」と楽観的です。カフカ的、ベケットの戯曲的ともいわれますが、置かれた状況が把握できずに「自己欺瞞のメカニズム」に陥っている人々や、不条理を味わった不毛の心象やかすかな回復を描いて、なぜ？　と問いかけてきます。作品は三八言語（邦訳二点）に訳されています。

オズやアッペルフェルドと親交のあったヨシュア・クナズ（一九三七年〜）は作家で編集者、フランス古典やシムノンの翻訳者です。裕福な一家が混乱と狂気のうちに没落していくさまを、英国委任統治下の不穏なパレスチナの情勢をからめて描いた『祝祭のあと』で脚光を浴び、高齢者問題を描いた『猫たちへの道』もよく読まれています（二一二、三頁参照）。一〇言語に訳出されています。

テルアビブ生まれのシュラミット・ラピッド（一九三四年〜）は純文学から推理小説、戯曲や児童書と幅広い作家です。『ガイ・オニ』は、ロシアのポグロムでレイプされ、その結果の赤子を抱えて移民した十六歳の少女の闘いを描いた代表作。男社会の開拓時代を、少女はアラブの衣装に身をくるんで馬にまたがり、石ばかりの土地を開墾して、自己を主張していきます。どの作品でも既成の権力を糾弾し、皮肉る、骨太な作風が持ち味の作家で、一〇言語（邦訳一点）に翻訳されています。

七〇年代デビューの作家にはやはり宗教家庭育ちのルツ・アルモグ（一九三六〜）や、イラクのバグダッドに生まれて反体制派の地下組織で活動したのちにイランに密出国し、そののちイスラエルに密入国したアラビア語が母語のサミ・ミハエル（一九二六〜）もいます。

アラビア語作家には『悲楽観屋サイードにまつわる奇妙な出来事』（作品社）を著したイスラエル・アラブ人のエミール・ハビービーや、果たしてここに挙げていいのか迷いますが、『ハイファに戻って／太陽の男たち』（河出文庫）ほかが邦訳されているパレスチナ難民のガッサン・カナファーニーがいます。『悲楽観屋…』は、生まれ育った土地にいながら敵国の市民として生きるパレスチナ人の姿をシニカルに描いた作品で、詳しい訳註を手がかりにパレスチナ・イスラエル問題の複雑さを知ることができます。邦訳刊行を記念してでしょう、イスラエル・アラブ人の名優モハメド・バクリが来日し、同書をもとにした一人芝居で揺れうごく立場に置かれる人々の姿を見事に演じました。

残念ながらわたしはアラビア語ができず、微妙なイスラエル・パレスチナ問題に深入りできません。この分野に明るい研究者や翻訳者を心待ちにしています。

言語と文学の広がり、翻訳への夢

八〇年代には、モシャブと呼ばれる共同組合方式の村で育ち、メディアでも活躍するメイール・シャレヴ（一九四八〜）が登場。独立前の開拓村社会を描いた『ロシア物語』は好評で、続いて出た開拓者一家の年代記『エサウ』も版を重ねました。わたしはふと司馬遼太郎とシャレヴを重ねることがあります。二人とも、新しい歴史の動乱期の人々を描いているからでしょうか。シャレヴは聖書にも詳しくて、一般人の立場から聖書をわかりやすく、おもしろく解説した『聖書のいま』や『初めに：聖書における最初の考察』などもあります。聖書関係だけでも五言語に訳され、全体では二一言語(邦訳一点)に訳出されています。特にチェコ語やハンガリー語、スロヴァキア語など中・東欧言語への翻訳が目立ちます。同時期にデビューしたダヴィッド・グロスマン(一九五四〜)については後述しますが、彼は作家として中東和平活動家として広く知られ、文学や政治的エッセイが三五言語(邦訳五点)に訳されています。

翻訳について補足すると、エトガル・ケレットは四〇言語(邦訳六点)、児童書のウーリー・オルレブは三八言語(邦訳一二点)、ヤングアダルトのタミ・シェム＝トヴは一一言語(邦訳二点)、A・B・イェホシュア二八言語(邦訳一点)、推理小説のバティヤ・グール一一言語(邦訳二点)、諜報部員ものイシャイ・サリッドは八言語のほか、後述のヨラム・カニユクは二〇言語、ドリット・ラヴィニャンは一三言語と、多くの作家が多くの言語で読まれています。

ということは、人口九〇〇万ちょっとの小さな国の作家たちには、国内だけでなく海外にも読者がおおぜいいる、その読者たちも視野にある、ともいえるのではないでしょうか。世界中にユダヤ系の人々がいるから潜在的にユダヤ系の読書人口がある、というむきもありますが、オズやグロスマン、ヨシュア・クナズ、ベンヤミン・タムーズやケレット、児童書のオルレブやタミ・シェム＝トヴらの作品はイスラム圏でも翻訳出版されています。「ユダヤ」という枠をはずして通じる作品の質の高さや内容やおもしろさがあると考えた方が理屈に合っています。おもしろくてすぐれているという評価を得た作品は、英語・仏語・独語・伊語のどれかにまず訳され、そこから、ほかの言語にも翻訳出版されていくようです。「ヘブライ文学翻訳インスティチュート」は作家カタログを公開し、世界各地で「イスラエル・ブックフェア」を開いて文学紹介をしています。外務省も翻訳助成に努めていますし、「ラビノヴィッチ基金」という翻訳助成制度もあります。次にふれるサピール賞も、他言語翻訳への途《みち》作りに貢献しています。

サピール賞

サピール賞は、英国のブッカー賞に倣《なら》って二〇〇〇年に始まった文学賞です。ブッカー賞の五万ポンドには遠く及ばないながらも賞金額一五万シェケル（約四万ドル）はイスラエルの文学賞としてはダントツで、受賞作を希望の言語に翻訳出版してもらえる、という副賞もついています。そのうえ、日本の芥川賞や直木賞並みに、最終候補の五作品が発表されると、誰の、どの作品が受賞するかをめぐって、ＳＮＳやテレビや新聞で取りあげられます。作品選びの妙やニュース性、作品の質の高さから、本家のブッカー賞やフランスのゴンクール賞とも並び称されるようにもなり、本好きな人々は何かにつけてサピール賞を話題にします。初版部数が一〇〇〇部か二〇〇〇部で滅多に重版がかからない作家にとっては、海外に読者を見出す手立てとして、副賞の他言語への翻訳出版は見逃せません。

これまでの受賞作の傾向を見ると、社会格差や移民格差による貧困や差別、女性の自立と社会進出、家族の葛藤、犯罪や麻薬、現在の暮らしや意識を切り取ったもののほか、「中東紛争」がらみの作品が四点、「ホロコースト」ものが四点で、イスラエルが抱えている二つの問題に作家たちがどう立ち向かっているかも映し出されています。

受賞作家の内訳は、ポーランド生まれが二人、イタリア生まれが一人、エジプト生まれが一人で、残りはイスラエル生まれで一五人。イスラエル生まれには、ミズラヒーム系（西アフリカを含む中東諸国出身で、東方系ともいう）が五人います。なお、二〇〇九年のアロン・ヒルの『ダジャーニ屋敷』は、賞に価するか選考委員たちの間で紛糾して授賞が取り消され、逆に話題になりました。パレスチナのアラブ人大地主の息子とシオニストのユダヤ人の農事家の間に起きた、土地の買収と大地主ダジャーニ家の美貌の夫人を絡めたハムレット的な物語で、十九世紀末のヘブライ語を流麗に使いこなしている、と評判の作品でしたが、「ユダヤ・パレスチナ紛争という熱い問題を扱った」と著者が語ったこともあり、文学作品評にとどまらず、政治問題として取り沙汰されました。おまけに実在した人物名を使用したために物議を醸《かも》し、英語版では主要人物の名前を変え、タイトルを「ダジャーニ屋敷」から「ラジャーニ屋敷」に変更、ヘブライ語版でも途中から「史実に基づいているが、フィクションである」と著者が断りを入れています。とはいえ、英国のガーディアン紙によると、ダヴィッド・グロスマンや大統領のシモン・ペレス（註：外務大臣時代にオスロ合意に漕ぎ着けた功労でアラファトとラビンとともにノーベル平和賞受賞）の賞讃が後押しになり、たちまち五万部出て、また版を重ね、英語、フランス語、イタリア語、オランダ語、ポルトガル語に翻訳出版されています。

ここで、サピール賞受賞作を中心に、イスラエル文学が抱えている「戦争や兵役、イスラエル・パレスチナ問題」と「ホロコーストの記憶」に触れている作品をいくつか紹介してみたいと思います。もちろん、サラ・シロ（一九五八〜）が『こびとは来てくれない』に描いている移民格差や「出口なし」感は看過できません（二三二、三三頁参照）。恋と女性の自立を綴ったガイル・ハレベン（一九五九〜）の『わが真の愛』も捨てがたいですが、ここでは二点に絞ります。

第一回サピール賞は四十八歳の新人、ハイム・サバト（一九五二〜）の『照準』が受賞（二二〇、一頁参照）。最終候補にアハロン・アッペルフェルド、ハイム・ベエルほか著名な作家が並んだだけに、無名のハイム・サバトの受賞は予想外だったようです。『照準』は、戦争を否定しながら戦地に赴かざるを得なかった若者の第四次中東戦争（一九七三年）での体験がユダヤ教の祈りとともに綴られた作品で、親友が乗り込んでいた戦車が炎上するのを目撃した若者の、祈らずにはいられない思いが祈禱文の多用にあらわれています。それゆえに難解で、わたしはへこたれながら読みました。ヨム・キプール（贖罪の日）戦争とも呼ばれるこの戦争に、ハイム・サバトは予備役兵（註：ユダヤ人男性は十八歳から三年間の兵役後、五十一歳まで毎年一ヵ月ほど予備兵役に就く）として召集され、この戦時体験からトーラーの学問に身を捧げようと決心したそうです。同時期、アモス・オズも予備役で同じゴラン高原に、『羽毛』のハイム・ベエルは高校卒業後の義務兵役中でした。わたしはヘブライ大の学寮で開戦のサイレンを聞き、ラジオから流れる兵士を呼び出す暗号を聞いていました。

ジャーナリストのロン・レシェムは、レバノンからの二〇〇〇年の撤退を描いた『天国があるのなら』でサピール賞を受賞。撤退予定だった要塞名「ボーフォート　レバノンからの撤退」のタイトルで英語版が出ると、映画化（ヨセフ・シダー監督）されて第五七回ベルリン映画祭で銀熊賞を受賞。アメリカのアカデミー賞の外国語映画賞にノミネートされ、日本でも二〇〇八年に上映されました。十代の兵士たちは地雷チェックで斃《たお》れたり、上官の命令が下部まで届かなかったり、けれど撤退すると決まっているので反撃できません。兵役の過酷さ、戦争の虚しさが伝わってきます。彼らより一世代前のウズィ・ヴァイルは、「国防のための兵役」に苛立って、短篇の「で、あんたは死ね」や「首相が撃たれた日に」などに、恐怖と隣り合わせの、自分のものではない三年間の兵役と、除隊後の自己喪失感や虚無感を綴っています。

ヨラム・カニユク（一九三〇〜二〇一三）の『一九四八年』（独立戦争の年）は、志願兵になった十七歳当時を六〇年後に回想して、時の経過と年齢によるものだろうが、戦いというものは無意味である、とユーモアたっぷりの平明な文章で綴って受賞。作家の、自己批判に満ちた視点が光る作品です。

キリスト教徒アラブ人のアントン・シャンマース（一九五〇〜）はヘブライ語で『アラベスク』を著し、イスラム教徒のサイイド・カシューア（一九七五〜）は正則アラビア語よりヘブライ語を選んで『踊るアラブ人』で人気を得ました。彼らの作品には、自ずと、イスラエル内に住むアラブ人の微妙な立ち位置や意識、目に見えない恐怖が滲みでていて高く評価されています。サイイド・カシューアのハアレツ紙の諧謔に富んだコラムやテレビドラマは人気がありました。彼らが、作家として成功したのちアメリカに渡ったのも、イスラエルでは生きづらいからだろうと推察できます。残念なことです。なお、カシューアの『二人称単数』は二〇一二年のサピール賞で最終候補までいきました。

イスラエル・パレスチナ問題と四つに組んだアモス・オズやダヴィッド・グロスマンの政治エッセイは国際的にも評価が高く、何点か邦訳されています。周辺との緊張が激しくなると作家たちの発言も多くなり、国内紙にエッセイが載ると、すぐ翻訳されて、ニューヨーク・タイムズ紙や英国のガーディアン紙、フランスのル・モンド紙などに掲載され、そこからまた世界に拡散していきます。あるいは、ニューヨーク・タイムズ紙やガーディアン紙からの依頼で寄稿する場合も多いようです。

イラン系のドリット・ラビニャン（一九七二〜）のイラン農村部のユダヤ人社会を活写した『オムリジャンの小路・英題名ペルシャの花嫁』は、東方系社会への関心と相まって版を重ねました。二〇一四年、サピール賞最終候補に選ばれた『生きている垣根』は、パレスチナとイスラエルの間に建つ壁が、双方の人の心にも生々しくそびえ立って、互いの理解や寛容をはばんでいる「いま」を描いた作品です。イスラエル人女性とパレスチナ人男性がニューヨークで恋に落ち、帰国して、まさにきびしい現実の「生きている垣根」に直面するこの物語は、何週間もベストセラー欄の上位から動かないほどでした。中東現代政治が専門の立山良司さんや辻田俊哉さんが、「イスラエル側は〈安全フェンス〉といい、パレスチナ側は〈分離壁〉とか〈隔離壁〉と呼ぶ」（『ユダヤとアメリカ』中公新書、『イスラエルを知るための62章』明石書店）と言うように、双方を隔てる壁は、無意識を装ってイスラエル人とパレスチナ人の心情まで切り裂き、分断していきそうです。

ベストセラー熱が落ち着いたころ、同書が高校卒業資格試験の必読書リストに推薦されると、教育文化省は「若い世代の民族帰属意識を揺るがす虞《おそれ》がある」として、リストから削除しました。それがまたニュースになって爆発的に売れ、多くの書店が「売り切れ」と貼りだした、というエピソードまでついてきました。言ってみれば、現政権の国家主義的、強権的ものいいに対する一般市民の不満のあらわれでしょう。あるいは、自分たちの声を代弁してくれたと感じての、同書への支持ともいえます。詩人のハイム・グリが、シオニズムの賞を辞退するという話にまで発展しました。ハイム・グリの受賞辞退理由は、「わたしのような九十二歳の詩人より、未来のある若い作家にあげてほしい。わたしもはじめて二十六歳で受賞したときは、大いに勇気づけられた」という、至極まっとうなものでしたが。ITが進んでいるイスラエルでは、情報がすばやく、人々の反応もよりアクチュアルです。『生きている垣根』は一三言語に翻訳出版されています。

ダヴィッド・グロスマン（一九五四～）はストリート・チルドレンとドラッグを絡めた『伴走するもの』でサピール賞を受賞しましたが、もともとは、施設住まいの老人と孫世代を描いた児童文学『決闘』で認められ、国営ラジオ局コール・イスラエルに勤めつつ、ヨルダン川西岸地区の難民キャンプのアラブ人や入植地のユダヤ人に取材したルポルタージュ『ヨルダン川西岸』（晶文社）で注目された作家です。南アフリカのノーベル賞作家ナディン・ゴーディマが「ひたむきなほど自己に誠実で、ときにきびしい問いかけも辞さない」と評する取材対象との距離の取り方と突貫精神を身上に、パレスチナ人にインタビューし、イスラエル人には辛口左派としての苦言を呈しています。ユダヤ人たる自らを問いつつ、和平の道を探ってデモでスクラムを組み、文筆家と実践的和平活動家の二足の草鞋を履いて世界に発信しつづける真摯さに、若者たちは魅せられているようです。アモス・オズは穏やかなハト派でしたが、ダヴィッド・グロスマンは鋭さを隠しません。

二〇〇六年夏の次男の戦死と六三〇頁余の『女は知らせから逃げる』については「「喪失」との格闘」（二四四、五頁参照）に記しましたが、彼はそれまで政治的メッセージを発信する媒体を峻別して、文学には政治を持ち込みませんでした。しかし『女は…』の登場人物たちが織りなすミステリアスなストーリーに引き込まれながら中東紛争の歴史や民族問題にまで踏み込んでいけるのは、多分に和平活動家である著者の現場感覚が生きているからでしょう。中東の現状や兵役や家族を綴った同書が世界的に（二三言語に翻訳出版されて）読まれていることに、わたしは一種の安堵をおぼえます。ちなみに、映画「運命は踊る」（サミュエル・マオズ監督）はまさに「戦死の報せ」に、父親、母親、息子が踊らされる様を描いた作品で、二〇一八年のヴェネチア国際映画祭で審査員グランプリをとり、日本でも一般公開されました。中東情勢が好転しないまま、兵役制度が存在せざるを得ないこの国では、こうした文学はよく読まれ、話題になり、多くが翻訳されて国際的に評価されています。

ダヴィッド・グロスマンは喪があけると、当時のオルメルト政権を批判する演説をテルアビブのラビン広場で行い、四年後には入植地拡大に反対するデモに家族ぐるみで出ています。自らの政治的立場は次男の死によっても揺るぎはしない、と英国のガーディアン紙に寄稿し、詩や文学や絵本を書き続け、二〇一七年にはイスラエル社会を辛口に描いた『一頭の馬、バーに入る』で英国のブッカー賞国際賞を受賞。二〇一九年には、ユーゴスラビアのチトー政権下で夫の無実を主張して刑務所島に流された実在の女性と、その娘と孫娘三代にわたるサーガ『人生はわたしを弄ぶ』を出しています。

エトガル・ケレット（一九六七〜）は、巧みなことば選びで不思議な世界を描くばかりか、いまのイスラエルの状況や人々の心情を上質のフィクションに包んで伝える異才で、二〇一九年のサピール賞を『銀河の果ての落とし穴』（河出書房新社）で受賞しました。映像作家でもあるケレットは、さまざまな分野とコラボしていますが、若い頃は政治に無関心で、それを公言して憚《はばか》りませんでした。政治が日常にあるイスラエルでは異例のことです。その彼も最近は、アモス・オズやダヴィッド・グロスマンの後を継ぐように和平を訴え、政治エッセイを書くようになり、そうした寄稿エッセイはインターネットや各国メディアでも取り上げられています。もうひとつ、ケレットは英語圏で評価されて世界に広まった作家で、その点、村上春樹と似ているともいえます。彼は、英訳をいちいちチェックして、初めのころは、英訳者がアメリカ向けに固有名詞を勝手に変えたり、原文をいじったりするのに苛ついたそうです。しかし近年は、英訳がおもしろいと感じられる場合は、そんなことは滅多にないのですが、逆に原文を改稿することもあるとか。「原文ありき」でないのは、映像やコミックスや絵本や演劇など、他分野とのコラボが多いせいかもしれません。

なお、ケレットやアモス・オズ、ダヴィッド・グロスマン、メイール・シャレヴ、ナヴァ・セメルたち、多くの作家が児童書や絵本を書いていることを特記しておきます。初期の作家たちが子ども向けの作品を率先して書いていた伝統がいまも生きつづけているのでしょう。

サピール賞をホロコースト体験を綴った三作が受賞しています。そのうちの二点、アローナ・フランケルの『女の子』とツヴィ・ヤナイの『あなたのサンドロより』は証言性の高い自伝です。それ以上に、戦後六〇年以上も経っての書き下ろし自伝であることに驚嘆します。

ホロコーストから生還した人たちは、戦前戦後を通じての過酷で不条理な体験を乗り越えられず、自身のうちで消化できず、ましてや、人に理解してもらうことなど考えられず、長いこと沈黙を守っていました。児童文学のウーリー・オルレブ（一九三一〜）も、『砂のゲーム』（岩崎書店）などのホロコースト作品を書きだしたのは五十歳になってからです。ロングセラーの幼児向け絵本『うんちがぽとん』（アリス館）ほかで知られるアローナ・フランケル（一九三七〜）は、クラクフに生まれて二歳からゲットーや隠れ家で暮らしました。イスラエルには戦後四年目に避難民《DP》として渡り、長じて、世界中で愛読される幼児向け絵本の作家になりました。そして、ようやく六十五歳を過ぎて、あの時代の体験を記す気力を得たのでしょう、回想記『女の子』を発表、サピール賞とヤド・ヴァシェム・ホロコースト記念館賞を受賞しました。アンネ・フランクに似た分析力と記述で評判を得ています。

　旅芸人の子としてイタリアで生まれたツヴィ・ヤナイ（一九三五〜二〇一三）は（二四二、三頁参照）プロテスタントとして育ち、のちにカトリックに改宗して生き延び、長じて無神論の哲学者としてメディアで活躍しました。七十一歳のときに書簡体小説『あなたのサンドロより』を発表してサピール賞を受賞。ダンサーだった母親はユダヤの出自を隠して、イタリアに駐留中だったドイツ軍の通訳をして生活費を稼いだ、という奇跡のような実話の持ち主です。当時の写真を配した同書は、数奇な物語もさることながら、ホロコーストによる家族の崩壊の一例としても読み解くことができます。

　いっぽう、ワルシャワ生まれのダン・ツァルカ（一九三六〜二〇〇五）の受賞作『アレフ・ベイトの書』は（二二八、九頁参照）、豊饒なことばで蘊蓄を傾けた自伝です。第二次世界大戦中は家族とシベリアそれからカザフスタンに追われて十歳で帰国し、二十一歳でイスラエルに移民したダン・ツァルカの作品には、自己に埋没しないで客観視するユダヤ的アイロニーや諧謔が見え隠れしています。これは、二十一世紀以降の、頻繁に海外に行き来しだした作家たちにも見られる傾向のようです。

　どうしても記しておきたい作家に、ホロコーストにかかわる作品はポーランド語のみで書いた、「ヘブライ文学散歩」の第一節（一一頁以下）でも触れたイダ・フィンク（一九二一〜二〇一一）がいます。イダ・フィンクはゲットーから妹と二人で逃げ出して終戦まで放浪し、一九五七年、三十六歳で家族とともにイスラエルに渡りました。アイザック・B・シンガーがイディッシュ語で書くとすぐ英訳されたように、彼女の作品はポーランド語で書くとヘブライ語に訳されて出版されました。二〇〇七年には全作品に対してサピール賞の特別枠が、二〇〇八年にはイスラエル賞が贈られています。

戦後七五年、いまやホロコースト第二、第三世代ともいえます。演劇や前衛的な小説でホロコーストを取りあげているミハル・ゴブリン、親世代が舐めた恐怖や不条理に自己を同一化したり、そこから抜け出していく第二世代を短篇集『ガラスの帽子』に描いたナヴァ・セメル（一九五四〜二〇一七）。自伝的語りとフィクションをまぜて第二世代の姿を綴ったアミール・グトフロインド（一九六三〜二〇一五）の分厚い『ぼくたちのホロコースト』は評判で、彼はサピール賞を『海辺の住宅区』で受賞したにもかかわらず、資料によっては、『ぼくたちの…』をサピール賞受賞作リストに載せているほどです。二人ともすでに故人です。エトガル・ケレットも第二世代で、ホロコースト生還者の影をひきずった作品や、第三世代の姿をときおり描いています。「靴」はホロコースト第三世代を描いた掌篇で、岸本佐知子さんが訳され、わたしも訳しています。『銀河の果ての落とし穴』にも、ホロコーストの傷や影や批判すらがチラチラと見えます。

ここまでで、聖書という大きな文学がハラハ（典礼や法規）、アガダ（歴史や寓話）として離散地でタルムードやミドラシュに受け継がれ、啓蒙主義時代には詩や小説を生み出してきたヘブライ文学の樹に、シオニズムの理想に燃えたロシア・東欧系のインテリたちが「現代ヘブライ語」を接ぎ木し、そこから旧来の言語と文学を栄養源にした新しい文学が芽吹き、その後の世代が東地中海文化の一種ともいえる土着の文学の枝葉を広げてきたことがわかります。そして、九〇年代後半からは出身地や言語の枠を超えた作品に関心が集まりだし、名称も「ヘブライ（語）」をはずした「イスラエル文学」になり、自己表現の場がいっそう広がりました。そのいっぽうでというか、にもかかわらず、「土地」と「平和」に陰りが生じると、「ユダヤ人とは？」という堂々めぐりの自己確認を始めます。しかし、そもそも土地にも平和にも生存にも陰りはつねにあるのです。こうした不安は、われわれ誰しもが抱いている不安です。そうした不安を、ある部分で作家たちは綴り、解決やぬくもりを探し求めているのではないでしょうか。

根っこに聖書ヘブライ語や中世ヘブライ語を持ち、いとこにイディッシュ語やラディノ語、ジュデイオ・アラビックなどがいる、生まれて一世紀ちょっとの現代ヘブライ語は、流動的で、自在で、活力に満ちています。自由奔放です。言語的な新しい試み、例えば移民ことばだけの文学や兵役スラングや若者ことばだらけの物語が出ると、正則ヘブライ語ではないとか、文章が雑で文学の範疇に入らないとか、二十世紀初頭の言語回帰とも言えそうな批判も、当たり前のことですが、生まれています。

文学という切り口からユダヤ人を眺めると、縦軸に歴史、横軸に周辺民族の言語や社会があって、ユダヤ系文学には周辺文化と融合して生まれた文学（融合して諧謔味が増した民話も多い）や、独自に育てて開花させた文学があります。作品には当然ながら周辺との軋轢や葛藤が描きだされています。アイザック・B・シンガーにせよ、バーナード・マラマッドにせよ、フィリップ・ロスにせよ、ネイサン・イングランダーにせよ、彼らの作品には時代や場所を超えた、葛藤や哀しみや不安、ときには愉悦さえが映しだされています。それゆえ、普遍性をもってわれわれに伝わってきます。

いっぽう、やっとの思いでたどり着いたパレスチナという地に、やっとの思いで初めて自分たちの国を築いたにもかかわらず、強引な駆け引きや武力行使が国際的に非難を浴び、周辺との戦いや紛争に明け暮れて、和解の道を探るものの、現実には第一次大戦後と同じような大国の論理に振りまわされているのがイスラエルです。大量に流入した移民の生活基盤づくりや教育、移民者間の経済・社会・文化格差や宗教人社会と一般との軋轢など、まさに内憂外患です。

こうした多様な社会状況を如実に映しだすように、内からも外からも刺激を受けて文学は広がろうとしているのかもしれません。「過去」の記憶にこだわりながら「いま」の課題の和平への道をさぐりつつ、最近は広汎なユダヤ人、もっといえば、われわれ一人ひとりの問題を描こうとしています。ユダヤ系文学との境界も消えつつあるようです。土地や言語に固執しなくなり、歴史に手荒に揉まれてきた気質や思考法や思想を、新たなかたちで表出させようと試みているようです。そこから、現在の「出口なし」を打開する新しい文学が生まれてくるかもしれません。そうあってほしいと願っています。

（本稿は、二〇一九年十二月の東京大学現代文芸論教室での話を少しく削り、大幅に加筆しました。あらためて、機会を与えてくださった沼野充義先生、現代文芸論教室の先生方に感謝申しあげます）

あとがき

本書はさいわいなことの重なりから生まれました。経緯を記しますと、十年ほど前から蔵書の整理を始めていたのですが、ヘブライ語の書籍の行く末にずいぶん悩みました。さいわい、辞典類は語学院に、ブリタニカのユダヤ版であるジュダイカは翻訳仲間に受け取ってもらいましたが、なけなしのお金をはたいて集めたヘブライ語書籍をどうしたものかと、ユダヤ学会仲間の市川裕先生（東大宗教学）に思いあぐねて相談しました。市川先生は現代文芸論研究室の沼野充義先生にお訊ねくださり、二百冊までなら研究室で引き受けましょう、とありがたいお申し出を沼野先生からいただいたのです。そして、研究室への配架完了を記念して、二〇一九年十二月、チェコ文学の阿部賢一先生の司会で「イスラエルとその地の文学の今」と題して、寄贈書籍を紹介する形で話をさせていただきました。

あらためて、沼野充義先生、市川裕先生、現代文芸論研究室の先生方のご寛容に心から御礼申しあげます。

その現代文芸論研究室での話のあと、これまでに書いてきたものをまとめたらどうか、と沼野充義先生から、これまたありがたいお話をいただきました。そして、出版社の未知谷に同道くださって飯島徹編集長にお引き合わせいただきました。

ところが、寄稿したものや話したことを集めてみたら雑文の山です。それを文学にしぼって篩《ふるい》にかけ、作家や作品についてのこぼれ話などを加えて、現代ヘブライ文学案内風にまとめてみました。

イスラエルは存在そのものを含めて政治的に論じられることの多い国です。それゆえあちこちに寄稿しはじめたときから、先入観や偏見でとかく色メガネで見られたり誤解されがちな「イスラエル」という国と「ユダヤ」の人々を、文学や言語の面から伝えてみよう、未邦訳の作家や作品も含めて、現地で見聞きしたことも記してみよう、そこから、一枚岩ではない、彼らの多様さがおぼろげにでも浮かびあがってくるかもしれない、新たな理解や受容が生まれるかもしれない、と思ってきました。

とはいえ、そうした案内も、わたしが翻訳者としておもしろいと思い、関心を寄せた作家や作品たちについてのものがほとんどで、すべての作家を網羅してはいないことをお断りしておきます。現代ヘブライ語で記された二十世紀初頭からの文学を翻訳者の視点で読み解いているので、アラビア語で記されたイスラエル・アラブ人やパレスチナ人の視点が欠損しているのは言語的な面からもやむを得ません。その分野の研究者や翻訳者を待ち望んでいます。

自己紹介を少しすると、わたしのヘブライ文学への関心は「農業共同体キブツ」の教育を知りたくてイスラエルに行ったことに始まります。教育について考えつつキブツの人々の話を聞き、ヘブライ語学校で学ぶうちに、その言語で綴られた文学をきちんと読みたくなりました。そして、エルサレムのヘブライ大学の夏期ヘブライ語講座《ウルパンカイツ》で山ほどの宿題と格闘する三ヵ月の講座を終えるころには、そのまま大学で現代ヘブライ文学やショア（ホロコースト）の記録を勉強したいと思いはじめていたのです。思いあまって、古代エジプト言語学を専攻していた先輩留学生の笈川博一さんに相談すると、幸運にも、ヘブライ言語学の泰斗ハイム・ラビン先生のお宅に案内してくださいました。ラビン先生は、来年から「翻訳」ディプロマコースを開く予定になっているので、そこで勉強なさい、大学院の締切は過ぎているがなんとかしよう、と細やかに指示してくださいました。おかげで三年間、死海文書が展示されているイスラエル博物館と涸れ谷《ワディ》をへだてたギブアットラムのキャンパスで過ごすことができました。

　そして、そのエルサレムのキャンパスで、いまにいたる友情をつなぐ友人たちとめぐり会えたのは、僥倖《ぎょうこう》としか言いようがありません。

　夏期ヘブライ語講座の同期にはイディッシュ語のために留学し、のちに大部な『イディッシュ語辞典』（大学書林）を刊行した上田和夫さんがいます。キブツにいたときには三島由紀夫の割腹自殺があり、エルサレムで学んでいたときには赤軍派のロッド空港乱射事件がありました。連合赤軍の浅間山荘事件を知らず、赤軍派そのものを知らなかったわたしはただもう驚愕し、大きな赤い見出しが禍々《まがまが》しく踊る新聞を何紙も買い求めて学寮の自室に閉じこもったものです。大学の入り口のロータリーでは右派、左派のアジ演説が毎日のようにあり、キャンパスの芝生は各国からの留学生で、それはにぎやかで華やかでした。

ともあれ、講義を聴きつつ各種の外部講座や市中のヘブライ語上級コースに通い、直に子どものスラングを知ろうと小学校の課外講座で折り紙を教え、サマーキャンプで働く、という無鉄砲な学習法でしたが、「ことば」が辞書にある意味を越えて広がっていく様を実感できました。

本書は、「ヘブライ文学散歩」と題して作品紹介や書評紙情報、イスラエル旅行でのおもしろ話など（月刊誌『みるとす』に不定期に連載したエッセイから選んだもの）と、東京新聞の「世界の文学」欄への寄稿を軸に、あいだに、ユダヤ系文学についてなどのエッセイや作品紹介をいくつか入れました。留学時から読んでは調べてきたショア（ホロコースト）の証言もはずせません。詩人ダン・パギスについてと、同人誌『海外児童文学通信』に若書きながら綴った、ショアで散った子どもたちの、ハンガリー語だったりイディッシュ語だったりポーランド語だったりする日記を、ほかのエッセイを割愛して入れました。ショアの証言には優れた「生」な声が未訳のまま残っている、との思いからです。そして、最後を現代文芸論教室でのつたない話で締めました。その現代文芸論教室での話も、文学散歩や「世界の文学」と重複する部分は削り、あれこれ加筆して「ことばと文学」を改題したことをお断りしておきます。

歴史のなかで、ユダヤ人差別やイジメ、略奪や殺戮が繰り返されてきました。そうしたきびしい差別や迫害を切り抜けるには、状況を見極める判断力と生きる意志、そして知恵と運が必須です。未来を描く想像力も大切です。その想像力を生みだすユーモアや機知は必要不可欠です。笑いや機知は多様な思考から生まれます。思考を広げることができれば客観的になり、他者への配慮と余裕も生まれて、考えに奥行きが出るようになります。

これは、自明なことは何ひとつないのだから、つねに疑問をもつこと、自分の考えを述べること、というタルムード的思考法の援用です。かつて、ダヴィッド・グロスマンに作品について質問したとき、作家はついでのように、この思考法で友だちと議論する、それが自分の考えや創作の助けになっている、といいました。ということは、この思考法は彼だけのものではなく、彼らが共有しているものだといえるでしょう。(最近は、考える前に武力に訴えがちなのは困ったことですが)。こうした思考法で人びとは伝承をときに意匠がえしたり、問題の核を新たに見つけて物語を紡いできました。それゆえでしょうか、彼らの文学はユーモアや機知に富んで魅力的です。

巻末に「邦訳されているイスラエル・現代ヘブライ語文学」一覧を載せましたので、実際の書籍(一部は電子書籍もある)をお手にとっていただけるとうれしいです。

ヘブライ語からの翻訳を始めたときは、言語学の村岡崇光先生をのぞいてわたしひとりでしたが、現在は優秀な若い人たち、樋口範子さん、細田和江さん、鴨志田聡子さん、広岡杏子さん、波多野苗子さん、ほかがいます。今後の彼らの訳業に期待したいと思います。

本書を生みだす大きなきっかけを作ってくださった沼野充義先生、雑文の山から文学関係を選り分けて道すじをつけ、的確な助言を与えてくださった未知谷の飯島徹編集長に深く御礼申しあげます。

また、何十年にもわたって翻訳の資料を探し、助言を惜しまなかったダリア・イスラエリ、ニリ・コーヘン、エフラト・町川ほかの友人たちに心から感謝いたします。お名前をあげることはかないませんが留学時から応援してくださったみなさま、各作品でお世話になった編集者の方々、ヘブライ語の文学に関心を寄せてくださった方々に、心から御礼申しあげます。
本書を、わたしの仕事をいつもあたたかく見守ってくれた亡夫に捧げます。

二〇二〇年十月吉日

母袋夏生

カバーのヘブライ語の意味は「現代ヘブライ文学のあれこれ」。アモス・オズの『イスラエルに生きる人々』（晶文社）の原題「イスラエルのあちこちで」を借用、もじったものです。

邦訳されているイスラエル・ヘブライ語文学　二〇二〇年八月

（邦訳版刊行順に、著者名、書名、訳者名、版元名、刊行年の順に記載）

カ・ツェトニック『ダニエラの日記』蕗沢紀志夫訳、河出書房新社、一九六三年
（『痛ましきダニエラ：ナチに虐げられたユダヤ娘の死の記録』一九五六年の河出書房版を改題）
ヤエル・ダヤン『鏡の中の女』中嶋夏訳、二見書房、一九六八年
M・ベルンスタイン『キブツの娘』（戯曲集）、大久保昭男訳、講談社、一九六八年
シャイ・アグノン『ノーベル賞文学全集第15巻　スタインベック　アグノン』村岡崇光訳、主婦の友社、一九七一年
カ・ツェトニック『愛と虐殺』蕗沢紀志夫訳、立風書房、一九七二年
アモス・コレック『愛と死のイスラエル』皆藤幸蔵訳、早川書房、一九七三年
アモス・オズ『わたしのミハエル』村田靖子訳、角川書店、一九七七年
イツハク・ベン＝ネール『遠い国から来た男』飯島宏訳、角川書店、一九七八年
エフライム・キション『キションのベストジョーク』石原佐知子編訳、実業之日本社、一九八〇年
アローナ・フランケル『うんちがぽとん』さくまゆみこ訳、アリス館、一九八四年
アローナ・フランケル『ぱくぱくぺろり』さくまゆみこ訳、アリス館、一九八四年
アローナ・フランケル『すやすやおやすみ』さくまゆみこ訳、アリス館、一九八四年
アローナ・フランケル『ぞうのまあくん』さくまゆみこ訳、アリス館、一九八四年
アローナ・フランケル『ことりのいのち』さくまゆみこ訳、アリス館、一九八四年
エフライム・キション『ショートジョークじゃものたりない：Mr.キションのストーリー・ジョーク1』原ゆう訳、角川書

店、一九八五年
エフライム・キション『うなるベートーヴェン：Mr.キションのストーリー・ジョーク2』原ゆう訳、角川書店、一九八五年
エフライム・キション『ウィーン肩書き協奏曲：Mr.キションのストーリー・ジョーク3』原ゆう訳、角川書店、一九八五年
アモス・オズ『イスラエルに生きる人々』千本健一郎訳、晶文社、一九八五年
シャローム・ホラフスキー『ゲットーから来た兵士達：包囲された森林と都市』河野元美訳、未来社、一九八七年
エフライム・キション『ウフフワッハッハ：Mr.キションのユーモアの本』原ゆう訳、講談社、一九八八年
デボラ・オメル『ベン・イェフダ家に生まれて』母袋夏生訳、福武文庫、一九九一年
ヨヘベット・セガル『ユダヤ賢者の教え』全四巻、母袋夏生訳、ミルトス、一九九一～九二年
ダリヤ・コーヘン『ぼくたちは国境の森でであった』母袋夏生訳、佑学社、一九九二年
デイヴィッド・グロスマン『ヨルダン川西岸　アラブ人とユダヤ人』千本健一郎訳、晶文社、一九九二年
レナ・キフレル＝ジルベルマン『お願い、わたしに話させて』母袋夏生訳、朝日新聞社、一九九三年
ウーリー・オルレブ『壁のむこうの街』久米穣訳、偕成社、一九九三年
アモス・オズ『贅沢な戦争 イスラエルのレバノン侵攻』千本健一郎訳、晶文社、一九九三年
アミア・リブリッヒ『キブツその素顔』樋口範子訳、ミルトス、一九九三年
バチヤ・グール『精神分析ゲーム』秋津信訳、イースト・プレス、一九九四年
アモス・オズ『ブラックボックス』村田靖子訳、筑摩書房、一九九四年
メイール・シャレヴ／ヨスィ・アブルアフィヤ『こまるなあ おとうさん』いぬいゆみこ訳、アスラン書房、一九九四年
ウーリー・オルレブ『壁のむこうから来た男』母袋夏生訳、岩波書店、一九九五年
バチヤ・グール『教授たちの殺人ゲーム』堀たほ子訳、イースト・プレス、一九九六年
アハロン・アッペルフェルド『バーデンハイム1939』村岡崇光訳、みすず書房、一九九六年
アハロン・アッペルフェルド『不死身のバートフス』武田尚子訳、みすず書房、一九九六年
片瀬博子訳編『現代イスラエル詩選集』思潮社、一九九六年

ピンハス・サデ編『ユダヤの民話』上下巻、泰剛平訳、青土社、一九九七年
ウーリー・オルレブ／オーラ・エイタン絵『編みものばあさん』母袋夏生訳、径書房、一九九七年
シュラミット・ラピッド『「地の塩」殺人事件』母袋夏生訳、マガジンハウス、一九九七年
アモス・オズ『スムヒの大冒険』村田靖子訳、未知谷、一九九七年
デイヴィッド・グロスマン『ユダヤ国家のパレスチナ人』千本健一郎訳、晶文社、一九九七年
ダヴィッド・シャハル『ブルーリア』母袋夏生訳、国書刊行会、一九九八年
アモス・オズ『現代イスラエルの預言』千本健一郎訳、晶文社、一九九八年
アモス・オズ『地下室のパンサー』村田靖子訳、未知谷、一九九八年
タマル・ベルグマン『〈むこう〉から来た少年』村田靖子訳、未知谷、一九九八年
タマル・ベルグマン『ヤンケレの長い旅』岩倉千春訳、未知谷、一九九八年
ガリラ・ロンフェデル・アミット『心の国境をこえて』母袋夏生訳、さ・え・ら書房、一九九九年
ガリラ・ロンフェデル・アミット『もちろん返事をまってます』母袋夏生訳、岩崎書店、一九九九年
ミハル・スヌニット／ナアマ・ゴロンブ絵『心の小鳥』江國香織訳、河出書房新社、一九九九年
ウーリー・オルレブ『羽がはえたら』下田昌克絵、母袋夏生訳、小峰書店、二〇〇〇年
ウーリー・オルレブ『砂のゲーム』母袋夏生訳、岩崎書店、二〇〇〇年
ガリラ・ロンフェデル・アミット『ベルト』母袋夏生訳、さ・え・ら書房、二〇〇〇年
ウーリー・オルレブ／ジャッキー・グライヒ絵『かようびはシャンプー』母袋夏生訳、講談社、二〇〇〇年
ウーリー・オルレブ／ジャッキー・グライヒ絵『Tシャツのライオン』母袋夏生訳、講談社、二〇〇一年
ダニエラ・カルミ『六号病室のなかまたち』樋口範子訳、さ・え・ら書房、二〇〇一年
ウーリー・オルレブ／ジャッキー・グライヒ絵『ちいさいおおきな女の子』母袋夏生訳、講談社、二〇〇二年
ウーリー・オルレブ『走れ、走って逃げろ』母袋夏生訳、岩波書店、二〇〇三年／岩波少年文庫、二〇一五年
イェフダ・アミハイ『エルサレムの詩　イェフダ・アミハイ詩集』村田靖子編訳、思潮社、二〇〇三年

ドリット・オルガッド『もうひとりの息子』樋口範子訳、さ・え・ら書房、二〇〇三年
ウーリー・オルレブ/ジャッキー・グライヒ絵『おしゃぶりがおまもり』母袋夏生訳、講談社、二〇〇三年
タマル・ベルグマン『サンバードのくる窓』柳田昌子訳、冨山房インターナショナル、二〇〇三年
デイヴィッド・グロスマン『死を生きながら　イスラエル1993-2003』二木麻里訳、みすず書房、二〇〇四年
ゼルヤ(ツルヤ)・シャレヴ『愛と背徳の香り』上下巻、栗原百代訳、扶桑社セレクト文庫、二〇〇四年
デボラ・オメル『心の国境』母袋夏生訳、日本図書センター、二〇〇五年
ドリット・オルガッド『コルドバをあとにして』樋口範子訳、さ・え・ら書房、二〇〇五年
ドリット・オルガッド『シュクラーン　ぼくの友だち』樋口範子訳、鈴木出版、二〇〇五年
エトガル・ケレット/ルートゥ・モダン絵『パパがサーカスと行っちゃった』久山太市訳、評論社、二〇〇五年
モシェ・スミランスキー『死の接吻』母袋夏生訳、論創社、二〇〇六年
デイヴィッド・グロスマン『ライオンの蜂蜜　新・世界の神話シリーズ』母袋夏生訳、角川書店、二〇〇六年
ガリラ・ロンフェデル・アミット『ぼくによろしく』樋口範子訳、さ・え・ら書房、二〇〇六年
アブラハム・B・イェホシュア『エルサレムの秋』母袋夏生訳、河出書房新社、二〇〇六年
エミール・ハビービー『悲観楽観屋サイードの失踪にまつわる奇妙な出来事』山本薫訳、作品社、二〇〇七年
アローナ・フランケル『おうじょさまとなかまたち』母袋夏生訳、鈴木出版、二〇〇八年
ウーリー・オルレブ『くじらの歌』下田昌克絵、母袋夏生訳、岩波書店、二〇一〇年
ウーリー・オルレブ『遠い親せき』小林豊絵、母袋夏生訳、岩波書店、二〇一〇年
アモス・オズ『わたしたちが正しい場所に花は咲かない』村田靖子訳、大月書店、二〇一〇年
タミ・シェム=トヴ『父さんの手紙はぜんぶおぼえた』母袋夏生訳、岩波書店、二〇一一年
ナタリー・ベルハッセン/ナオミ・シャピラ切り絵『紙のむすめ』母袋夏生訳、光村教育図書、二〇一三年
オトー・ドフ・クルカ『死の都の風景:記憶と心象の省察』壁谷さくら訳、白水社、二〇一四年
ヤネッツ・レヴィ『ぼくのレオおじさん』たかいよしかず絵、母袋夏生訳、学研教育出版、二〇一四年

デイヴィッド・グロスマン／ギラド・ソフェル絵『ヨナタンは名たんてい』母袋夏生訳、光村教育図書、二〇一四年
ウーリー・オルレブ『太陽の草原を駆けぬけて』母袋夏生訳、岩波書店、二〇一四年
リタ・ジャハーン＝フォールズ／ヴァリ・ミンツィ絵『白い池 黒い池』母袋夏生訳、光村教育図書、二〇一五年
エトガル・ケレット『突然ノックの音が』母袋夏生訳、新潮社クレスト・ブックス、二〇一五年
ユダヤの民話『お静かに、父が昼寝しております』母袋夏生編訳、岩波少年文庫、二〇一五年
タミ・シェム＝トヴ『ぼくたちに翼があったころ』樋口範子訳、福音館書店、二〇一五年
エトガル・ケレット『あの素晴らしき七年』秋元孝文訳、新潮社クレスト・ブックス、二〇一六年
ユバル・エルアザリィ／リタル・アミール絵『空から見れば』樋口範子訳、ワールドライブラリー、二〇一六年
ファニー・ベン＝アミ『ファニー 13歳の指揮官』伏見操訳、岩波書店、二〇一七年
エトガル・ケレット『クネレルのサマーキャンプ』母袋夏生訳、河出書房新社、二〇一八年
ハヤ・シェンハヴ／タマラ・リックマン絵『もりのおうちのきいちごジュース』樋口範子訳、徳間書店、二〇一九年
ヨアブ・ブルーム『偶然仕掛け人』高里ひろ訳、集英社、二〇一九年
サイイド・カシューア「ヘルツル真夜中に消える」細田和江訳『世界文学アンソロジー』秋草俊一郎ほか編、三省堂、二〇一九年、四〇～五三頁
ヨナタン・ヤヴィン『アンチ』鴨志田聡子訳、岩波書店、二〇一九年
エトガル・ケレット『銀河の果ての落とし穴』広岡杏子訳、河出書房新社、二〇一九年
エトガル・ケレット＆アサフ・ハヌカ『ピッツェリア・カミカゼ』母袋夏生訳、河出書房新社、二〇一九年
エトガル・ケレット「たったの一九・九九シェケル（税送料込）で」細田和江訳『世界の文学・文学の世界』奥彩子ほか編、松籟社、二〇二〇年、四四～五五頁

以上

もたい　なつう

長野県生まれ。ヘブライ文学翻訳家。教師をしていてキブツの教育に関心を抱き、1970年イスラエルに行く。ヘブライ大学文学部修士課程実用言語コースを修了。出版社勤務を経て翻訳に専念、純文学やYA、絵本やホロコーストに関する作品の紹介につとめている。主な訳書に『ブルーリア』『父さんの手紙はぜんぶおぼえた』『紙のむすめ』『突然ノックの音が』など。1998年ヘブライ文学翻訳奨励賞受賞。

ヘブライ文学散歩

二〇二〇年十一月二十五日印刷
二〇二〇年十二月 十五 日発行

著者　母袋夏生
発行者　飯島徹
発行所　未知谷
東京都千代田区神田猿楽町二 - 五 - 九　〒一〇一 - 〇〇六四
Tel.03-5281-3751／Fax.03-5281-3752
［振替］00130-4-653627

組版　柏木薫
印刷　ディグ
製本　牧製本

Printed in Japan
Publisher Michitani Co. Ltd., Tokyo
ISBN978-4-89642-625-0　C0098